John von Düffel

KLASSENBUCH

Roman

DUMONT

Für

Katja und Greta

»It gets better.«
Dan Savage

»It gets worse.«
Leelah Alcorn

TEIL I

»Im Sommer hast du alle Leut'
Durch dein Singen sehr erfreut?
Dann, weißt du was, jetzt tanze!«

La Fontaine
Die Grille und die Ameise

Ahlsen, Erik

Busensuche negativ. Über der H&M-Bikini-Frau an der Bushaltestelle klebt Autowerbung – ein Kombi + Familie, vierköpfig. Die Bedienung vom Backshop mit dem tiefen Ausschnitt ist plötzlich ein Mann mit Vollbart (der Bäcker, schätzungsweise). Und sexy Leyla fehlt »wegen Frauenleiden«, meint ihre kleine Schwester, das Gerippe, grinst hämisch und schiebt sich beide Fäuste untern Pulli.

Schön wär's.

Im Schulbus treffe ich Henk, der mir den Platz neben sich freihält und ein In-Ear abgibt mit dem Neuesten von den Spunks, so weit die gute Nachricht. Nicht so gut: Sein Vater vermisst den Benzinkanister, den wir gestern abgefackelt haben. Super Lagerfeuer, aber meine Unterarme sind enthaart bis zu den Ellbogen. Die Stöckelschuhe meiner Mutter, in denen Henk ums Feuer getanzt ist, sind auch hin. Absatz abgebrochen, sagt er. Ich glaube ihm kein Wort und zucke mit den Achseln. Waren sowieso schon alt + stanken. Mamas Fußschweiß, unverwechselbar, nicht muffig-käsig wie bei anderen Leuten, sondern scharf wie Pferdepisse. Kommt angeblich von den Billigstrümpfen, Perlon oder so, das ätzt. Henk steht drauf.

Er ist total verrückt nach Frauenfußgeruch. Wenn er eine Weile herumgestöckelt ist, kickt er die Schuhe weg und riecht an seinen Mauken, die nach den Mauken meiner Mutter riechen. Voll süchtig, der Mann, wobei ich mir nicht sicher bin, ob es ihm speziell die Stöckelschuhe angetan haben oder der Geruch von Pferdepisse oder meine Mutter.

Soll gesund sein, meint Henk, gesünder jedenfalls als Klebstoff und Benzin und was er sonst noch schnüffelt, Schweiß ist »bio«, sagt er (haha), und dass er meiner Mutter dankbar sein muss, weil sie ihm geholfen hat, von der Chemie loszukommen, von der man Löcher im Gehirn kriegt. Ich glaube ihm wirklich kein Wort. Ich glaube, er ist in sie verliebt. Henk ist süchtig nach meiner Mutter. Soll er ruhig. Ich misch mich da nicht ein. Aber ich kapier's nicht. Meine Mutter hat keinen Busen, wirklich null, seit ihrer letzten Diät. Früher hatte sie angeblich mal einen, und ein bisschen sieht man es auch auf den Babyfotos, als ich ganz klein war und mein Vater noch da, hinter der Kamera. Doch sogar mein Mini-Kopf ist größer als ihre Hubbel, wenn sie mich im Arm hält, und mein Windelhintern praller.

Ich war damals schon auf Busensuche.

Die Bilder sind trotzdem irgendwie scharf, findet Henk. Er hat sie abfotografiert mit seinem Handy. Was Verliebte eben so tun. Doch das verstehe ich ein bisschen. Mama lächelt darauf so süß, als gäbe es die Kamera gar nicht, sondern nur sie + Kind. Als wäre die Welt schwarz-weiß und würde ein, zwei Meter vor der Linse enden. Damals hätte ich mich auch in sie verlieben können. Blöd ist bloß, dass ich jetzt ständig darauf achte, wie sie riecht, und mich frage, wie Henk das wohl findet.

Er selbst riecht nach Weichspüler, wie Henks ganze Familie. Seine Mutter benutzt literweise diesen Billigweichspüler von Lidl. Bei jeder Gelegenheit schickt sie Henk los, Nachschub kaufen. Das Beste wäre, sie würde sich eine Pipeline legen lassen, meint er. Und natürlich frage ich mich an Tagen wie heute, ob ich lieber in einer

Familie leben würde, in der immer alle nach Lidl-Weichspüler riechen, als bei einer Mutter ohne Brüste mit Schweißfüßen und Kleidern, deren Geruch ständig wechselt, je nach Wochentag und Laune. Und Herrenbesuch.

Den Geruch mag ich am wenigsten.

Eigentlich erstaunlich, dass Henk bei den Weichspüler-Wolken um sich herum überhaupt noch irgendetwas riechen kann. Aber vermutlich sind Benzindämpfe und die Pferdepissefüße meiner Mutter das Einzige, was noch zu ihm durchdringt. Er braucht echt starkes Zeug. In der großen Pause ist er rüber in die Mädchenumkleide der Turnhalle. Nicht wegen der Mädchen, sondern wegen der Turnbeutel. Riechen, ob sie riechen. Er ist total verrückt.

Ich setze mich auf die Schulmauer und spucke die Umrisse meiner Schuhe auf die Gehwegplatten. Dann ist Deutsch bei Frau Höppner, von der alle munkeln, sie hätte was machen lassen während der Sommerferien, Brustvergrößerung oder Nasenverkleinerung. Aber ich sehe keinen Unterschied, außer, dass sie nicht mehr so dicke Augen hat, was man mit Schminke hinkriegt, Mama wenigstens. Ich kenne alle ihre Tricks. Abends schminkt sie sich, um irgendwas hervorzuheben, rote Lippen, rosa Wangen, morgens, um von irgendwas abzulenken, vor allem, wenn sie verheult ist, die Augen verquollen und die Tränensäcke sackig. Eigentlich müssten sie leer sein, leergeflennt nach solchen Nächten. Aber Biologie funktioniert anders: Je mehr Tränen fließen, desto dicker der Sack. Im Grunde sind Drüsen und Säcke wie Muskeln. Ein Bizeps nutzt sich ja auch nicht ab durch Gebrauch, sondern wird immer größer, je mehr man trainiert. Frau Höppner und meine Mutter haben echt gut trainierte Heulmuskeln und auch sonst eine Menge gemeinsam. Obwohl bei Frau Höppner momentan die Glücksmuskeln im Kommen sind, ich sehe das.

Seit dem Sommer lächelt sie, wenn sie sich unbeobachtet fühlt, lächelt zum Fenster hinaus und vergisst ihr Gesicht, auch das sehe ich.

Der Glücksmuskel ist viel zarter als der Heulmuskel, eher so eine Art Geflecht bis in die Mundwinkel. Es zieht sie nach oben, ganz leicht, ganz von selbst, kein Smiley, nur die Ahnung eines Lächelns. Das ist inoperabel.

Frau Höppner betritt die Klasse und strahlt, als käme sie frisch vom Glücksmuskeltraining, wobei ich nicht daran denken will, dass dazu immer zwei gehören (natürlich denke ich daran). Henk guckt auf sein Handy, ich gucke die Wand an, weil es so offensichtlich ist. Irgendwas im Raum verändert sich, obwohl es nicht gleich still wird. Eine warme Welle schwappt von Bauch zu Bauch. Und während ich die Wand anstarre und fast ein bisschen rot werde und aufgeregt und glücklich oder ko-froh, da passiert es: das Dümmste, was passieren kann, seitdem klar ist, dass wir in diesem Schuljahr nicht allein sind.

Wir haben eine Grille in der Klasse, irgendwo in den Fenster- und Mauerritzen, original mit Soundtrack. Gleich am ersten Schultag nach dem Klingeln zirpte sie drauflos oder war mit ihrem Zirpen plötzlich hörbar, weil wir die Klappe hielten. Die Grille musste hier in der Wand sitzen und singen – außer, wenn man ihr zu nahe kam, weshalb sich schwer feststellen ließ, wo genau »hier« war. (Es hörte sich immer ein bisschen woanders an.) Und Lenny, der Vollidiot, gleich: Frau Höppner, ich kann mich nicht konzentrieren, die Grille ist so laut – oder das Heimchen, weil Annika meinte, dass es hier nur Heimchen gibt. Und sofort tobte eine Riesendiskussion, worin der Unterschied besteht oder ob Heimchen dasselbe sind wie Grillen, nur weiblich. Und Lenny immer: Ich kann nicht arbeiten bei dem Gezirpe, der Kammerjäger soll kommen!

Das Zirpen hört ihr irgendwann nicht mehr, sagte Frau Höppner nur. Sie lächelte über die künstliche Aufregung hinweg und las uns die Fabel von der Grille vor, die den ganzen Sommer singt, im Gegensatz zur Ameise, die durcharbeitet. (Wie denn, bei dem Lärm?, fing Lenny wieder an – wirklich so ein Vollidiot!) Na ja, und als der Winter kommt, hat die Grille nichts gespart, kein Geld, keine Vorräte, und die Ameise will ihr nichts abgeben, was wir im Prinzip alle richtig fanden, so was kommt von so was, selber schuld. Doch man konnte sehen, dass es nicht das war, worauf Frau Höppner hinauswollte, also meinten wir dann, dass Kunst natürlich auch wichtig ist, die schönen Dinge, die Musik vor allem und so weiter. Und ich war total runter mit den Nerven, weil mir auf einmal klar wurde, dass die Geschichte eigentlich davon handelt, dass es Winter wird und der Sommer vorbei ist, die Zeit der Busenblusen, Tanktops und Bikinis, einschließlich der Werbung für Busenblusen, Tanktops und Bikinis. Und alles Geld, alle Vorräte der Welt bringen die Zeit nicht zurück. Das hat mich echt fertiggemacht. Keine Ahnung, wie man das Schuljahr überstehen soll, wenn es mit der Ansage beginnt, dass wir ab jetzt Ameisen sind und der Sinn fürs Schöne verhungern muss.

Am Ende der Stunde hat dann niemand mehr die Grille gehört (oder das Heimchen), nicht mal Lenny, und Frau Höppner hatte Grund zu lächeln: Na bitte, ihr habt euch daran gewöhnt!

Damit war das Thema erst mal erledigt, zumindest für die Normalos – die Idiotenfraktion durfte sich im Förderunterricht noch einmal schriftlich damit befassen. Aus gegebenem Anlass, wie Herr Tretner immer sagt. (Er brüllt sogar: Ruhe, aus gegebenem

Anlass!) Dabei kam von der Grille am Nachmittag kaum noch ein Mucks. Erschöpft wahrscheinlich oder heiser. Aber vielleicht singt sie auch nicht für Idioten wie mich. Sie singt nur morgens für Frau Höppner und die ganze Klasse.

Inzwischen hören wir sie gar nicht mehr. Nur montags manchmal, nach den Wochenenden fällt uns auf, dass sie noch lebt und zirpt. Sie gehört ganz einfach zur Geräuschkulisse wie der Straßenverkehr oder Regen oder Lehrertext. Und mit der Aussicht auf zehneinhalb Monate als Idiot in diesem Bau denke ich auf einmal: Das fehlt in der Fabel, dass man sich daran gewöhnt. Wo steht, dass man die Grille bald schon nicht mehr hört? Warum singt sie dann überhaupt noch? Und was hat die Ameise davon?

Die Wahrheit ist: Man braucht gar keinen Winter, um das Schöne auszuhungern, es reichen Sommer + Gewöhnung. Was umgekehrt bedeutet: Schönheit = Sommer + neu. Und in dem Moment, als ich das denke, gucke ich aus Versehen Frau Höppner in die Augen, und sie, wie um nett zu mir zu sein, bittet uns die Hefte rauszuholen und gibt die Grille und die Ameise als Aufsatzthema, obwohl wir sie im Förderunterricht schon hatten, samt Gliederung, Fazit und allem. Frau Höppner meint es wirklich gut mit mir und den anderen Idioten. Wir können unser Glück nicht fassen, wechseln verstohlene Blicke, einige kichern bei der Vorstellung, dass die Idioten womöglich die besten Arbeiten schreiben, besonders Lenny, der Vollidiot. Aber keiner sagt was. Und ich denke: Danke, Frau Höppner! Ich bin total gerührt, weil sie so nett ist, und denke immerzu, es stimmt: Schönheit = Sommer + neu. Weil es ja neu ist, dass sie so nett ist und auch ein bisschen der Sommer, so wie sie strahlt, das letzte bisschen Sommer in der Schule.

Sie trägt einen taubenblauen Wollpulli mit einem schmalen

V-Ausschnitt (mehr V als Ausschnitt), nicht mehr als eine Andeutung von Dekoll-T (ein Dekoll-T ist immer eine Andeutung, könnte nur deutlicher sein). Ihr Pulli ist nicht eng genug für meinen Geschmack. An den Hüften liegt der Stoff auf, weich und flauschig, was mir ein komisches Gefühl im Magen macht. Über den BH-Cups spannt er etwas, fließt aber spurlos über die Busenfalte hinweg. Ihre Brüste können wirklich nicht sehr groß sein, geschweige denn vergrößert. Doch ihr Hals ist wunderschön, das sehe ich zum ersten Mal. Ich muss so an Frau Höppner gewöhnt gewesen sein, dass ich noch nie auf ihren Hals geachtet habe, dabei ist das der Sinn all ihrer V-Ausschnitte, sie betonen den Hals! Unter dem Kehlkopf, der länglich ist, lang und geschmeidig wie ein Schluck Milch, hat sie so eine kleine Höhle, einen Hohlraum, da, wo die Sehnen in den Brustkorb übergehen. Und diese Kuhle unter ihrer Kehle erscheint mir plötzlich so vornehm, so kostbar wie ein Schmuckstück, eine Brosche oder so was, obwohl da eigentlich nichts ist, nur ein Schatten, eine Schattenmulde und das Pochen und Pulsieren einer Ader unter milchweißer Haut. Aber das ist es, denke ich, das ist das Zentrum, die Mitte des Glücksmuskels, von dort aus verbreitet es sich.

Dass ich das nie gesehen habe!

Einen Moment lang bin ich fassungslos, weil sie ihre Glückskehle so offen trägt und zeigt, uns zeigt, etwas derart Zartes, Verletzliches, dass es sich fast wie eine Wunde anfühlt. Aber gleichzeitig ist es auch das Stärkste an ihr überhaupt, und ich denke nur: Wow, das wusste ich nicht! Ich hatte keine Ahnung, dass sie lebt, lebendig ist, also so lebendig.

Wow, Frau Höppner, wirklich wow!

Und in genau dem Moment, dem unglaublichsten, ruft Lenny: Frau Höppner, ich bin fertig, was soll ich jetzt machen?

Und ich sage: Vollidiot.

Dummerweise bin ich lauter, als ich dachte, oder die Klasse ist stiller, kein Straßenverkehr, kein Regen, kein Lärmpegel. Meinem Idiotensatz fehlt voll die Deckung. Doch das ist noch nicht alles, nicht das Allerdümmste! Frau Höppner steht auf und kommt näher, kommt auf mich zu. Ich habe sie zu lange angestarrt, ihren Hals, ihre Glückskehle, ich weiß, aber ich kann es erklären: Ich bin nicht in sie verliebt, wirklich nicht. Ich habe mich nur angesteckt bei ihr, ihrer Verliebtheit, so wie Mama sich jedes Mal ansteckt, wenn sie auf Hochzeiten geht oder ins Kino. Es ist nur die Stimmung, so eine Heiratsstimmung, Verliebtheitsstimmung, aber damit ist niemand gemeint, niemand Bestimmtes, schon gar nicht Frau Höppner.

Sie geht an mir vorbei zu Lenny in meinem Rücken, letzte Reihe, Fensterplatz. Aus irgendeinem Grund bin ich enttäuscht.

Während Lenny sich bei Frau Höppner beschwert, beuge ich mich über mein Heft und versuche, ein bisschen was zu Papier zu bringen. Nicht aus schlechtem Gewissen oder um meine Bemerkung wiedergutzumachen, Lenny *ist* ein Vollidiot, das weiß hier jeder. Ich schreibe für sie, schreibe es ihr einfach.

»Die Kehle der Grille«, beginne ich eine neue Seite – groß, weil Überschrift – und frage mich vorfreudig, ob Frau Höppner wohl alles zum Thema Kehlen auf sich bezieht. (Irgendwer hat mal gesagt, Grillen oder Heimchen sind hässlich wie die Nacht, aber vielleicht sind ihre Kehlen ja schön?) Ich würde zu gerne sehen, ob sie rot wird, wenn ich ihr ein Kompliment mache, durch die Grille natürlich, für ihre Kehlenschönheit und ihren Gesang. Ein bisschen lege ich es darauf an.

Jetzt redet Frau Höppner auf Lenny ein, im Flüsterton, aber ich glaube, sie schimpft. Ich horche hinter mich, kann aber kein

Wort verstehen, sie ist zu leise oder die Klasse zu laut, trotzdem wünschte ich, sie würde mit mir flüstern oder schimpfen, egal was.

»Die Kehle der Grille …«, will ich gerade loslegen und weiterschreiben – klein, weil erste Zeile –, da fängt die Grille wieder an, oder bilde ich mir das ein? Jedenfalls höre ich sie plötzlich ganz laut, ganz kehlig. Und obwohl ich mich richtig reinknie in den Text, füllt dieses Zirpen meinen Kopf.

Kein Gesang, gar nicht, sondern ein Alarm, ein schrilles, endloses Weckerklingeln, und ich sehe auf einmal nur noch Kehlen und Kuhlen vor mir. Dabei dachte ich immer, dass es Brüste sind, die mich umhauen, aber nein, es sind Kehlen, denke ich, Kehlen-Dekoll-Ts!

Und während mir das klar wird, sehe ich plötzlich diese Spinne hinter der Fußleiste hervorkriechen, kleinfingerdick mit kräftigen Beinchen, und ich frohlocke fast vor Glück, weil das im Gegensatz zum Aufsatzschreiben etwas ist, was ich gut kann. Zu Hause bin ich zuständig für Spinnen, auch in der Turnhalle im Duschbereich, wo sie meist in der Lüftung lauern und von oben kommen oder von unten aus den Abflussrohren, was kein schlechter Effekt ist, weil man barfuß Hemmungen hat, sie totzutreten. Und da komme ich ins Spiel. Ich habe eigentlich gar nichts gegen Spinnen, aber wem schmeichelt es nicht, wenn auf einmal alles »Rick!« schreit. (Es ist leicht verdiente Dankbarkeit.) Insofern warte ich ein Weilchen, während Frau Höppner lauter wird mit Lenny und die Spinne weiter vorrückt in den zweifußbreiten Zwischenraum zwischen Wand und Stuhlbein, mächtig fettes Viech. Und ich höre Frau Höppner jetzt deutlich, wie sie Lenny ermahnt, sich nicht zu schnell zufriedenzugeben und stärker den Bezug zu sich herauszuarbeiten (wahrscheinlich dreht er ihr den Förderaufsatz an, doch so leicht kommt er nicht davon). Und genau in dem Moment stampfe ich auf und erwische sie voll, die Bestie, Präzisionsarbeit, keine Chance wegzuhuschen. Ganz schön massiv, denke ich, während ich mit der Sohle nachdrücke, fast ein bisschen crunchy. Jedenfalls ist mir, als würde es nicht einfach nur »flatsch« machen, sondern »knirsch« oder »kracks«. Und dann ist es still, zum ersten Mal seit dem Sommer, totenstill. So als hätte jemand den Ton abgestellt, den Geräuschteppich weggezogen, taub, alles taub. Und ich denke gar nichts, ich höre nur, dass es passiert ist, das Allerallerdümmste. Ich bin auf die Grille getreten! Sie war das! Sie ist so hart unterm Schuh. Kein fetter Spinnenleib, sondern ein drahtiges, dürres Grillen-Gerippe aus Horn, Hornhaut, Panzerdings oder wie sagt man bei Insekten?

Und das ist so ziemlich das Dümmste überhaupt, dass ich trotz Förderunterricht und allem den Unterschied zwischen einer Grille und einer Spinne nicht erkenne, ich Idiot.

Frau Höppner verstummt, Lenny auch. Vielleicht horchen sie auf. Alle, so kommt es mir vor, horchen auf die ungewohnte Stille (die sich hoffentlich keiner erklären kann). Aber ich darf mich nicht umdrehen und nachsehen. Ich darf meinen Fuß nicht bewegen. Er muss genau da bleiben, wo er steht, auch wenn er jetzt schon kribbelt und sich wie eingeschlafen anfühlt. Ich nehme ihn nie wieder weg.

Alles in Ordnung, Erik?, höre ich Frau Höppners Stimme hinter mir und zucke zusammen. Doch sie fragt sanft und ohne Vorwurf. Ich spüre, wie sie sich über mich beugt, ihr Taubenpulli meine Schulter streift – was für einen Luftzug das in meinem Nacken macht. Sie ist so nah, ihre Wärme so weich, ihr Geruch so süß. Ich wage nicht, den Kopf zu heben, sondern starre nur auf mein Heft wie ertappt. Wenn ich könnte, würde ich jetzt die

Augen schließen, aber sie sind wie gelähmt, ich kann die Augenlider nicht bewegen, nicht einmal blinzeln. Ich wünschte, ich wäre tot.

Na, zeig doch mal her, sagt sie – noch mehr warmer Atem, noch näher an meinem Ohr. Mein Bein verkrampft, ich nehme meinen Fuß nicht weg, ich denke gar nicht daran! Doch sie meint offenbar den Aufsatz. Ihr Taubenpulli fliegt an mir vorbei, die flauschigen Ärmel, ein Knistern, ein Rascheln. Gleich liest sie meinen Kehlen-Satz, gleich nimmt sie mein Heft, denke ich und reiße im letzten Moment meine Hände aus dem Gelähmtsein. Laut klatschen sie vor mir auf das Papier, die Überschrift, meinen Anfang.

Erik?, fragt sie.

Aber ich schüttle nur den Kopf. Sie darf das nicht lesen, keiner darf das. Ich habe den Sommer getötet, den Gesang, ich habe das Schöne auf dem Gewissen. Selbst wenn es keiner weiß und je wissen wird, ich weiß es. Die Kehle der Grille ist still.

Frau Höppners Hände auf meinem Pult, sie sehen sehr schön aus. Ganz leicht zupfen sie an meinem Heft, an der äußersten Ecke, als wollten sie es nicht nehmen, nur necken. Ich kralle die Finger zusammen, zerknittere die Seite und reiße sie raus und noch ein paar andere. Dann erst fällt mir auf, dass ich heule.

Und auf einmal kann ich nicht mehr aufhören.

Ich heule nicht besonders laut, doch die Klasse ist noch immer still, sogar Lenny. Und ich denke beim Heulen: Wow, das geht aber lang! Auch das Schweigen der anderen kommt mir unglaublich lang vor und das Gefühl, dass sie mir zuhören. So was gab es noch nie.

Irgendwann werden die Hefte abgegeben, eingesammelt wie auf Zehenspitzen, irgendwann klingelt es zur Pause, irgendwann sind alle weg. Nur Frau Höppner steht noch da mit den Heften im Arm, steht vor mir, die andern sind so leise raus, als wäre jemand gestorben. (Vielleicht haben sie doch was gemerkt?) Und ich will mich entschuldigen und sagen: Schon gut, geht schon wieder. Aber ich bin mir nicht sicher, ob ich aufgehört habe zu heulen oder es nur nicht mehr merke. »Das Heulen der Ameisen …«, denke ich, vielleicht hätte ich darüber schreiben sollen. Doch ich lasse zu, dass Frau Höppner mein Heft nimmt, nur das. Die zerknüllten Seiten behalte ich in der Faust. Vielleicht schreibe ich den Satz noch zu Ende, später einmal.

Aber Ameisen heulen nicht, oder?

Ich rechne damit, dass sie mich ins Klassenbuch einträgt und rausschickt auf den Schulhof mit meinen Heulmuskeln in voller Pracht. (Keine Ahnung, wie ich es so bis zur Mauer schaffen soll.) Einen Moment überlege ich, wie die Chancen stehen, dass die Grille unter meinem Schuh klebt und ich sie rausschaffen kann oder zerreiben, bis nichts mehr von ihr übrig ist außer Schmiere. Doch das ist zu riskant. Das Klassenbuch liegt auf dem Lehrerpult am Rand rechts oben, wo es hingehört, Frau Höppner wartet, aber sie sieht nicht aus, als wollte sie es anrühren. Sie sieht aus, als würde sie mir über den Kopf streichen wollen, obwohl sie beide Hände voll hat mit Heften. Ihr Strahlen hat sich verwandelt, es ist mild geworden, eine Streichel-Miene, passend zu ihrem Pulli. Und gerade als ich mich frage: Was passiert jetzt, worin besteht meine Strafe?, sagt sie: Lass dir Zeit, Erik.

Unglaublich! Aber so ist Frau Höppner, so nett.

Ich schaffe es zu nicken, weil das ja wohl heißt, dass ich nicht rausmuss in die Pause zu den andern. Mein Fuß kann bleiben, wo er ist. Die Hausordnung ist aufgehoben. Ich nicke mehrmals. Echt unglaublich.

Wenn du reden willst, ich hab Aufsicht, sagt sie noch in der Tür. Erst dann geht sie.

Und ich höre ihre Schritte den Gang hinunter und denke nur: Danke, Frau Höppner. Und: wow!

¶

Balic, Stanko

Natürlich »gibt« es Kundra nicht. Er hat auch keinen langen, weißen Bart (das sind Strahlen). Und dass er zaubern kann, habe ich nie behauptet. Aber er ist keine »Einbildung«, wie Sie sagen, Einbildungen sind etwas anderes. Er ist auch kein Mensch oder so, kein weiser alter Mann. Er hat keinen Körper. Insofern.

Es gibt auch nicht Maluna-Me, obwohl sie noch weniger Einbildung ist als Kundra. Von ihr gibt es Zeichen, Handbewegungen, manchmal. Aber sie existiert nicht als eigenständiges Wesen, Maluna-Me ergreift Besitz. Sie ist sogar sehr besitzergreifend. Aber keine Sorge, sie ist kein Dämon, sondern am ehesten eine Idee, ein Gedanke. Und sie kommt meistens nachts.

Maluna-Me hat zwei Eigenschaften. Die wichtigste ist »Stecknadel«. Was nicht heißt, dass sie sticht, sondern dass sie die Dinge auf engsten Raum bannt oder brennt oder einfriert, alle Materie auf einen Punkt, einen Stecknadelkopf. Sie kann die Welt so eng machen, dass sie auf einen Stecknadelkopf passt (nachts). Nicht zu fassen, dass es keine Bezeichnung dafür gibt in Ihrer Sprache, kein besseres Wort auf Deutsch als »eng machen«. Zu Maluna-Me passt das überhaupt nicht.

Ich sollte nicht so viel mit den Händen reden, ich weiß.

Ihr Stecknadelblick tut nicht weh, falls Sie das meinen. Maluna-Me ist von gar keinem Schmerz begleitet, nur von Geschwindigkeit (und Licht). Man kriegt bloß einen Schreck, weil es Nacht ist und die Welt plötzlich so winzig. Es muss Nacht sein wie im All, sonst kann man sich nicht in Lichtgeschwindigkeit von der Erde entfernen und dabei auf sie heruntergucken, ohne dass die Einzelheiten verschwimmen. Sie sind unendlich klein, Milliarden Detailmenschen, aber scharf, gestochen scharf.

Und so bleibt es dann bis zum Morgen.

Kundra ist das Gegenteil. Er kann den Unterschieden ihre Schärfe nehmen und Malunas Blick auf-, ja »aufdröseln« – auch so ein Wort, so eine Ungeschicklichkeit. Dabei ist Kundra sehr geschickt. Er zieht das Gewebe auseinander, entwirrt die Fäden, macht das Enge wieder auf, das ist seine Eigenschaft. Er ist der »Weitmacher« (Wort fehlt). Vielleicht denkt deswegen jeder, dass er alt und weise ist. Weil er einen so großen Zeitradius hat. Er überblickt Jahrhunderte. Für ihn ist alles, was passiert, Vergangenheit. Bei Sonnenaufgang, an den klaren Tagen, sieht man manchmal seinen Strahlenbart, aber er blickt immer zurück.

Es sind mehr die Finger als die Hände, stimmt's? Die Finger verraten mich.

Natürlich ist das nicht der Grund, warum ich hier bin. Ich wollte nur richtigstellen, dass diese »Wesen«, wie Sie sagen, keine »Einbildungen« sind, wie Sie sagen (ganz abgesehen davon, dass Einbildungen etwas völlig anderes sind als Wesen). Einbildungen kommen von innen, von innerhalb des Immunsystems. Kundra und Maluna-Me kommen von außen und verlassen den Körper auch wieder, egal, wie weit sie vordringen und sich seiner bemächtigen. Sie sind flüchtige Besucher (nachts, morgens). Das muss man sich immer klarmachen, bei allem.

Also zur Sache, zu meiner Anzeige –

Ich setze mich jetzt mal auf meine Hände, auch wenn das unhöflich ist. Aber ich habe das Gefühl, Sie achten nur auf meine

Handbewegungen, Gesten, Geheimzeichen. (Maluna-Me werden Sie nicht entdecken, nicht um diese Zeit, auch wenn das ihre zweite Eigenschaft ist: Hypnose.)

Wenn es so klingt, als würde ich Kundra oder Maluna-Me die Schuld geben, ist das falsch. Der Schuldige bin ich. Ich möchte mich anzeigen. Ich habe meine Familie getötet, erst meine Schwester, dann – weil ich nicht wollte, dass sie leiden – meine Eltern (sie wären nie darüber hinweggekommen). Ich hoffe, das ist deutlich genug. Sie können das gerne gegen mich verwenden.

Sie zucken noch immer, meine Hände. Das steckt drin, tut mir leid.

Fragen Sie mich, was Sie wollen. Ich kann beweisen, dass ich der Täter bin. Ich habe – wie heißt das? – Täterwissen (gutes Wort, ausnahmsweise). Schwerer zu beweisen ist die Tat, wie immer, wenn es keine Leichen gibt. Doch es wurden auch schon Mörder ohne Leiche verurteilt. Nicht, dass ich darauf aus wäre. Es geht mir nicht ums Verurteilt-Werden, es geht mir um die Anerkennung meiner Schuld.

Das ist das Einzige, worum ich Sie bitte.

Dass ich das Recht habe zu schweigen, nützt nichts. Ich muss mit jemandem reden – mit Ihnen. Nicht weil ich Ihnen vertraue (ich vertraue Ihnen, aber das ist nicht der Grund) und schon gar nicht weil ich mein Gewissen erleichtern will – wenn mein Gewissen das Problem wäre, hätte ich die Sache nie zu Ende gebracht. Ich will einfach nur mit Ihnen reden. Seltsamerweise wollte ich das schon während der Tat. Das Ganze hat verdammt lange gedauert, ich hatte also genügend Zeit zum Nachdenken. Und immer wenn es schwierig wurde, habe ich mir vorgestellt, wie ich hier vor Ihnen sitze und es Ihnen erzähle. Das war das Schönste.

Und übrigens eine Einbildung, in meinem Kopf, dessen bin ich mir bewusst.

Mir ist auch klar, dass Sie dieses Gespräch nicht vertraulich behandeln können, nichts von dem, was wir hier reden. Sie müssen es melden, ich weiß, erst dem Direktor und der Schulbehörde, dann der Polizei. Oder in umgekehrter Reihenfolge. Aber das spielt keine Rolle. Mir ist nur wichtig, dass Sie die Erste sind.

Darf ich wieder mit Händen reden, bitte, Frau Höppner, und Sie hören mir bitte trotzdem zu?

»Tat« ist auch so ein Wort. »Tat« klingt immer so einfach, so glatt. Wie ein Ding. Dabei ist eine Tat so viele Dinge, tausend, zigtausend Details, nicht nur der Finger am Abzug, die Faust im Gesicht, das Messer im Hals. Es ist kompliziert. Kein schlechter Trick, etwas so Kompliziertem einen so simplen Namen zu geben, »Tat«! Aber das ist gelogen. Wahrscheinlich, damit überhaupt irgendwer etwas tut. Aber gelogen.

Tat. Tat. Tat.

Es hat Wochen gedauert, Monate. Bei meiner Schwester habe ich angefangen, ganz langsam, behutsam. Meine Eltern durften nichts davon merken, haben sie auch nicht. Sie meinten nur irgendwann, Ilhana hätte sich verändert (ich mag auch den Namen nicht, ich mag nicht, wenn die Kinder heißen wie ihre Großeltern, zu viel Erinnerung, zu viel Tradition). Aber da war es schon zu spät, da hatte ich sie schon ausgetauscht, zu über neunzig Prozent, ihre Gedanken und Gefühle. Sie hatte sich nicht verändert, sie war eine andere geworden. Aber das konnten meine Eltern nicht mehr feststellen, weil ich mich inzwischen schon in ihr Gedächtnis geschlichen hatte. Nach und nach habe ich ihre Erinnerungen ausgetauscht wie Fotos in einem Album, die man durch neue ersetzt und so lange anschaut, so oft durchblättert, bis man nichts mehr vermisst, keine Heimat, keinen Krieg, keine Toten, auch die Gräber nicht. Über alles wächst Gras. Es ist nur eine Frage der Konditionierung. Irgendwann, wenn man dasselbe oft genug wiederholt, ist es immer so gewesen und das Gras so grün wie überall. Der Effekt ist erstaunlich. Ich hatte immer gedacht, dass es so etwas wie eine Persönlichkeit gibt, einen »Charakter«, unabhängig von der Erinnerung, dem Gedächtnis und den Geschichten, die es einem erzählt. Aber das stimmt nicht. Wenn man an den Erinnerungen dreht, dreht man die ganze Person.

Schon seltsam, diese Erfahrung, bei den eigenen Eltern.

Natürlich wollte ich nicht, dass sie Ilhana hassen, auch wenn sich das nicht genau steuern lässt. Ich wollte überhaupt keine starken Gefühlsauslöser, Abschiede und so, sondern Nichtssagendes, die üblichen Schnappschüsse vorm Weihnachtsbaum, Geburtstagspartys mit austauschbaren Kuchen und Kindern, Urlaubsfotos vom Strand (Sandstrand, wenn möglich, Sand ist gut, und ein Meer ohne besondere Merkmale). Am Ende – auch wenn es beim Vergessen nicht wirklich ein Ende gibt – konnten Papa und Mama einfach nichts mehr mit Ilhana anfangen, das hat mir gereicht.

Ganz abgesehen davon, dass sie da schon nicht mehr meine Eltern waren.

Das war viel Arbeit, und ich brauchte Zugang zu den Köpfen. Glauben Sie nicht, dass es mit ein bisschen Abrakadabra und Fingerzauber à la Maluna-Me getan ist – »getan« ist nie etwas. Im Grunde muss man es immer wieder tun (nachts, morgens, nachts). Und manchmal verzweifelt man bei dem Gedanken, dass es Milliarden Detailmenschen gibt, jeder in seiner eigenen kleinen Ameisenwelt und jeder eine Ameisenwelt für sich, die wiederum aus einer Milliarde Details besteht, so vielen Unwichtigkeiten. Ohne den Stecknadelblick ist man verloren. Nur Engmachen hilft.

Am einfachsten ging es bei meiner Mutter, weil sich ihr Gedächtnis fluten lässt – insofern gibt es gewisse Unterschiede von Person zu Person, keinen »Charakter« in dem Sinn, aber verschiedene Arten, Eigenarten des Erinnerns. Meine Mutter – genauer: die Detailkonfiguration mit dem Aussehen meiner Mutter – ist ein weicher Erinnerer. Ihr Gedächtnis funktioniert über Gefühlsverbindungen wie ein Adersystem mit Blutbahnen und vielen kleinen Verästelungen. Wenn man ein starkes Gefühl hineinpumpt, tränkt das alles (weil alles mit allem zusammenhängt). Maluna-Me hatte viel Freude daran. Sie ist, wie gesagt, sehr besitzergreifend und ein bisschen verspielt.

Meine Mutter war oder wurde immer häufiger Maluna (nicht nur nachts), »Maluna-Mama«, abgefüllt mit Gefühlen, das System überschwemmt und alle Erinnerungen umgefärbt nach Belieben, die ganze Palette von rosarot bis giftgrün, sehr lustig. Aber es hat zu keinem Ziel geführt.

Das Gedächtnis meiner Mutter ist ein Organismus, der ein Eigenleben führt, eine Krake, die über sich hinausreicht in die Vergangenheit ihrer Mutter (Ilhana, der Älteren) und deren Mutter (mit dem Namen meiner Mutter usf.), in ein endloses Früher von Gerüchen, Gefühlen, Geschichten, sehr ungenau.

Der entscheidende Gedanke kam mir, als Maluna-Me wieder mal in allen Farben schwelgte oder tobte (was dasselbe ist). Plötzlich dachte ich: andersrum. Man muss Mamas Gedächtnis nicht fluten, sondern zum Verebben bringen, dem System immer weniger zuführen, eine immer schwächere Dosis – sagt man nicht »ausschleichen«? (Superwort!) Genau so ist es: Wenn die Farben verblassen und die Bilder allmählich grau werden, dann entzieht das ihrem Gefühl, ihrer Gefühlsduseligkeit den Stoff. Das hat Maluna-Me nicht gefallen, aber es war die Lösung. Meine Mutter (die Mutter-Detailkonfigurantin) erinnert sich kaum noch. Ich habe den Eindruck, es geht ihr jetzt besser.

Entschuldigung, das war jetzt Fingerspitzen-Flug, Maluna-Mes Eröffnungszeichen, soll nicht wieder vorkommen. Ich will Sie nicht hypnotisieren, Frau Höppner, ganz ehrlich, das steckt einfach drin, diese Handbewegung, nach so vielen Nächten. Aber harmlos, völlig harmlos. Maluna-Me ist nicht im Raum (obwohl sie kommt, wenn man von ihr spricht). Das hätten Sie gespürt.

Mein Vater war ein härterer Brocken. Sein Gedächtnis ist – wie sage ich es am besten? – karg. Er erinnert sich nur an wenige Dinge, nur sehr grobkörnig an »die Fakten«, was immer das ist. Maluna-Me hat es rasend gemacht, dass er so verknöchert ist, so versteinert! Aber das trifft es nicht wirklich. Die beste Beschreibung für sein primitives Gedächtnis ist »Hartgeld«. Seine Erinnerungen sind wie eine Währung, harte, bare Münze. Mein Vater erinnert sich nicht weitschweifig in verschlungenen Windungen und Wendungen, er zählt nach, zählt immer wieder seine Erinnerungen zusammen und kennt das Ergebnis im Voraus. Nie würde sich Papa auf eine Erinnerung einlassen, bei der er nicht weiß, was am Ende herauskommt. Er mag keine Überraschungen. Wenn er sich in einer stillen Minute am Sonntag in einen Sessel setzt und zurückdenkt, was selten genug vorkommt, kann man das Reiben seiner Fingerkuppen hören und wie die Münzen langsam fallen: Deutschland, kling, Arbeit, klang, Reihenhäuschen, kling, klong.

Keine Angst, Fingerspitzen-Flug geht anders, nicht so mit Daumen und Zeigefinger. Das ist die Art, wie Papa Geld zählt, sein Erspartes, jeden Cent. Oma und Opa waren arm, sagt die Erinnerung (ohne Gesichter, die tauchen nicht auf). Auch das ist eine Münze in seinem Kopf, die Armut, eine abgegriffene. Er trennt sich von allem nur schwer.

Die Bilder auf seinen Gedächtnismünzen sieht er nicht an. Vielleicht spürt er die Prägung beim Durchzählen und zerreibt sie jedes Mal etwas mehr (er hat harte Hände, mein Vater, sehr hart). Aber er will nur wissen, ob die Münzen noch da sind, er sieht nicht hin oder hinein. Vielleicht hat er Angst, sich im Detail zu verlieren, oder er hat die Details verloren (schon längst). Was wir »Erinnern« nennen, nennt er »Träumen«. Papa träumt nicht, und wenn doch, vergisst er es sofort. Maluna-Me ist an ihm verzweifelt.

Fingerspitzen-Flug funktioniert am besten bei Traumaugen, wenn das Bewusstsein ein bisschen gedimmt ist und die Pupillen anfangen zu zucken. Dann reagieren sie auf das Zeichen und folgen einem überallhin. Man braucht die Fingerspitzen nur fliegen zu lassen. Sehen Sie, so …!

Meinen Vater umzubauen war sehr mühsam. Hartes Geld, harte Arbeit. Ich musste praktisch jede Münze einzeln umprägen und immer wieder von vorne anfangen, jede Nacht, weil es keine Verbindungen gab, keine Adern, jede Erinnerung ein Einzelstück. Am härtesten war die Arbeit an meiner Schwester, seiner Erinnerung an sie. Daran hing er, sie hat er festgehalten, wahnsinnig fest. (Manchmal glaube ich, er hat die Heimat nur verlassen, um sie zu retten, diese Münze mit dem Mädchenkopf.) Umprägen ging nicht. Ich musste sie ihm wegnehmen, komplett, ihm die Faust aufbrechen. Am Ende, als ich sie endlich hatte, war die Münze ganz warm.

Ohne Kundra hätte ich das nie geschafft.

Anfangs habe ich Maluna-Me für die Stärkere gehalten (und die Bösere sowieso). Viel später erst habe ich verstanden, wie mächtig Kundra ist. Hypnose ist ja ganz okay, und natürlich macht es Spaß, das Denken und Fühlen der Person zu manipulieren, die vor einem sitzt (oder liegt), Anwesende ausgenommen. Doch das ist immer nur Gegenwart, immer nur jetzt und hier und im nächsten Moment schon vorbei. Es kommt darauf an, die Vergangenheit zu beherrschen, Kundras Reich, dann herrscht man für immer.

Wir nannten es »kämmen«, Kundra und ich, ganz einfach, so wie man Haare kämmt oder Kundra seinen langen, weißen Bart (den es nicht gibt, das sind Strahlen), nur eben tiefer, unter den Haaren, den Haarwurzeln. Das kam als Letztes, nach der Einzelbehandlung. Mit Kundras Strahlenkamm bin ich durch die Gehirne meiner Eltern und meiner Schwester gegangen, wieder und wieder, während sie dalagen und schliefen auf ihren Kopfkissen, nachts. Ich habe die Knoten entfernt, die Knäuel, alles, was sie verbindet. Das ist das Schwerste an der Vergangenheit einer Familie: die vielen verwickelten Erinnerungsstränge, das Wurzelgeflecht. Aller Unfriede kommt daher. Der Krieg wohnt in den Wurzeln, dort, wo sie sich berühren und festkrallen, in der Nähe, im Schmerz. Das wusste ich nicht, es ist Kundras Weisheit. Und in seiner Weisheit wusste er auch, was zu tun war. Er hat mir geholfen, die Verstrickungen zu lösen, eine Ordnung einzustrahlen in die Gehirne und die Fäden zu entflechten, sie aneinander vorbeizuführen. Nacht für Nacht habe ich an ihren Betten gesessen und meine Familie gekämmt. In aller Ruhe.

Ich könnte auch sagen, ich habe unsere Vergangenheit getötet.

Aber ich habe das Richtige getan, davon bin ich überzeugt. Es geht ihnen besser, uns geht es besser, meinen Eltern, Hanna (wie sie jetzt alle nennen) und mir. Das müssen Sie mir glauben. Wenn es so etwas gibt wie eine glückliche Familie, dann sind wir inzwischen nah dran. Wir streiten uns nicht, gar nicht mehr, wir sind viel netter zueinander als früher. Sie sind viel netter zu mir, alle drei. Der einzige Schönheitsfehler in unserem Leben ist, dass sie nicht wissen, wer ich bin.

Und dass ich sie überlebt habe. (Wenn ich mich schuldig fühle, dann dafür.)

Und dass sie von ihrem Tod nichts wissen.

Sie glauben gar nicht, wie leer ein Stecknadelkopf sein kann. Wie viel Abstand auf eine Stecknadel geht. Deswegen kommt Maluna-Me nicht mehr, wenn man von ihr spricht, wenn ich von ihr spreche. Es gibt nichts mehr engzumachen, sie kann nichts mehr tun.

Wir haben nichts mehr gemeinsam, Papa, Mama, meine Schwester und ich. Vielleicht ist das besser so.

Ich soll Sie übrigens von ihm grüßen, von meinem Vater, ich hoffe, das freut Sie, trotz allem. Mich hat es gefreut. Erwarten Sie von ihm nichts Persönliches, keine Details, er weiß nicht mehr als Ihren Namen und dass Sie meine Deutschlehrerin sind. Aber als ich ihm sagte (beim Frühstück), ich würde mit Ihnen reden, meinte er: Grüße. Und für einen Moment dachte ich: Wenn er könnte, würde er sich an Sie erinnern, Frau Höppner, bestimmt. Seine Zählfinger haben gezuckt, so als wäre da noch etwas in seinem umkonfigurierten Gehirn, irgendein Rest, das Gefühl einer Münze, die ihm durch die Finger geglitten ist.

¶

Dreyer, Emily Henriette

An: topf-fit@catering.com
CC: nicolehoeppner@gmx.net
Betreff: Gaumenfreuden, wiedergekäut
(An die Geschäftsleitung!)

Sehr geehrtes Topf-Fit-Catering,

bedauerlicherweise haben Sie auf unsere Mail vom 7. September d. J. bezüglich des von Ihnen ausgelieferten Schulessens (Betreff: »Gaumenfreuden«) nicht reagiert. Vermutlich waren Sie zu sehr mit Kochen beschäftigt. Doch was auch immer Sie von einer Antwort abgehalten hat, bitte hören Sie damit auf! Wenn sich die Qualität Ihres Essens weiter derart verschlechtert, sehen wir uns gezwungen, mit unserem klasseninternen Ranking der Top 3 der schlimmsten Schulgerichte auf facebook zu gehen, damit unsere Eltern davon erfahren. Das ist eine Drohung. (»Gaumenfreuden« war Ironie, falls Sie es beim Lesen unserer letzten Mail nicht bemerkt haben.) Insofern – letzter Ironie-Versuch: Herzlichen Glückwunsch, Sie haben sich selbst übertroffen!

☹☹☹

Lange gab es für uns in der Kategorie »Mahlzeit« nichts Furchterregenderes als Ihr Putenschnitzel mit Erbsenmöhrenreis. Dieser Klassiker des Schreckens (14 Wochen ununterbrochen Nummer eins!) ist längst nicht mehr einsame Spitze, konnte aber seine

Ungenießbarkeit bei der Essenausgabe gestern noch einmal eindrucksvoll unterstreichen. Bei diesen in Öfen gehärteten Geflügelfetzen fragen wir uns jedes Mal, ob das vorliegende Fleisch sich nicht so weit von seinem Ursprung (Pute?) entfernt hat, dass man weder von »biologischer« noch industrieller Landwirtschaft sprechen kann, sondern überhaupt nicht mehr von Landwirtschaft. Irgendwie scheint es Ihnen durch ein ausgeklügeltes Verfahren von Überhitzung und Abkühlung gelungen zu sein, Fleisch- in Textilfasern zu verwandeln. Und es kursieren Gerüchte, nach denen Sie in Ihren Küchen (!) ein semi-synthetisches Spezialgewebe auf Putenbasis entwickeln, das aufgrund seiner Strapazierfähigkeit demnächst zu Raumfahrtanzügen vernäht werden soll.

Wir wünschen guten Flug und vergeben einen soliden dritten Platz.

Auf Platz zwei (Tendenz aufsteigend) sehen wir mit deutlichem Abstand Ihr Hühnerfrikassee. Dabei scheint es sich um einen nachwachsenden Rohstoff zu handeln und/oder ein Abfallprodukt illegaler asiatischer Hühnerfarmen in Mecklenburg-Vorpommern. Jedenfalls ist uns nicht entgangen, dass Sie beträchtliche Mengen desselben ausliefern, so oft es nur geht (mindestens aber ein bis zwei Mal wöchentlich). Insofern liegt der Verdacht nahe, dass »Topf-Fit-Catering« lediglich als Tarnfirma fungiert, deren alleiniger Zweck es ist, möglichst unauffällig ganze Containerladungen davon zu verklappen. Die unter dem nicht geschützten Markennamen »Huhn« verarbeiteten Bestandteile lassen sich bei näherer Betrachtung weder als Hühnerfleisch noch -knochen identifizieren, sondern allenfalls als Hühnerschleim. Offenbar bezieht sich das Prädikat »frei laufend« auf den Schnupfen und sonstige Ausflüsse der von Ihnen verarbeiteten Tiere (falls Sie überhaupt Tiere verarbeiten und nicht nur deren Ausflüsse).

Mutmaßungen dieser Art äußern wir keineswegs leichtfertig. Vielmehr laden wir Sie herzlich dazu ein, einen Löffel Ihres sogenannten Hühnerfrikassees im Selbstversuch zu testen, am besten mit verbundenen Augen. Es ist wirklich wichtig, dass Sie gar nichts sehen (da das Auge bekanntlich mitisst, leider, das ist Teil des Problems). Konzentrieren Sie sich auf Ihre Geschmacksnerven, das Geschmackserlebnis, wenn dieses gallertartige Etwas sich über Zunge und Gaumen ergießt. Und versuchen Sie, genau nachzuvollziehen, was sich während der circa drei Minuten verändert, die Sie es im Mund behalten – so lange braucht man in der Regel, um die Kraft zu finden, Ihr Was-auch-immer-es-ist herunterzuschlucken.

Der erste Eindruck: Es ist salzig. Es ist warm (lauwarm meistens), weich und wabbelig. Seine undefinierbare Konsistenz gleicht am ehesten einem unter Mikrowelleneinwirkung zerflossenen Pudding (um nicht ständig von »Schleim« zu sprechen). Die vereinzelten Festbestandteile, die man mit der Zunge oder den Zähnen zu fassen kriegt, erinnern an unvollständig aufgelöste Knorpel oder Narbengewebe, allerdings nur, wenn man in dem naiven Glauben daran herumlutscht, dass es sich um Huhn, Huhnähnliches oder Huhnidentisches handelt. Die Zunge selbst gibt keinerlei Aufschluss über Art und Herkunft dieser Dickungen. Sie könnten alles Mögliche sein, Mehlstippen, Sülzbrocken, Talg oder Hartschleim (Entschuldigung). Deshalb ist es so wichtig, dass Sie ganz unvoreingenommen an dieses kleine Geschmacksexperiment herangehen.

Wir kommen jetzt zu dem Punkt, an dem Sie sich im Idealfall auch die Nase verbinden. Durch die vom Essenstablett aufsteigenden Maggi-Dämpfe ist der Geruchssinn, wie Sie wissen, leicht zu täuschen, was das Geschmacksurteil insgesamt verfälscht. (Auch die Nase isst mit, leider-leider.) Umso mehr kommt es darauf an, dass Sie sich gegen Ende der drei Minuten Verzehrdauer noch einmal darauf besinnen, was Sie wirklich schmecken.

Merken Sie, wie die Masse in Ihrem Mund immer mehr wird statt weniger und sich ausdehnt bis in die Backentaschen? Ein biomechanisches Phänomen, das wir uns nicht erklären können (Sie vielleicht?). Wir raten Ihnen nur dringend: Schlucken Sie es herunter, jetzt oder nie! Und spüren Sie ihm nach, diesem seltsam vertrauten Geschmack und Brand im Rachen. Wir haben lange nach dem richtigen Wort dafür gesucht und zu guter Letzt eins gefunden, ein ebenso warmes wie salzhaltiges: »maritim«. Ja, Ihr Frikassee schmeckt maritim, finden Sie nicht? Es schmeckt nach Mittelmeer. Das klingt vielleicht abwegig, aber so ist es. Haben Sie jemals an der italienischen Riviera Urlaub gemacht, Kroatien, Griechenland, Türkei? Dann kennen Sie den faden, Brechreiz verursachenden Salz-Geschmack, wenn man einen Schwall lauwarmes Mittelmeerwasser schluckt. Genauso schmeckt Ihr Huhn! Was darauf schließen lässt, dass es sich – wenn überhaupt – um »frei schwimmende« Hühner handelt.

☺☺☹

Kein Scherz: Wir wissen jetzt, was Sie in Ihr angebliches Hühnerfrikassee tun. Wir wissen Bescheid über Ihre krummen Geschäfte, weshalb wir unsere Klassenlehrerin in CC setzen (sie ist also im Bilde, falls uns etwas zustößt). Und wir wissen so gut wie Sie, dass wir längst die Grenze überschritten haben, wo die Restaurantkritik aufhört und das Lebensmittelrecht anfängt. Müssen wir noch deutlicher werden?

Werden wir aber.

Noch in unserer letzten Mail (und allen vorigen) waren Quallen unsere Theorie. Ja, wir sahen es als erwiesen an, dass Ihr Hühnerfrikassee zu mehr als fünfzig Prozent aus Quallen besteht, klein gehäckselt. Topf-Fit-Catering hat das trotz wiederholter Anfragen offiziell weder bestätigt noch dementiert, aus gutem Grund, wie uns jetzt klar ist. Denn wir waren auf dem Holzweg – nicht die ganze Strecke, aber doch auf den entscheidenden letzten Metern. Bei Ihrem Hühnerfrikassee handelt es sich nicht um Quallen-Geschnetzeltes, sondern (wie wir dank einer Mitschülerin mit einschlägiger Seafood-Erfahrung und den entsprechenden Allergien zweifelsfrei nachweisen konnten) um Austern. Mittelmeeraustern aus kroatischer Zucht sind Ihr Hühnerfrikassee. Die Ausschussware natürlich. Das ist die einzig plausible Antwort auf das Rätsel seiner schnupfenartigen Konsistenz. Kein anderes Meerestier, geschweige denn Geflügel, besteht so durch und durch aus Schleim (one more time).

Bleiben zwei Fragen: Warum tun Sie das? Und: Warum tun Sie uns das an? Letztere ist leicht zu beantworten. Wir sind Ihnen egal. Unsere Gesundheit interessiert Sie nicht, solange wir nicht auffällig krank werden und Ihnen einen Lebensmittelskandal bescheren. Dabei sind Skandale eigentlich egal und ohne Folgen sowieso. Viel schlimmer ist der Alltag, der tägliche Schlag in die Magengrube, die Absage an die Lebensfreude, die wir uns Mahlzeit für Mahlzeit abholen, wenn wir bei Ihnen in der Essensschlange stehen.

Warum also tun Sie das? Profit, natürlich, aber das ist nur die halbe Wahrheit. Wir sagen Ihnen, warum Sie es wirklich tun: Weil Sie nicht anders können. Weil Sie Teil des Systems sind, ein winzig kleiner Teil. Und Ihre Funktion, Ihre einzige Daseinsberechtigung besteht darin, die Botschaft des Systems zu verbreiten, die da lautet: Schluck es! Schluck das Lügenfrikassee, schluck, was immer wir dir vorsetzen unter den Reklame-Namen, mit denen wir es dir schmackhaft machen. Schluck so viel du kannst von unseren Lügen, auf dass sie dir in Fleisch und Blut übergehen und du selbst zur Lüge wirst! – Es geht um Anpassung, kurz gesagt. Ums Dazugehören. Und das heißt schlucken, immer wieder.

Wir sind das Produkt von Produkten, von denen wir glauben, dass wir sie konsumieren, aber es ist genau andersrum, sie konsumieren uns. Sie fressen uns auf.

Haben Sie jemals auf den Speisehaufen auf Ihrem Tablett gestarrt und gedacht: Wenn ich das essen muss, um zu leben, sterbe ich lieber!?

Nein?

Wir denken das jeden Tag.

Aber bitte, jetzt sind Sie dran! Jetzt ist die Gelegenheit, uns vorzurechnen, dass es nicht an Ihnen liegt. Liegt es ja auch nicht. Die Gewinnmargen sind so schmal, die Zuschüsse der öffentlichen Hand so mager und das Essensgeld ein Politikum ohne Spielraum, während die Kosten beim Einkauf explodieren, sodass für Lagerung, Zubereitung, Auslieferung fast nichts mehr bleibt. Und das heißt: Löhne drücken, ungelerntes Personal einstellen, Minijobber. Die Mitarbeiter-Motivation ist unterirdisch, die Erwartung von Schülern, Lehrern, Eltern (!) gigantisch. Und am Ende des Tages, wenn alle anderen längst nach Hause gegangen sind, wenn Sie einen letzten besorgten Blick auf Ihre Excel-Tabellen geworfen haben und den Computer gerade runterfahren wollen, bekommen Sie diese Mail.

☹ Aber wirklich: ☹☹☹!!!

Wir verstehen Sie. Nicht nur weil wir in der Schule gut aufpassen, wenn es ums Reichwerden geht, nicht nur weil wir die Geld-Gespräche unserer Eltern auswendig können und sämtliche Karriere-Casting-Shows verinnerlicht haben. Wir verstehen Sie, weil wir sie schmecken: Ihre Erschöpfung, der Ihr lustiges Topf-Fit-Logo höhnisch ins Gesicht lacht. Wir essen sie. Wir essen das alles mit. Und es tut uns leid. Für uns, für Sie. Ja, auch für Sie.

Oder haben Sie nie auf Ihren PC gestarrt und gedacht: Wenn ich solche Geschäfte machen muss, um Geld zu verdienen, bin ich lieber arbeitslos.

Dumm gelaufen, Mr. Topf-Fit. Sie wollten Ihr eigener Chef sein, jetzt sind Sie Ihr Mädchen für alles. Sie dachten, Sie bringen es zur Superameise, jetzt laufen Sie mit im hinteren Drittel. Zu dumm.

Mit Schul-Catering wird man nicht reich, das hätte Ihnen eigentlich klar sein müssen (Augen auf bei der Berufswahl!). Und beliebt macht man sich damit auch nicht. Sie können sich die Ohren abtelefonieren, selbst mit Hand anlegen und täglich eine Tonne Industrie-Gemüse schnibbeln – danken wird es Ihnen keiner. Im besten Fall überreicht Ihnen irgendein Schuldirektor eine goldene Kochmütze im Wert von 1,99 Euro oder der zweite stellvertretende Bürgermeister merkt sich Ihren Namen und klopft Ihnen bei der nächsten Turnhallen-Neueröffnung auf die Hängeschulter für treue Dienste am System. Sie dürfen – höchstes der Gefühle! – sogar mit aufs Foto, Seite 2, Lokalteil, Sie und die Sportskanonen vorne, die dicken Kinder hinten. Und alle gucken in die Kamera und rufen laut: Spaghetti!

Nein, reich wird man so nicht, nur müde im Laufe der Zeit und ein Schwein, natürlich, ein ungesundes, krankes Schwein. (»Ameise« ist ein Euphemismus. Ameisen haben eine uniforme Würde, kranke Schweine haben schlechte Haut.)

Sorry, aber ☹!

Natürlich können Sie nichts dafür. Sie sind selber Opfer. »Fahren Sie mit einem Porsche 911 Cabriolet in geilen Serpentinen über alle Berge ohne Tempolimit und Gegenverkehr!«, hieß es im Existenzgründer-Seminar »Freier Unternehmer/Gastro-Gewerbe« (oder haben Sie nicht richtig zugehört?). Stattdessen stehen Sie mit Ihrem geleasten Mitsubishi jeden Morgen um sieben im Stadtverkehr auf dem Weg zu Ihrem Büro (Industriegebiet-Nord, mit Blick auf den Fuhrpark einer Möbelspedition anstatt über die Skyline der City) und werden zur Begrüßung von Ihrer Sekretärin angepampt, weil Sie dran waren mit Kaffeepads-Kaufen.

Mehrere falsche Versprechungen später entrinnen Sie dem Vorzimmer, schließen Ihre Bürotür hinter sich und seufzen tief. Die zweieinhalb Schritte bis zu Ihrem Schreibtisch kommen Ihnen unendlich lang vor und unendlich fragwürdig. Selbst wenn Sie sich dazu durchringen könnten, müssten Sie als Nächstes Ihren PC hochfahren (eine klobige, ehemals cremefarbene Kiste, jetzt der reine Gilb). Und dann fällt Ihnen diese Mail ein, und Sie fragen sich, woher wir das alles wissen und ob es in Ihrem PC irgendwo eine versteckte Kamera gibt. Im Grunde handelt es sich um Stalking, denken Sie, einen Straftatbestand, Sie könnten zur Polizei gehen mit dieser Mail und uns anzeigen wegen Betriebsspionage. Aber wir sind Ihre Kunden (oder Opfer, ohne dass Sie der Täter sind, jedes Geschäft ist ein Opfer-Opfer-Verhältnis, Täter ist das System). Und wie sähe das aus, wenn Sie als Topf-Fit-Catering Anzeige erstatten gegen die Schülerinnen und Schüler, die Sie beliefern/vergiften? Schlecht sähe das aus, ganz genau. Sie sind uns, Ihren Kunden, ausgeliefert auf Gedeih und Verderb. Also gehen Sie, um sich nicht gleich an den Schreibtisch zu setzen, erst einmal die anderthalb Schritte zum Handwaschbecken an der Wand und wippen ein bisschen auf den Zehenspitzen, während Sie hineinpinkeln (was Sie sich angewöhnt haben in letzter Zeit, um nicht ständig an Ihrer Sekretärin vorbeizumüssen). Dabei pfeifen Sie nicht und meiden den Blick in den fleckigen Spiegel. Sie wollen keinen Kontakt, auch nicht mit sich selbst. Und wenn Sie etwas pfeifen müssten, um das Plätschern im Waschbecken zu übertönen, dann am liebsten *Everybody Hurts* (REM – Sie sind nicht mehr der Jüngste). Aber bis auf den Titel fällt Ihnen von dem Lied nichts mehr ein. Also pinkeln Sie bei mäßigem Blasendruck mit geschlossenen Augen möglichst geräuschlos ins Waschbecken und beten, dass Ihre Sekretärin jetzt nicht hereinkommt, oder Sie beten, dass sie hereinkommt. Dann lassen Sie Wasser nachlaufen in der Hoffnung, dass es aus dem Abfluss nicht zu sehr nach Kloake stinkt. Sie waschen sich die Hände, ein bisschen zum Schein, ein bisschen im Ernst, aber ohne Seife. (Der Seifenspender spendet schon seit Wochen keine Seife mehr.) Sie trocknen sich die Hände ab, Zeit gewinnen. (Auch das Handtuch müsste mal ausgetauscht werden, aber dafür ist das Leben zu kurz.) Einen Moment lang stützen Sie sich mit gesenktem Blick auf den Waschbeckenrand und denken an gar nichts, denken einfach nur »Pause«, so als gäbe es eine, wenn man nicht mehr kann. (Aber vielleicht denken Sie auch »Schluss«. Schluss gibt es.)

Oder Sie denken an was Schönes ☺ …

Nun kommen Sie, jetzt gucken Sie schon hoch! Gucken Sie sich an! Oder sind Sie kein bisschen neugierig, wen oder was Sie im Spiegel vor sich sehen werden, ein kaputtes Schwein oder eine arme Sau?

Na bitte. Immerhin können Sie noch in den Spiegel gucken. Das ist doch was nach all den Geschäften, die Sie machen/durchmachen mussten. Es ist das System, das Sie tröstet und sagt, dass alles Hässliche an Ihnen – das Schwein, das aus dem Spiegel zurückguckt – das System ist. Dafür ist es da. Es nimmt alles Hässliche auf sich, es übernimmt Ihr Schweinsein und spendet Ihnen den Trost der zwei Gesichter. Es sagt: Was Sie da sehen, die Fratze, die Fresse, die Schweineglatze, das sind gar nicht Sie, Sie sind gar nicht so. Nein, nein, Sie haben zwei Gesichter, ein Systemgesicht und ein schönes, und das Schöne sind in Wirklichkeit Sie, der Mensch, und das System ist das Schwein. Sie können das trennen. Ihre Familie, Ihre Freunde, sogar manche Kollegen können das trennen, das Schwein vom Menschen, den Menschen vom Schwein, so wie Sie Ihren Müll trennen (wenn es Ihnen nicht zu lästig ist oder zu teuer). Ich hässlich, du schön, du gut, ich böse, sagt das System, wenn Sie ihm nicht zu lästig sind oder zu teuer. Und dann schultert es Ihr Kreuz und bringt Ihnen den Müll raus. (Es verfügt über unerschöpfliche, weltweite Mülldeponien, wie es scheint.) Ja, das System ist für Sie da, solange Sie für es da sind. Es kümmert sich um Ihr moralisches Konto und gleicht es aus, was immer Sie tun, solange Sie es für das System tun. Und es bespaßt Sie, wenn Sie traurig sind. Es ist extrem unterhaltsam und immer gut drauf, das System. Es versteht Spaß, sofern es ihn verkaufen kann. Es lässt Sie nicht im Stich, wenn Ihnen Schweineschatten auf die Seele fallen und Sie sich hässlich fühlen und schuldig und traurig und grausam und dumm (oder zumindest gedankenlos) und egoistisch und uninteressant und langweilig (sehr langweilig) und mittelmäßig und schlecht und alles zusammen – denn, hey!, es ist immer da, das System. Sie sind nicht allein, nicht der Einzige, Sie sind Mitglied und bekommen das Rundum-Sorglos-Paket. Kein Problem.

Und, übrigens, Mann, gute Unterhaltung ☺☺☺!!!

Sehen Sie? Sie können lächeln. Das ist super. Lächeln heißt loben. Lächeln ist das Kompliment, das das System Ihrem Gesicht macht oder Ihr Gesicht dem System (so genau lässt sich das nicht sagen). Lächeln geht in beide Richtungen, von innen nach außen und von außen nach innen. Es ist die Schnittstelle von Systemmaske und Ihrem wahren Gesicht, es ist Mund und Arsch gleichzeitig, rein und raus, und in gewisser Weise perfekt, wie das System selbst. Man muss es nicht lieben, überhaupt nicht. Es funktioniert sogar viel besser ohne innere Beteiligung. Es ist geradezu gemacht für Leute ohne innere Beteiligung. Es ist ideal für Leute wie Sie, die sich nicht mehr erinnern können, was innere Beteiligung überhaupt war. Das System ist ein perfekter Kreislauf von Schuld und Entschuldigung und als solcher sogar schön (ein bisschen), nicht schön für die Welt, aber formschön, schön an und für sich, und vor allem geschlossen, es ist ein Muster an Geschlossenheit. Ja, damit allerdings muss man zu leben lernen, dass es kein Außerhalb gibt (jedenfalls kein schönes), dass die Welt außerhalb des Systems eine Müllhalde ist und dass es kein Entkommen gibt (wenigstens nicht mit heiler Haut). Es gibt keinen Ausweg, eine Million Möglichkeiten, aber keinen Weg dran vorbei.

Womit wir wieder in Ihrem Büro wären, vor dem Spiegel und dem Tag, vor dem Sie stehen.

Womit wir wieder beim Top-Ranking der drei schlimmsten Schulgerichte wären. Platz eins – und unerreicht – ist das vegetarische Wahlessen: Soja an Erbsenmöhrenreis ohne Putenschnitzel, Soja an Pilzeerbsenreis ohne »Hühner«-Frikassee, jedes x-beliebige Soja-an-Fleischbeilagen-ohne-Fleisch-Gericht. So einfach kann man dem Vegetarismus die Unschuld rauben. Es gibt kein Sattwerden außerhalb des Systems.

Womit wir wieder beim Weitermachen wären. Auch Sie haben natürlich keine Wahl, Sie können nichts machen, außer weiter, immer weiter mit Ihren Telefonaten, Ihren Beschaffungs- und Personalproblemen, Ihren Speiseplänen der Ausweglosigkeit.

Wenn Sie nur nicht so müde wären …

Aber nicht daran denken, denken Sie und stoßen sich vom Waschbecken ab, ohne den Blick Ihres Spiegelbilds zu erwidern (weiter, weiter, es gibt nichts zu sehen). Sie gehen zu Ihrem Schreibtisch, lassen sich in Ihren Secondhand-Chefsessel fallen und drücken den Start-Knopf Ihres Sondermüll-PCs. Geht gleich los! So lange reiben Sie sich die Müdigkeit aus dem Gesicht. Das haben Sie sich angewöhnt, statt Rauchen, diese Kurzmassage der Kopfschmerzzonen, eigentlich eine Feierabend- oder Nachtschicht-Geste, aber jetzt geht es morgens schon los, dass Sie sich übers Gesicht fahren, immerzu, mit beiden Händen. (Sie haben Zeit, Ihr PC ist sehr langsam.) Und Sie machen den Fehler, einen Blick zu riskieren, Ihre Hände anzuschauen, wie sie daliegen auf der Tastatur (Ihr Computer fährt immer noch hoch). Seit wann, fragen Sie sich unwillkürlich, springen Ihre Adern so vor, heben sich Ihre Sehnen so ab und schimmern die Knöchel so weiß durch Ihre Haut? Seit wann sind da Altersflecken auf Ihrem Handrücken, wo eben noch Muttermale und lustige Sommersprossen waren? Und wie konnten Ihre Hände so unbemerkt vom Rest Ihres Körpers zu denen Ihres Vaters werden? Wie lange sind Sie eigentlich schon hier in diesem Büro, wie viele Jahre? Und warum merken Sie jetzt erst, wie sich in Ihnen alles zuspitzt, alle Gedanken, Gefühle, zu der einen, einzigen Frage: Wenn ich in diesem Büro weiter arbeiten muss, um zu leben, nur einen Tag noch, sterbe ich lieber.

Und Sie merken erst jetzt, dass es gar keine Frage ist.

Engelke, Beatrice

Wenn nur nicht diese Stille eintreten würde, wo immer ich hinkomme, dieses Schweige-Geräusch. Die Gespräche verstummen, und alle erwarten, dass ich etwas sage, so als wäre ich ihnen eine Erklärung schuldig oder zumindest das Versprechen, dass ich es nie wieder tue. Jedes Mal, wenn ich einen Raum betrete, ist das so. Nicht, dass sie mir einen Vorwurf machen, aber man hört, wie sie ihn unterdrücken. Dabei müsste ich nur ein paar Sätze sagen, ich müsste es nur versuchen, als Zeichen des guten Willens, und alles wäre halb so schlimm. Stattdessen sehe ich sie denken: Stille Wasser … Damit bin ich gemeint und kann nicht widersprechen, obwohl es das Letzte ist, was ich sein will.

Ich bin nicht tief.

Aber was soll ich sagen, wenn ich morgens ins Bad gehe und als Erstes sehe: Papa hat über Nacht das Schloss vom Badezimmer ausgebaut und vom Gäste-WC auch. Dafür hängt diese Ampel an der Klotür, selbstgebastelt, das Werk meiner Mam. Rot = besetzt, Grün = frei. Ich hätte am liebsten geschrien.

Ich bin nicht still.

Zu spät fällt mir ein, dass draußen noch Grün hängt. Ich drücke die Klospülung, zwei, drei Mal, drehe den Wasserhahn voll auf und lasse laufen. Das Rauschen beruhigt, macht das Schweigen weg, auch wenn Mam wahrscheinlich denkt, ich verheimliche auf diese Weise wer weiß was. Es tut mir leid, dass sie sich solche

Mühe gibt, mich zu verstehen, Paps auch. Sie glauben, sie kennen mich, das glauben sie wirklich. Aber sie verstehen nichts. Sie haben ihre Verständnislosigkeit nur gezähmt.

Seit ich denken kann, ist da dieser Satz, den ich ihnen sagen will, immer schon: Behaltet eure Liebe für euch.

Wenn sie jetzt an die Klotür klopfen und den Kopf reinstecken, schreie ich das Haus zusammen. Aber Mam macht Frühstück, Paps sucht seine Sachen zusammen, als wäre heute ein ganz normaler Tag. Sie können sogar ihre Angst zähmen und ihre Traurigkeit. Vielleicht haben sie auch weniger davon.

Meine Eltern sind echt lieb, ich nicht. Ich stelle die Ampel auf Rot, als ich das Klo verlasse, und schleiche zurück auf mein Zimmer. Ich bin nicht so gut im Zähmen wie sie.

Beim Frühstück redet Mam von den Alpen und wohin wir in den Herbstferien verreisen. Es ist die reine Verzweiflung, obwohl sie sich Mühe gibt, munter zu klingen. Paps und ich starren auf unsere Teller. Das Brot ist vorgeschnitten und mein Messer stumpf, damit ich mir nicht die Pulsadern aufschneide. Ich scheitere an der Butter, die direkt aus dem Kühlschrank kommt. Meine Eltern wechseln einen vielsagenden Blick. Als ich gucke, gucken sie weg.

Ich würde jetzt gerne den Schlüssel umdrehen.

Beim nächsten Versuch steche ich zu, stoße das Messer tief in die Butter und stehe auf. Mam fängt sofort an zu schweigen. Einen Moment sehen wir uns in die Augen. Nichts passiert. Dann, ganz langsam, schiebt sie ihren Stuhl zurück und stellt sich mir in den Weg, um zu verhindern, dass ich mir eine Waffe hole. Mama ist selbst eine Waffe. Ihr Gesicht kämpft. Aber sie fragt nur: Erdbeermarmelade?

Und ich sage wieder kein Wort.

Auch Papa ist aufgesprungen, die Tasse in der Hand. Er trinkt seinen Kaffee im Stehen, trinkt aus. Das Brot, das er sich geschmiert hat, packt er in seine Brotbox und die Brotbox in seine Aktentasche. Damit ist unser Frühstück gescheitert, wieder einmal. Wir sind schon im Flur bei den Mänteln, als es einen dumpfen Schlag gibt in der Küche, silbriges Klirren und Klimpern über die Fliesen hinweg. Paps ist als Erster an der Küchentür. An seiner Schulter vorbei sehe ich Mama am Boden, auf den Knien, vor einem Haufen Blut. Erdbeermarmelade, aber es sieht aus, als käme das alles aus ihr.

Fahrt los, sagt sie, nun fahrt schon. Ihr kommt sonst zu spät.

Das, was so glitzert, sind Scherben.

Im Auto rettet uns das Radio, die Geschwindigkeit. Alles ist schnell vorbei, die Lieder, die Lichter, die Werbung, die Zeit. Es fällt viel leichter, im Auto zu schweigen. Papas Hände rascheln auf dem Lenkrad wie Laub. Er ist ein Baum, nur nicht wenn er schaltet, dann ist er Teil der Maschine, einer zahmen Maschine, die sofort gehorcht. Während der Fahrt spricht er nicht. Die einzige Mühe, die ich bemerke, ist rechts, rechte Seite. Er vermeidet den Schulterblick, um nicht ständig nachzusehen, wie es mir geht. Aber auch das wird weniger. Ich fühle mich nicht tief. Es geht mir gut.

Zum ersten Mal sehe ich das Wetter. Es ist Herbst.

Ich könnte stundenlang so weiterfahren und träume von allen möglichen Arten, nie anzukommen. Ich beneide die Häuser auf dem Weg, weil sie stehen bleiben können und nirgendwohin müssen. Als wir in den Tunnel unter der Eisenbahnbrücke hineinfahren, mache ich die Augen zu. Aber ich bin nicht aufgeregt, kein Stück. Ich verlasse mich ganz auf die Müdigkeit in mir, die sich anfühlt, als hätte es nie eine Unterbrechung gegeben, als würde ich zur Schule fahren wie jeden Tag.

Gestern bei Mams Telefonat mit Frau Höppner dachte ich noch, ich bringe mich wirklich um. Ich wollte sie nicht belauschen, ich wollte nur sagen, dass es noch zu früh ist für mich, für meine Rückkehr in die Klasse. Doch ich stand da, hinter der Tür, und konnte nicht. Ich konnte nur hoffen, dass Frau Höppner es für mich sagt oder meine Mutter es sich anders überlegt in letzter Sekunde. Es war ein langes Telefongespräch. Irgendwann ging die Tür auf. Mam starrte mich an, die freie Hand wie eine Muschel vor dem Mund. Ich schämte mich so, sie telefonierte weiter. Was Frau Höppner am anderen Ende sagte, verstand ich nicht. Doch Mam hörte sich an, als wäre sie die Lehrerin. Sie kann ihre Stimme so gut zähmen. Beim Auflegen hatte sie Scherben in den Augen.

Und ich stand da und wollte tot sein.

Jetzt bin ich froh, dass ich zur Schule fahre, schon wieder – mit Betonung auf »schon« und auf »wieder«. Es gibt kein Zurück mehr, keine Wahl, keine Qual. Ich habe genau die richtige Müdigkeit, um durchzukommen, nicht zu flach, nicht zu tief. Mein Herz klopft fast gar nicht.

Als ich die Augen wieder aufmache, ist es hell, und wir sind beinahe da.

Emilys Vater kommt uns in seinem Porsche entgegen und blendet kurz auf zur Begrüßung. Emily kniet wahrscheinlich schon vor dem Schulklo und bulimisiert ihr Frühstück. Sie ist alles, was ich immer sein wollte, schön, schlank, schnell, die Schnellste aus unserer Klasse. Emily hat die reichsten Eltern und das größte Engagement (Schulsprecherin, AG-Königin, Netzaktivistin). Sie hat die teuersten Klamotten und interessiert sich nicht dafür. Sie hat keinen Freund, aber die wildesten Affären – mit dem Sänger von Spellbound, einem Nachwuchsfußballer aus Argentinien, der blauschwarze Locken hat wie ein Prinz, mit dem Schul-Caterer, der ihr Vater sein könnte, wenn ihr Vater nicht das Zigfache verdienen würde. Sie kann echt jeden haben und hält es mit keinem aus. Wenn wir zusammen auf Tour waren, früher, habe ich mich immer beschützt gefühlt in ihrem Schatten. Ich konnte sicher sein, dass alles, was passiert, ihr passiert, dass ich nur zuschaue und Emily vor mir stirbt. Ich hatte nie die Absicht, ihr zuvorzukommen. Aus den Augenwinkeln mustere ich Papa, um zu sehen, was er denkt. Er wirkt sehr grau auf einmal, silbergrau und alt, wie unser Auto.

Die Ampel vor uns schaltet auf Rot.

Eine Gruppe von Schülern aus den unteren Klassen überquert die Straße wie eine kleine Herde. Einige albern herum, andere trotten teilnahmslos hinterher. In meinem früheren Leben bin ich sie alle gewesen und keiner.

Im Seitenfenster taucht Annika auf, wie schwebend auf ihrem Fahrradsattel – ich bin ganz eingesunken, merke ich, in meinem Sitz. Sie winkt mit ihren bunten Wollhandschuhen zu mir herein, so lieb, als gäbe es die Schule überhaupt nicht und wäre sie auf dem Weg zu mir. Sie freut sich, glaube ich, wirklich, mich wiederzusehen. Damit habe ich nicht gerechnet.

Ich lächle, so gut es geht, und richte mich wieder auf. Wenn ich Annikas Lippen richtig lese, sagt sie: »Bis gleich«, und das ist ein Trost. Sie radelt an uns vorbei, gefolgt von ihrem kleinen Bruder auf dem lila Klapprad, das noch bis vor Kurzem ihrs war. Die restlichen paar Hundert Meter fahren die beiden vor uns her, Annikas kleiner Bruder in Schlangenlinien. Er ist kleiner geworden, scheint mir, in der Zwischenzeit – oder größer in der Erinnerung. Der Arme muss sich ganz schön abstrampeln, kann die Spur kaum halten und dreht sich mehrmals nach uns um, als würden wir ihn verfolgen. Dann schließt er wieder zu seiner Schwester auf, schrammt fast ihr Hinterrad und den mit Zeitungen vollgemüllten Gepäckkorb. Irgendwie macht es mir Angst, dass wir ihm solche Angst machen. Meine Hände schwitzen. Im Rückspiegel zähle ich sieben Autos, acht, die sich hinter uns stauen.

Vor der Schuleinfahrt streckt Annika den linken Arm aus, ihren bunten Wollhandschuh. (Ich erkenne das Strickmuster wieder und wundere mich, dass sie damit schon fertig ist, aber was heißt »schon«, was heißt »wieder«?) Sie verhält sich vorbildlich im Straßenverkehr mit Schulterblick und allem, um ihrem Bruder ein Beispiel zu geben. Annika ist die beste Schwester. Als sie über die Bordsteinkante fährt, purzeln ein paar zerknüllte Zeitungsseiten aus ihrem Korb und wehen auf die Straße. Paps weicht ihnen aus, als wären sie lebendig, und rollt langsam rechts ran. Die Autoschlange zieht an uns vorbei, eine Wutkarawane, ein Wind. Papas Hände fallen vom Lenkrad ab. Dann dreht er den Schlüssel um, und es ist still, zum ersten Mal – die Stille, die ein Motor hinterlässt.

Am liebsten würde ich im Auto sitzen bleiben neben Papa, bis es zum zweiten Mal geklingelt hat, damit ich unsichtbar über den Schulhof komme, unsichtbar in die Klasse im richtigen Moment. Aber Papa ist immer pünktlich. Er beugt sich zu mir rüber – für einen Abschiedskuss auf die Stirn, denke ich und senke den Kopf. Doch er stößt nur die Beifahrertür auf.

Mama, sagt er, holt dich ab.

Und dann stehe ich mit meiner Tasche auf dem Gehweg. Ein Gefühl wie erster Schultag. Ein Gefühl, als hätte ich das alles schon erlebt.

Ich schaue mich nach Henk um und schweife über den Schulhof. Nicht, dass ich Angst hätte, ihm zu begegnen. Es geht nicht um Liebeskummer, nicht um Hass, nicht hauptsächlich. Es geht um das Mädchen, das ich einmal war. Ich will es nie wiedersehen. Und ich weiß, es ist hier irgendwo in seiner Nähe.

Ich gehe am großen Fahrradstand vorbei, ganz vorne das Klapprad von Annikas Bruder, angeschlossen an ihrs, damit er nicht fliehen kann. Im Korb, zwischen den Zeitungen, liegt ihr Turnbeutel. Mir fällt ein, dass heute Mittwoch ist und ich auf keinen Fall zum Sport kann. Das hatte ich vergessen.

Aus der Raucherecke kommt Emily auf mich zu. Sie hat noch mehr abgenommen. Ihre Röhrenjeans, in die ich im Leben nie passen werde, schlackern um die Oberschenkel. Ein mehrlagiger, taubengrauer Wollschal dient ihr als Knochenversteck, gibt ihr ein bisschen Volumen und Weichheit obenrum. Schon auf halbem Weg breitet sie die Arme aus, fliegt ein paar Schritte und legt ihre Flügel um mich. Das tut gut. Einen Moment lang sehen alle nur sie.

Ich will auch kuscheln, ich auch!, brüllt Lenny, der Idiot, und drängt sich in unsere Umarmung. Er findet es besonders witzig, sich mir an den Hals zu werfen statt der Schönsten von der Schule. Doch Emily packt ihn mit einem Griff und zwingt ihn zu Boden – sie hat Selbstverteidigung, zweimal die Woche, und irgendeinen Gürtel in irgendeiner Farbe. Wenn sie will, kann sie jeden demütigen, im Handumdrehen. Dann hakt sie mich unter und läuft mit mir zur Treppe. Sie fliegt, ich stolpere über meine Füße. Lenny ruft uns über den ganzen Schulhof etwas nach, irgendetwas Idiotisches, alle lachen. Wir drehen uns nicht einmal um. Er ist wirklich so ein Vollidiot. Auf dem Treppengeländer sitzt der dicke Rick, Henks bester Freund, und spuckt auf die Steinbeete oder seine Schuhe. Noch immer keine Spur von Henk. Aber das will nichts heißen. Er kann überall sein – und das Mädchen, dem ich nicht begegnen will, auch.

Annika kommt uns auf der Treppe entgegen. Ich wundere mich, dass sie schon oben war, und blinzle zu ihr hoch. Doch unsere Blicke verfehlen sich. Sie hält Ausschau über alle Köpfe hinweg und fragt nach dem Hausmeister, ob wir wüssten, wo er steckt. Wir zucken mit den Achseln, erst Emily, dann ich, während Annika die Stufen hinuntereilt. Im Vorbeigehen streift mich ihr sanftes, suchendes Lächeln ganz flüchtig, aber gerade diese Flüchtigkeit weckt in mir den Wunsch, es festzuhalten. Am liebsten würde ich mich vor sie stellen wie vor einen Spiegel und eintauchen in ihren Blick.

Als sie zwischen den Grüppchen auf dem Schulhof verschwindet, spüre ich ihr Lächeln auf meinem Gesicht. Es passt genau.

Emily zieht mich weiter durch die Schulkantine, Geruchsschwaden von dünnem Kaffee und muffigen Brötchen, Reinigungsmittel und Maggi. Hinter den Glasvitrinen, auf die sie beim Schlangestehen immer *Schwein* schreibt, wischt eine Frau mit einem nicht mehr ganz weißen T-Shirt und schief sitzender Plastikhaube verkratzte Bleche. Der Caterer ist da oder nicht da, Emily lässt das kalt. Sie hastet mit mir in den Seitentrakt und dann die Treppe rauf, immer höher, bis zum Speicher, der verschlossen ist. Dort geht sie in die Hocke, und mir bleibt nichts anderes übrig, als es ihr gleichzutun.

Auf der Brettertür mit dem dicken Vorhängeschloss und dem Betreten-verboten-Schild steht in schwarzen, hieroglyphenartigen Buchstaben *Maluna-Me* und dahinter, falschrum, in Spiegelschrift: *tanz den Fingertanz*. Ich werde das Gefühl nicht los, dass wir nicht allein sind.

Und jetzt erzähl, flüstert Emily, wie war es? Wie hat es sich angefühlt, tot zu sein?

Ich schweige und horche, wer oder was hinter der Tür ist. Ich glaube nicht, dass es gut ist, wenn uns jemand hört. Doch Emi fragt weiter, ob ich ein weißes Licht gesehen hätte oder mein ganzes Leben im letzten Moment an mir vorübergerauscht sei. Dann macht sie das Schweige-Geräusch, weil sie denkt, dass ich es ihr nicht sagen will. Stille Wasser, denkt sie. Ein Missverständnis. Sie will das Mädchen sprechen, das gestorben ist, nicht mich.

Als es klingelt, atme ich auf.

Wir erreichen den Klassenraum noch vor Frau Höppner. Die anderen sind fast alle da, sogar Henk. Er sitzt ganz normal hinten, an die Wand gelehnt, den Kopf gesenkt. Das einzige Unnormale an ihm ist die Mühe, die er sich gibt, nicht auf den leeren Platz vor sich zu starren, wo das Mädchen immer gesessen hat. Erst jetzt wird mir klar, dass er die ganze letzte Zeit mit ihr in einem Raum verbringen musste, mit dieser Leere. Aber er tut mir nicht leid. Es tut mir nicht leid. Meine Gleichgültigkeit fühlt sich tief an und unerschütterlich.

Sie ist das Tiefste an mir.

Es klingelt zum zweiten Mal, als ich mit Emily durch die Reihen stakse, Emily mit mir. Jetzt kommt Frau Höppner jeden Moment. Doch ich kann mich nicht setzen, nicht auf den Platz in der vorletzten Reihe, vor Henk. Ich kann nicht zurück.

Frau Höppner müsste längst hier sein.

Emily dreht sich um und sieht mich an, ganz verständnisvoll, ich wünschte, sie würde das lassen. Keine Angst, flüstert sie so, dass alle es hören, setz dich einfach auf meinen Platz …

Es ist nicht wegen Henk, will ich richtigstellen, aber der Ton fehlt. Nichts kommt aus mir heraus. Ich bleibe mit dem Fuß in einem Rucksack-Riemen hängen, schaffe es aber, mich zu befreien, und taumle zwei, drei Schritte weiter. Mit einer Hand drückt Emily mich runter auf ihren Hungerstuhl, ins Hungerloch, und ich bin so beschäftigt mit dem Satz in meinem Kopf und dem Nichtssagenkönnen, dass ich es geschehen lasse. Dann höre ich eine furchtbare Stimme: Pass lieber auf dich selbst auf!

Das bin ich.

Emily lässt mich sofort los. Sie ist total überrascht, ich auch. Ich habe meine Stimme lange nicht gehört. Sie klingt wirklich furchtbar, wie Scherben auf Fliesen.

Ich schiebe den Stuhl weg und gehe weiter. Emily hält nicht dagegen, hält mich nicht zurück. Alle sehen mir zu und machen das Schweige-Geräusch, aber ich gehe langsam an ihnen vorbei und setze mich in die vorderste Reihe. Sollen sie denken, es sei wegen Henk. Selbst wenn ich imstande wäre zu sagen, dass es wegen der Toten ist, würde mir keiner glauben, nicht einmal Emily. Dabei wird sie die Nächste sein.

Doch es ist schön, so gegenüber vom Lehrerpult. Ich sitze auf Annikas Platz und bin schlagartig glücklich.

Frau Höppner kommt herein mit einem Guten-Morgen-Gruß, unterm Arm einen Stapel Hefte, den sie auf der Tischecke links von mir abstellt – oben liegt *Ahlsen, Erik*. Sie guckt kurz erstaunt, weil ich hier sitze, statt Annika. Doch ich lächle Annikas Lächeln, mein Gesicht hat es sich gemerkt. Und dann sage ich nicht zu laut, nicht zu leise, als wäre nichts leichter als das: Wir haben getauscht.

Als könnte ich sagen, was ich will.

Frau Höppner lächelt zurück und lässt den Blick durch die Reihen wandern bis zu dem Platz des toten Mädchens am Fenster. Doch bevor sie sich wundern kann, wo Annika ist, füge ich hinzu, ganz ohne Mühe, ganz wahr: Sie sucht noch den Hausmeister.

Ich lächle ihr Lächeln. Und meine Stimme klingt gut.

Emily meldet sich von ihrem Hungerstuhl aus und bittet um die Erlaubnis, eine Unterschriftenliste herumgehen zu lassen gegen das Schulessen im Allgemeinen und den Wochen-Speiseplan im Besonderen: 2 x Hühnerfrikassee! – Von ihm aus könne es jeden Tag Frikassee geben, ruft Lenny, der Vollidiot, und lässt das »r« weg. Keiner lacht. Frau Höppner verschiebt die Unterschriftenaktion auf das Ende der Stunde. Dann gibt sie die Hefte zurück. Ich bekomme auch eins und bin überrascht. Vorne drauf steht mein Name. Als ich es aufschlage, sind da lauter Gedanken aus einem wildfremden Gehirn.

Es geht um Körperameisen (?), die durch die Adern laufen wie durch Tunnel (??) unter der Haut. Dabei verlieren oder versprühen sie eine Art Säure und hinterlassen Juckspuren an ganz vielen Stellen. Das Problem ist: Man kann sie nicht töten (!), ohne den Wirtskörper zu töten (!!!). Für jede Ameise, die man still macht, opfert man ein Stück von sich. Die einzige Hoffnung ist der Winter, weil da die Adern zufrieren und die Ameisen nicht mehr arbeiten können. Sie müssen ins Herz zurück, den letzten hohlen Raum, wo sie die Beinchen abwerfen, ihre Fühler einziehen, lauter Kugelkörper, dicht gedrängt. Es ist so eng, dass sie sich nicht mehr rühren können. Nur ihre Termitenkiefer (???!!!) mahlen immer weiter, kauen und fressen die Herzwände auf.

Diesen Aufsatz habe ich nie geschrieben. Das ist nicht meine Schrift.

Frau Höppner sitzt mir direkt gegenüber, daher halte ich den Blick gesenkt und schaue auf das Heft auf dem Pult, das einzige, das übrig geblieben ist, Annikas Heft. Als ich ihren Namen lese, über Kopf, muss ich lächeln.

Sie hat bestimmt über die Grille geschrieben und mir aus der Seele.

Frau Höppner nimmt sich das Klassenbuch vor, zückt ihren Stift – sie ist drauf und dran, Annika einzutragen in die Spalte für »fehlt/verspätet«. Ich kann das alles sehen, aber Frau Höppner sieht mich nicht. Meine Finger liegen schon auf dem Rand des Pults, am Rand von Annikas Heft, ich brauche es nur noch zu mir herüberzuziehen. Im selben Augenblick geht die Tür auf, Annika kommt herein. Ich zucke zurück. Frau Höppner schaut hoch, alle heben die Köpfe, und Annika lächelt. Dann sieht sie mich auf ihrem Platz.

Bitte, denke ich, bitte nicht.

Annikas Stirn kräuselt sich leicht, kein Ärger, eher Verwunderung. Wir haben ja nicht getauscht, ich wünsche es mir nur so sehr und hoffe, dass sie mir nicht böse ist. Ich möchte ihr Zwilling sein, ich habe sonst keinen Platz. Aber das kann ich ihr nicht sagen, mit keinem Wort der Welt, ich kann nur lächeln wie ein Spiegel, wie ihr Spiegelbild, und hoffen, dass sie für mich lügt.

Dann glättet sich ihre Stirn, als würde sie auf einmal glänzen, aber sie glättet sich einfach und ein Anflug von Annikas Sanftmut kehrt zurück. Sie versteht es, denke ich atemlos, sie versteht, was ich meine. Sie wird mich beschützen wie eine Schwester, alles wird gut. Lässig schultert sie ihren Ranzen und schlendert an mir vorbei, mit aus den Ärmeln baumelnden Wollhandschuhen, die Reihen entlang. Sie setzt sich an die Stelle der Toten, setzt sich in die Reihe vor Henk, ganz selbstverständlich, und das ist das Wunder: dass sie ihre Angst nicht zu zähmen braucht, dass sie gar keine Angst hat vor dem Mädchen, dem Tod und im Recht ist. Sie ist so im Recht, und der Tod irrt sich. Er kann ihr nichts anhaben. Annika stirbt nicht.

Entschuldigen Sie, Frau Höppner, dass ich zu spät komme, sagt sie dann und ihre Stimme ist so klar, ich musste auf eine Beerdigung.

¶

Fischer, Lennart

Das Problem ist das gefakte Fenster. So sieht kein realistisches Draußen aus. Der Wind in den Bäumen, die Bäume im Wind, der Krähenflug und Wolkenzug, alles geloopt, der ganze verdammte Vormittag und irgendwie auch ich, ein Loop meiner selbst (obwohl ich mein Nerdfighter-T-Shirt trage und die Kill-the-Beast-Cap). Mein Energiebalken sackt in den roten Bereich. Die ganze Life-Line krümmt sich gegen den Uhrzeigersinn und wickelt Wiederholungsschleifen ohne Handlungsvektor, ohne Herzkomponente, kein Wut- oder Hassbooster, den ich hochziehen könnte, um auf das nächste Level zu kommen. Es geht mir ein bisschen wie Crowley, dem zauseligen Sidekick in *The Schulhof*, der das Klingeln nicht hört und bis in die Nacht aus dem Fenster starrt, weil sein Teil der Hasch-Pizza mit crazy Pilzen aus McDevils Kitchen belegt war. Oder wie an dieser einen Stelle in *Dröhnung III*, wo der Junkie in der großen Pause seine Kippe verschluckt und dann in Rauchzeichen spricht, aber so breit ist, dass er sie nicht lesen kann. Jedenfalls komme ich mir verdammt geloopt vor und halte den Fluch-Button gepresst, was es nicht besser macht, sondern große Teile meiner Gedanken verbeept. Ich merke gerade noch dreamy/undeutlich und semi-vegetativ, wie ich dabei bin, immer mehr schlechte Stimmung zu hosten. Alle Filter versagen. Mit dem Restprozent Denkstrom schaffe ich es knapp, meinen persönlichen Administrator anzuklicken, der mir anbietet, die ganze beeping Fun-Fenster-Fläche als mentale Teststrecke zu formatieren.

Man will dich testen, folglich ist es noch nicht zu spät, notiert mein Denk-Skript. Das setzt mich zusammen. Ich kann ein paar Sublevel-Kräfte ziehen, mehr Persönlichkeit hochladen und werde wieder zum Held meiner Geschichte. Ich bin Anti-Nerd-Lenny und gucke mir zu in einer School-Container-Doku-Soap (*Es ist für alle die letzte Stunde*). Das Format macht Sinn, die Reizarmut soll so. Die Unterhaltungsverelendung drinnen wie draußen ist der eigentliche Task: das Survival-Programm! Ich gehe auf *Gefällt mir* und bin innerlich an. Nur der Vorspann hätte nicht sein müssen. (Delete! Endgültig lösch.)

Ich gucke ins Testfenster (und gucke mir zu, wie ich ins Testfenster gucke). Mit einer abgezirkelten Kopfbewegung fixiere ich das Pop-up von Hermann, dem Hausmeister, der mit dem Laubsauger loslegt, um auf den Asphalt- und Rasenflächen fleißig Punkte zu ernten. Braune Herbstblätter zählen einfach, gelbe doppelt. Die weinroten Triple sind selten und kleben klatschnass am Boden. Muss man voll draufhalten! Zur selben Zeit lässt der Proll vom Döner-Ghetto sein Electric Pet von der Leine, eine Riesendog-Dogge, die Haufen in alle möglichen Ecken macht – drei Haufen sind ein Penalty und unternullen deinen Erfolg. Ich versuche, Hermann heimlich einen davon wegsaugen zu lassen, aber der Laubsauger krümmt seinen Rüssel, hustet und spuckt Kompost. Prompt meldet sich der Administrator als Voice-over und sagt sinngemäß in seine Sprechblase, dass ich mich an die Spielregeln halten soll, sonst macht es keinen Spaß, und ich bekomme ganz viel Leben abgezogen. Also strenge ich mich an und bugsiere den Hausmeister dorthin, wo die kleinen Roten kleben, ohne dabei Riesendoggy außer Acht zu lassen, was ein echter Beep-Job ist und die ganze

Game-Zone mit der Message kontaminiert: Pass schön auf in der Schule, damit du nicht auch im Mindestlohnsumpf stecken bleibst, sondern später mal einen Beruf performst, der dir ein Leben lang Freude bereitet, so wie Deutschlehrer oder Scheidungsanwalt! Womit klar wäre, dass der moralische Witz dieser Übung in der Abschreckung besteht und es nicht darum geht, ein menschliches Laubsauger-Anhängsel in den Jahreszeiten-Combat zu schicken. Hermann, der Hausmeister, soll vielmehr – hihi! – als Negativbeispiel für geknickte Karrieren und Abi-Opfer herhalten mit dem Bonus-Horror, dass ihm beim täglichen Scheitern eine Tausend-Augen-Front hämischer Schulkinder zuschaut, darunter vermutlich genau die Kids, die in zehn, fünfzehn Jahren Hermanns Entlassung dank Outsourcing beschließen. Wenn das nicht pädagogisch wertvoll ist! Und beeping fun-feindlich. Ich kriege echt Lust, das Game zu wechseln und den Rest des Tages in *Warrior-Craze Extended* gegen alles Gutgemeinte anzuballern.

Doch noch rechtzeitig fällt mir ein, dass es ja ein Test ist und die Tester dieses Hausmeister-Hologramm nur eingebaut haben, um abzuprüfen, wie schnell ich in analoge Langeweile abdrifte. Deswegen der Idioten-Task (Punktesammeln ist nicht der Punkt). Deswegen der gegen null gehende Avatar-Appeal von Hermann (hineinversetzen = Sackgasse), weil sie meine Alertheit im Mehrlevel-Denken sehen wollen und ob ich eine Draufsicht gewinne, ehe das Meta-Skript über mich hinweggeschrieben wird und mich downgradet vom Spieler zur Funktion zum Menschenrequisit. Ich entziehe dem Hausmeister/Dienstleister/Laubfresser mein Agens und lasse ihn leer an der Turnhallenwand stehen, umzingelt von Riesendoggys Hundehaufen der dampfenden Art. Mein Credit blinkt Alarm und rattert herunter in den Minusbereich, ohne dass ich hektisch werde angesichts meiner Spielschuldenuhr und der

Frage, woher ich die Punkte für meine Gläubiger nehmen soll, wenn ich nicht bald einen Schatz finde oder einen Lotto-Sechser in meinem Postfach. Es ist ein Test, hey! Es ist nämlich alles ganz anders, als es designt scheint. Und obwohl ich mental ein bisschen unterzuckert bin von Hermanns Hausmeisterei, konzentriere ich mich voll auf mein Mind-Skript und kritzle *Test mit! drei! Ausrufezeichen!* an den Rand meines Perspektivprotokolls.

Ein kurzer Gefühlscheck ergibt, dass mich das Moralthema nicht mehr belastet. Auch der Aggro-Berg ist in sich zusammengefallen und nur noch ein muckender Maulwurfshügel mit buschig-bösen Augenbrauen, niedlich. Ich sage Tschüs zu Hohlraum-Hermann bzw. dem Turnhallen-Graffiti seiner selbst und pfeife vor mich hin, während ich den grau-blauen Hausmeister-Kittel von der Wand lasere in aller Gemütsruhe. Ich bin innerlich glatt, keine Stimmungsschwankungen im Happy-Hoch. Ich bin so draufdrauf, dass ich good old Hermann sogar noch unverlangt zwei Empathie-Punkte zuschanze und für seine Weiterverwendung im Jenseits vote, bevor ich seine Gesichtskachel in Einzelpigmente zerpixle. Er ist schon zu drei Vierteln Digitalschrott, als ich das *Grille-Inc.*-Branding zwischen seinen Nackenfalten bemerke und den dezenten Ohrstecker mit den Grille-Entertainment-Initialen *G.E.I.LTD.*

Und auf einmal macht es Doppelklick, und ich kapiere plötzlich, warum das alles – das Hausmeister-Game, das laubsaugende Unterhaltungsloch, überhaupt dieses Fenster und daneben ich und die anderen Schüler, reihenweise, Fenster für Fenster, Klasse für Klasse. Es ist so klar, warum der Basis-Content eines jeden Schul-Providers Langeweile sein muss. Warum es kein Außerhalb gibt, geben darf, sondern nur Langeweile ZweiNull. Und warum die Unterhaltungsriesen weltweit unter dem Deckmantel der Spaßmaximierung Massen davon produzieren – mit rasant alternden Oberflächen. Die Welt ist eine Langeweile-Industrie, eine Langeweile-Oligarchie, beherrscht von einigen wenigen Playern, Medien-Konzernen/Mächten/Imperien, die neun Zehntel des globalen Langeweile-Marktes unter sich aufteilen. Es geht nicht um die Frage, ob wir uns langweilen oder nicht, sondern nur darum, wessen Langeweile wir konsumieren und später einmal reproduzieren (dafür lernen wir). Und sogar die Antwort darauf ist langweilig und irgendwie schon da gewesen, ein Kreisfortschritt, weil wir schon ab der ersten Zeile unseres Denk-Skripts die Wahrheit wissen, dass nämlich, kurz gesagt (und ein bisschen auch »wie schon gesagt« oder »bekanntlich«), das Andere im Grunde dasselbe ist. Mit anderen Worten (die natürlich genau dasselbe sagen): Das Andere ist eine Illusion, eine optische Täuschung, die Standard-Fata-Morgana in der Vergnügungswüste, so wie der Unterschied zwischen Apple und Microsoft, macOS und MS-DOS, farbenfroh und Schülerklo.

Und diese ganzen Zusammenhänge laufen in Lichtgeschwindigkeit über die Grafikkarte meines geistigen Auges, so als hätte ich was genommen, hab ich aber nicht. Es ist was weg, ein Schleier, eine Sperre. Irgendetwas in meinem Gehirn wurde freigeschaltet, ein weit verzweigtes Sub-Netz oder Hinter-Net, zu dem ich bisher keinen Zugang hatte. Es ist wirklich irre viel los auf einmal im Unter- und Überbewusstsein, ein Wahnsinnselektrizitätsaufkommen, so viele prizzelnde Hirnströme, dass ich Angst kriege, meine Synapsen könnten ein für alle Mal durchbrennen.

Ich mache mir wirklich Sorgen, schreibe ich in mein Denk-Skript, schaue mir besorgt beim Denk-Skript-Schreiben über die Schulter und denke: Ich denke zu viel. Und ich wünschte, ich hätte was geraucht/getrunken, um langsamer zu werden. Mir geht das zu schnell, meine Denk- und Schreibgeschwindigkeit im Verhältnis zu … schon vorbei! Und ich denke (und schreibe), ich sollte kurz die wichtigsten Punkte auflisten. Aber es sind so viele, so wichtige, und sie folgen so schnell aufeinander, dass aus der Liste augenblicklich eine Linie wird. Sie sind gar nicht mehr zu unterscheiden, die vielen wichtigen aufeinanderfolgenden Punkte, sondern eine Art Strich oder Strahl, und ich denke, ich schaffe das nicht, ich fasse das nicht, ich fang einfach an und schreibe – *Hilfe!* – mit fliegenden Daumen – *zu Hilfe!* – eine SMS an mich selbst in der Hoffnung, dass ich beim Empfangen noch weiß, was ich beim Senden gedacht habe –

PUNKTE. EIN FRAGMENT (Wo war ich?)

1.) Es ist kein Zufall, dass der langweiligste Mensch der Welt das Fenster erfunden hat.

2.) Der Protest gegen das Fenster ist mindestens genauso langweilig wie das Fenster selbst.

3.) Fenster-Hater (und solche, die mit dem Kopf durch die Wand wollen) rennen offene Türen ein.
Anmerkung: Aktivität wird nicht bekämpft, sondern aufgesaugt.

4.) Das Kartell der Langeweile ist überall (und > als Gott).

5.) Zehn Wahrheiten über G.E.I.L. in nicht chronologischer Reihenfolge:

6.) Arbeitstitel: Mein Fenster und ich. Oder: Die Entdeckung der Interpassivität

7.) Oder: Stand-by. Me. (Widerstand ist die Stütze des Bestehenden, aber das sagten wir schon.)

8.) Oder: Jede Attacke auf das Entertainment dient seiner

Reanimation. (»Ihre Meinung ist uns wichtig.« / Dein Callcenter braucht dich!!!)

9.) Mit anderen, ebenfalls aneinandergereihten Worten:
10.) Elf Wahrheiten über G.E.I.L., zweiter Versuch:
11.) Ziel ist die absolute Kontrolle über die Zeit
12.) mittels ihrer Entleerung.
13.) Fortsetzung folgt.
14.) Man nehme Steve Jobs
15.) im Vergleich zu Bill Gates.
16.) Der elegante Messias trifft den Visionär der Langeweile. (Schwarzer Rolli trifft Woolworth-Jackett.)
17.) Und Bill Gates überlebt. (An Langeweile stirbt man nicht.)
18.) Und ich weiß, dass Steve Jobs sympathischer ist und tot außerdem. (Über die Toten nichts Wahres, auf gar keinen Fall!)
19.) Und ich weiß, ich sollte Steve besser finden, und ich finde ihn auch gut, fühle mich aber aus unerklärlichen Gründen zu Bill hingezogen.
20.) Es ist stärker als ich. (*Nerdfighter II*, dritte Folge.)
21.) Bill Gates ist das Fenster zu deinem wahren Du.
22.) Bill, Gates und ich. Ein Gruppenbild.
23.) Oder: Liebe dein Fenster wie dich selbst.
24.) Gez., i. A., der Anti-Nerd

P. S. Frau Höppner guckt wiederholt böse und nimmt mir plötzlich mein Handy weg. Ich kann gerade noch auf *Senden* drücken. Rekonstruktion des Folgenden rückwirkend anhand keilschriftlicher Notizen auf meinem Pult und sogenanntem Papyrus.

Das ist alles sehr ungerecht. Ich habe nicht aufgepasst, stimmt, aber, Frau Höppner, ich weiß noch das Thema und bin bei ihm. Bittebitte. Es tut mir leid, wenn ich die Form verletzt habe und aus dem Rahmen fiel. (Kein Fenster ohne Rahmen – der Rahmen ist das Fenster! Ich will nie wieder aus dem Fenster fallen.) Es geht um Respekt, und das ist keine Formsache, schon klar. Aber ohne Fenster bin ich verloren. Bitte. Ende der Fußnote.

Fortsetzung f.:

12. SEPTEMBER oder
EIN TAG IM LEBEN DANACH
(Geschichten aus der Fensterlosigkeit)

Ein Mann – oder Junge – (ich kann mich nicht genau erkennen) erwacht in der harten Virtualität. Einer von beiden ist gestorben, die Welt oder er, wahrscheinlich die Welt. Genau weiß man es nicht. Fest steht, dass er keine Verbindung mehr hat, zu nichts. Der Tote (oder einzige Überlebende) geht durch ruckende Räume auf grobkörnigem Grund, vorbei an Slides von benutzerunfreundlichen Straßen, die zum Davonlaufen einladen, Landschaften mit Autounfällen. Sein Arbeitsspeicher macht schlapp. Seine Schuhe/Füße/Beine knieabwärts sind schraffiert. Er hinterlässt keine Spuren und kommt ans Meer. Die Wellen nicken, stoppen und sind Schaum. Der Wind ist ein Sound in den Wolken, die Luft aus Glas. Nur der Horizont rollt. Er liebt dieses Bild, diesen Beach, diese Bay, aber er kann hier nicht bleiben und geht auf Suchen. Wechselnde Genres aus dem Fernsehprogramm der frühen Achtziger, unvollständig verschlüsselt. Sendeschluss ist nicht in Sicht. Am Ende angekommen, sucht er den Ausgang, kein Logo, kein Icon, sondern das Nichtsymbol in der Grafik, das erste/letzte/einzige, das hundert Prozent faktoid ist, die Tür unter den Fenstern, den Weg nach draußen.

Hallo, fragt er in die geskriptete Leere, ist hier irgendwo kein Zeichen? Gibt es hier irgendetwas, das ist, was es ist? Doch das hätte er genauso gut nicht sagen/ablesen können. Nur das Echo erinnert sich und wirft mit Textbausteinen, bis die Angst immer mehr zur Gewissheit wird, dass er selbst für etwas anderes steht.

Immer wenn du denkst, dass du verloren bist und allein auf der Welt, ist es nur eine Filmszene.

Gerade will er sich abwenden, da entdeckt er das Auge – vermutlich in dem Gesicht eines Mädchens, doch auch das ist nicht sicher. (Möglicherweise ist es umgekehrt, sehr wahrscheinlich sogar, und er sieht in dem Auge das Mädchengesicht.) Eventuell beginnt hier eine Lovestory, vielleicht ist es auch nur eine vorübergehende Schwäche im Skript. Das Auge, vom Mädchen mal abgesehen, ist braun mit grünen, flockenähnlichen Einsprengseln, lamellenförmig wie die Unterseite eines Pilzes oder sich auffächernde Lichtkristalle ohne Naturvergleich. Nach einer Liebesgeschichte klingt das nicht, eher nach der letzten/ersten Anekdote der Welt: Boy meets girl in paradise und entscheidet sich, lieber mit seiner Rippe allein zu bleiben. Das Mädchengesicht ist ein Traumruck im Augenwinkel. Die Leinwand zeigt Weiß (oder Schwarz, mit anderen Worten). Er beugt sich weit vor und schaut in die Pupille, den Spion, der mich liebte. Und endlich erkennt er das Auge. Es ist meins, mein eigenes. Ich bin's.

Und nun zu Ihnen, Frau Höppner.

Der fertige Aufsatz. Ein fertiger Aufsatz hat drei Schlüsse. Nur dann ist er wirklich zu Ende. Ich fang noch mal an.

GRILLE ENTERTAINMENT INCORPORATED LTD. oder DIVERSE WAHRHEITEN ÜBER G.E.I.L.

Eine Spiele-Kritik (sorry, M. de La Fontaine!)

Das Problem ist: Zu einer Liebesgeschichte gehören immer zwei. Das ist grundsätzlich unwahrscheinlich heutzutage. Zwei sind eine Illusion. Zwei sind, bei näherem Hinsehen, immer nur einer, und der/die/das Andere ist ein frommer Wunsch (siehe: *Romeo & Romeo, Akt V ff.*). Insofern lautet die eigentliche Frage: In wessen Kopf sind wir, Ameise oder Grille?

Es kann nur einen geben. (So sorry, Monsieur!)

Sie wollen einwenden, dass es bei Grille und Ameise gar nicht um Liebe geht, sondern um Besitz, das heißt Hass (und die Hass-Unterkategorien Neid, Geiz, Grillenfeindlichkeit). Wie spitzfindig ist das denn! Liebesgeschichten sind immer auch Hassgeschichten, und Besitzgeschichten sind immer auch Liebesgeschichten, mit anderen Worten: ein und dasselbe. Und beide (oder selbige) sind wiederum eine Subkategorie der Suchtgeschichten, dem ganz großen Plot. Sucht – wem sage ich das? – ist unser aller Super-Game. Insofern, wenn Sie erlauben, lässt sich meine Kritik an Ihrem netten Hass-Liebe-Geplänkel auf die simple Formel bringen: Der Suchtanteil ist wahr, alles andere ist Kitsch – Liebeskitsch, Hasskitsch, Innenkitsch, Außenkitsch, aber Kitsch auf alle Fälle! (And you know it, Mr. F.) Es geht um Sucht.

— Kl. Tipp am Rande: Egal, welches Game, suche immer die Sucht! Das hat mal ein weiser alter Spieler zu mir gesagt, der Urvater Atari noch persönlich kannte, und er hat wahr gesprochen. Ist so. —

Die Grille muss singen, die Ameise muss arbeiten, einer muss betteln, ein anderer hart sein, Zwang, alles. Keiner hat die Wahl.

Früher nannte man das »Schicksal«, heute weiß man, es ist die Sucht, und wir sind immer noch machtlos. Es ist nichts Persönliches. Es ist systemoid. So weit, so lala. Aber erzählen Sie uns nicht, Mr. F., dass die Sucht der Grille und die Sucht der Ameise sich verständigen können, dass sie »kommunizieren«. Niemals. Süchte kommen nicht zusammen, sie rasen aneinander vorbei. Es gibt keine Verbindung. Also. Ich wiederhole die Frage: In wessen Sucht sind wir?

Ich wünschte wirklich, ich hätte was genommen.

Worauf das Ganze hinausläuft, war mir klar in dem Moment, als ich das Brandzeichen im Nacken des Hausmeisters sah. Es war zu offensichtlich (ein bisschen wie in *Das Ruder Reloaded*, wo Jill und Jim-Bob im Kanu auf dem Amazonas erst das eine Ruder verlieren, dann das andere und dann ihre Arme, erst den einen, dann den anderen – und zwar erst er, dann sie). Wenn man auf dem untersten Level so früh ein so fettes Indiz findet, ist es immer ein Köder und keine Antwort – sonst wäre das Spiel tot. Aber danke trotzdem, F., danke vielmals, ich bin raus. Ich spiele nicht mehr. Ich verlasse jetzt die Bespaßungs-Area, wenn Sie erlauben, und komme gleich zur Intrige, zur Wahrheit, Doppelpunkt: Grille gibt es nicht. Sie wurde von Ameise assimiliert.

Muss ich betonen, dass es eine feindliche Übernahme war? Oder anders gefragt: Was ist freundlich daran, jemandem sämtliche Eingeweide rauszureißen, ihn auszuhöhlen und fremd zu befüllen, damit er alles verrät, was er einmal war, selbst wenn es sich um einen Konzern handelt? Grille Entertainment Inc. Ltd. läuft mit einem Ameisenprogramm. GEIL ist Unterhaltungsindustrie und ein emsiger Ameisen-Job. Mit denselben Worten: Es gibt keine andere andere Welt, kein Gegenprogramm, keine Alternative zum Fenster. Die Grille ist die Ameise, gemorpht und umgedreht.

Wir sind in ihrem Kopf. Wir sehen die Welt mit Ameisen-Augen, im Ameisen-Rahmen, im GEIL-Industrie-Norm-Format. Und das Fenster ist die Wand. Nichts als die Wand.

Überrascht Sie das, Frau Höppner? Mich schon. Ich wusste so halb, dass die Wand in der Nähe ist, irgendwo. Aber ich wusste nicht, dass wir direkte Nachbarn sind und es die Wand meines Schädels ist, die so drückt. Und ich spüre erst jetzt, wenn ich das Kinn auf die Hand stütze, in aller Deutlichkeit meinen Ameisenkopf.

Ich bin nicht süchtig, so wie Sie denken, zumindest nicht so süchtig, wie Sie denken. Wie jede Ameise gehorche ich nur dem System. (Mein Unterkiefer fühlt sich übrigens härter an, unerbittlicher, seit ich das weiß. Aber ich kaue ja nicht für mich, sondern werde gekaut.) Jede Suchtgeschichte ist eine Soggeschichte, eine Sehnsuchtsgeschichte und sie handelt von der heftigsten aller Drogen, dem Tod. Der Tod spielt immer die Sehnsuchtsmelodie, den I-miss-u-Jingle und triggert das musikalische Hungergefühl. Der Ich-Held (oder Ich-Sager) wird hineingezogen in eine tiefe Beziehung zu etwas, das nicht da ist. Etwas (oder jemand, aber schon eher etwas) fehlt von Anfang an. Es fängt schon an zu fehlen, wenn wir noch gar nicht richtig da sind oder noch ganz klein und ganz ganz. Es reicht der Verdacht, dass es uns fehlen könnte, irgendwann, bald schon vielleicht. Diese Angst eilt allem voraus. Sie ist der Beginn jedes Gedankens und sonstiger Mangelerscheinungen (Fühl, Fühl). Wenn es jetzt nicht fehlt, fehlt es gleich, und dieser Gedanke ist schon das Fehlen, so wie die Angst, dass es nachlässt, schon das Nachlassen ist.

Zirp.

Sucht ist eine schnelle Geschichte zwischen Ich und Sich, eine Selbstverfolgungsjagd auf Hochtouren, der Versuch, sich zu kriegen und sich zu entkommen. Sucht ist ein Ich-Tube durch alle Weltflächen, ein endloser Tunnel des Hungers nach Mehr. Wir werden geboren und schreien, weil wir instinktiv wissen, dass wir nicht genug bekommen: nicht genug Luft, nicht genug Leben, nur bunte Bilder und dahinter das Nichts oder zu wenig, viel zu wenig. Das Leben fehlt uns vom ersten Atemzug an. Und deswegen schreien wir, schreien durch bis zuletzt. Die Hungermusik hört nie auf. Sogar wenn wir tot sind, spielt sie noch weiter von Wand zu Wand.

Zirp, zirp.

Frau Höppner,

glauben Sie mir, ich würde Ihnen gern vorsingen, wie leid es mir tut. Aber ich kann nicht. Bedauern ist ein androider Reflex, eine Verbeugung vorm Menschsein/Mensch-Schein, eine schwere Ameisenverbiegung. In meinem Panzer geht das nicht so gut. Ich bitte um Verständnis. Darf ich trotzdem das Fenster schließen? Wir wissen ja jetzt, dass es nicht existiert. Ich mache jetzt wieder die Wand zu, okay?

Wenn Sie wüssten, wie leicht mein Kopf ist. Das ist der Vorteil von Chitin. Kein Blut, kein Gewicht, hauchdünn, unzerstörbar. Ich schmiege mich sacht an die Schädelwand, die Schläfenwölbung, Mauerkehle. Es ist schön, das Chitin, so von innen, schön kühl. So kann es bleiben, Frau Höppner, so bleiben.

¶

Messkamp, Annika

Es lag an dem Kaninchen, das wir auf dem Schulweg gefunden haben, mein kleiner Bruder und ich. Er hat es »Hase« genannt – es war groß wie ein Hase, sehr groß und sehr lang, bis auf die Ohren, insofern war es ein Kaninchen. Aber warum soll man es nicht »Hase« nennen, wenn es so groß ist, feldhasengroß, und am Straßenrand liegt? Wir mussten ihm ein Grab geben.

Entschuldigen Sie, dass ich zu spät gekommen bin und mein Bruder auch.

Er gibt ihnen Namen, den Tieren, die wir einsammeln. Meistens sind sie kleiner: Frösche, Igel, Blindschleichen, Tauben – viele Tauben in letzter Zeit. Doch jedes Tier, sei es noch so winzig oder häufig, bekommt von ihm einen Namen und wird getauft vor der Beerdigung oder währenddessen. Einmal haben wir drei Vogelbabys gefunden, drei Baby-Meisen, die aus dem Nest gefallen waren. Er nannte sie »Bällchen«, alle zusammen, weil man sich richtig vorstellen konnte, wie sie so dalagen, aneinandergeschmiegt und zusammengerollt zu einem flaumigen, gefiederten Ball. Jedes war sozusagen ein Drittel und gemeinsam waren sie Bällchen. Und als Bällchen aus dem Nest auf den Fahrradweg fiel, war es ein Glück, dass sie alle drei tot waren und in einem Grab gelandet sind, unter einem Namen.

Es soll nicht wieder vorkommen, Frau Höppner, tut mir leid.

Das Größte, was wir bisher begraben haben, war Bob. Er war

sogar noch länger als Hase, nicht so breit, aber fast doppelt so lang mit Schwanz – ohne Schwanz wäre es nicht Bob gewesen. Dieses buschige, bauschige Etwas war wie Bob noch einmal, die Fortsetzung von ihm, nur ohne Körper, also gewissermaßen die Idee von Bob und das Schönste, auch wenn Malte so etwas nie sagen würde. Er heißt Malte, mein Bruder, und für ihn ist kein Tier schöner oder hässlicher, selbst wenn es einen schlimmen Unfall gehabt hat (wie Bob) und entstellt wirkt. Malte sieht in jedem das Schöne.

Bob war leider so kaputt, dass man nicht richtig erkennen konnte, was für süße Ohren er hatte. Malte schwor, es seien die süßesten Ohren von allen Wieseln der Welt. Bob war ein Wiesel oder ein Marder, das ließ sich nicht so genau sagen. Wie die meisten war er vors Auto gelaufen oder unters Auto gekommen, manchmal verstecken sie sich unter Autos, die Marder, »Automarder« sagen manche. Aber den Namen mögen wir nicht, weil es so klingt, als seien die Autos zuerst da gewesen, vor den Mardern, falls es überhaupt ein Marder war und kein Wiesel. Mein Bruder hat Bob geliebt, für seine Ohren, seinen buschigen-bauschigen Schwanz und dafür, dass er ihn wie einen zweiten Körper hinter sich hertrug oder wie seine Seele – Malte würde es seine »Seele« nennen. Bobs Seele war unversehrt geblieben, auch wenn sein Körper eine Menge abbekommen hatte. Wir haben ihm ein Grab in voller Länge gegraben, mit ein paar Extrazentimetern vorne, hinten und zu beiden Seiten. In der Erde muss Platz sein für die Seele, das ist wichtig. Und die schönste Seele von allen hatte Bob – auch wenn Malte es so nicht sagen würde. Der Abschied ist ihm wirklich schwergefallen. Leider lernen wir die Tiere immer erst kennen, wenn sie tot sind.

Immerhin hatten wir Mäuse, echte, lebende. Heimlich natürlich und nicht in der Wohnung, sondern unten im Fahrradschuppen. Das war vorletzten Winter, als Schnee lag und man ihre Spuren sehen konnte. Jeden Morgen sind neue, frische hinzugekommen, und Malte und ich sind ihnen gefolgt, als plötzlich eine kleine, graue, graubraune Maus vor uns entlanghuschte – huschen wollte. Richtig voran kam sie nicht, dafür war der Schnee zu tief und ihr kleiner Körper zu steif von der Kälte. Timmy ist stecken geblieben. Wir haben sie Timmy genannt, die Maus, Maltes Idee. Er hat sie aus der Mäuse-Schneewehe befreit und gefangen, so mit beiden Händen übereinander, und er wusste in dem Moment, dass sie Timmy heißen muss. Ihr Herz hat gepuckert wie wild.

Wir haben Timmy im Fahrradschuppen versteckt, in einer alten Holzkiste mit Wolle, Stoffresten, Wassernapf, und ihn mit Christstollen gefüttert. Es wurde noch einmal richtig kalt, minus zehn, fünfzehn Grad, der Schnee verharschte, und es gab keine neuen Spuren mehr. Aber Timmy ging es gut. Er lebte nicht schlecht von unserem Adventsgebäck, auch wenn er ein bisschen einsam war in seiner Kiste und immer dicker wurde. Dann hat er Junge bekommen, einen ganzen Wurf, acht Stück, Timmy war ein Weibchen, wie sich herausstellte, und schon schwanger zu dem Zeitpunkt, als er unser Haustier wurde. Insofern war es mit der Einsamkeit vorbei.

Timmy und seine Kinder haben dann untereinander immer noch mehr Kinder gekriegt, so viele, dass uns langsam die Namen ausgingen. Hinzu kam das Wetter. Kurz vor Weihnachten wurde es auf einmal frühlingshaft und fing an zu tauen. Das war ein Problem. Mit den milderen Temperaturen verbreitete sich im Fahrradschuppen zunehmend Mäusegeruch. Das Piepsen hörte gar nicht mehr auf, auch nicht, wenn die anderen Mieter ihre Räder holten. Timmys Familie befand sich in Lebensgefahr. Wenn es in unserem Block Katzen gegeben hätte, wären die Mäuse sofort aufgeflogen. Aber es gibt bei uns überhaupt keine Haustiere, nur den Hund vom Dachgeschoss, der sich über alle Vorschriften hinweggesetzt. Sein Herrchen ist Jurastudent und der Schrecken der Hausverwaltung. Er hat uns dann auch auf die Mäuse angesprochen. Da war die Kiste eigentlich schon zu klein und Malte mit seinem Namensvorrat am Ende. Doch der Student meinte nur, er würde uns helfen, und hat mir zugezwinkert, über Maltes Kopf hinweg, so als wüsste ich, was er meinte. Dann hat er einen großen Karton genommen, alle Mäuse hineingeschüttet und eine rote Schleife drumgebunden. Das leuchtete ein. Um diese Jahreszeit gibt es kein besseres Versteck als einen Geschenkkarton, weil niemand sich traut, ihn aufzumachen (darauf hätten wir auch selbst kommen können). Es waren noch zwei Tage bis Heiligabend, und wir dachten, der Student würde die Mäuse zu Weihnachten verschenken an irgendwen, der so viele Haustiere halten durfte, wie er wollte, einen Bauern vielleicht oder einen Studenten der Landwirtschaft. Also sind wir ihm auf unseren Fahrrädern gefolgt, weil wir wissen wollten, wo wir unsere Mäuse besuchen können, später einmal. Aber er ist überhaupt nicht aufs Land gefahren, zu einem Bauernhof oder so, sondern ins Kino mit dem Karton unterm Arm. Erst dachten wir, er wäre nur kurz rein, um eine Karte zu kaufen. Doch vielleicht wollte er die Mäuse auch in den Film mitnehmen (allerdings lief nicht wirklich was für sie). Und dann fiel mir ein, dass unten in dem Karton ja das Loch war, das der Student auf dem Weg zum Kino zugehalten hatte, und dass Timmy, Timmys Kinder und Kindeskinder Popcorn über alles liebten.

Malte und ich warteten die ganze Zeit vor dem Kino, wir gaben die Hoffnung nicht auf. Doch die Wahrscheinlichkeit, dass die Mäuse am Ende in den engen Karton zurückkehren würden, war gleich null, wo sie es doch im Kino so gut hatten, mit Popcorn und Filmegucken, nonstop. Jetzt verstand ich, was mir der Student mit seinem Augenzwinkern hatte sagen wollen. Er fand das sicher lustig. Aber Timmy war auch nicht sein Haustier, und Timmys Familie bedeutete ihm nichts. Noch dazu fielen uns draußen vor den Schaukästen auf einmal wieder jede Menge Namen ein, Namen von Filmstars, die Malte all den Mäusebabys hätte geben können, die jetzt für immer namenlos bleiben würden. Es fing an zu nieseln, er fing an zu weinen. Wir würden unsere Mäuse nie mehr wiedersehen, das stand fest. Sie würden nicht aus dem Kino herauskommen, und wir kamen nicht rein. Alle Filme waren ab achtzehn.

Um Malte aufzumuntern, erzählte ich ihm, dass dieses Kino für Timmy und seinen Nachwuchs das reinste Mäuseparadies sei. Ich weiß nicht, ob er mir wirklich geglaubt hat. Aber die nächste tote Maus, die wir begruben, nannte er »Deep Throat«.

Es tut mir wirklich leid, Frau Höppner, aber bitte sagen Sie unserem Vater nichts davon.

Normalerweise nehmen wir alle Tiere mit nach Hause, die uns – nun ja – zulaufen. Wenn wir sie auf dem Hinweg zur Schule finden, verwahre ich sie so lange in meinem Fahrradkorb. Ich habe so einen XXL-Korb und immer ein paar Lagen Zeitungen dabei, für die Aufbahrung. Kleineren Tieren baue ich schon am Fundort einen Papiersarg. Dadurch sind sie geschützt. Ich habe da so eine Faltmethode, doppelwandig, in drei Schichten, da sehen sie nicht aus wie Fischabfälle. Bei Bob damals hatten wir das Glück, dass wir ihn auf dem Nachhauseweg aufgelesen haben und die Leichenstarre noch nicht weit fortgeschritten war. Bobs Schwanz ließ sich biegen, wir mussten ihm nichts brechen. Das obere Drittel ragte zwar etwas heraus, stand aber nicht zu weit über. Einen Sarg von dem Ausmaß konnte ich natürlich nicht falten. Ich habe nur ein paar Zeitungsseiten zerknüllt wie zum Feuermachen und sie unter ihn geschoben, als Puffer oder Stoßdämpfer, damit er nicht so hart gegen das Korbgitter schlägt.

Den toten Tieren ein Zuhause zu geben, mehr können wir nicht tun. Es fühlt sich an wie eine Wiedergutmachung, wie die Begleichung einer Schuld. Jedes Tier ist dem Menschen überlegen. Ich empfinde das so. Jedes Tier ist auf seine Weise vollkommen, bis es stirbt. Nur der Mensch nicht. Beim Menschen ist es umgekehrt. Wir sind erst vollkommen, wenn wir tot sind. Aber leben können wir nicht ohne Hilfsmittel, ohne Kleidung, Schuhe, Zahnbürsten, das ganze Zeug. Manchmal denke ich, Gott lacht uns aus, weil wir die Mängelexemplare der Schöpfung sind und uns so viel auf uns einbilden. Wir sind die reine Bedürftigkeit. Aber wir haben die besseren Maschinen und nehmen es uns mit der größten Selbstverständlichkeit heraus, Vollkommenheit zu zerstören. Wir erkennen sie oft gar nicht, weil wir selbst so unvollkommen sind, und sehen nur unser Maschinenrecht, den Mangel zu bekämpfen. Es ist verrückt, wie das Unvollkommene das Vollkommene besiegt, eigentlich fast immer. Friedhöfe sind die einzigen von Menschen geschaffenen Orte, wo das nicht so ist. Die größte und schönste Idee der Menschheit ist die Erfindung des Friedhofs. Und ein totes Tier in die Erde zu legen, ist, glaube ich, das Vollkommenste, was ein Mensch tun kann.

Ich sage das nicht, weil wir keine Haustiere haben dürfen.

Der Versuch mit lebenden Tieren ist schiefgegangen, siehe Timmy. Seit er mit seiner Familie ins Kino gezogen ist, haben wir es nie wieder probiert. Wir wissen jetzt, wie glücklich wir mit unserem Friedhof sind. Es ist nicht nur wichtiger, sondern auch schöner, den Tieren ein letztes Zuhause zu geben, weil es für immer ist. Die Toten bleiben bei uns.

Unser Friedhof ist der kleine Grünstreifen hinter dem Anliegerparkplatz mit den Birken und Knallerbsensträuchern – nur das schmale letzte Stück plus der unbepflanzte Teil vom Beet. Die meisten Gräber brauchen nicht viel Platz, und die Papiersärge lösen sich in der Erde schnell auf. Einmal im Monat schickt die Hausverwaltung Männer in grünen Overalls mit Rasentrimmern, Laubsaugern, Aufsitzmähern, die über die Gräber hinwegdonnern – wir nennen das »Harmagedon«. Danach ist alles verwüstet, Kreuze, Steine, Grabschmuck. Aber Malte und ich wissen genau, wo wer liegt, wir kennen den Friedhof. Von unserem Küchenfenster aus überblicken wir jeden Zentimeter. Wir haben die Gräber genau so angeordnet, auf genau dem Rasenausschnitt, der zu sehen ist, wenn wir am Küchentisch sitzen. Wir sitzen da oft und schauen auf die Gräber. Es ist ein bisschen wie streicheln. Manchmal spricht Malte mit den Tieren, und jeden Abend betet er für sie. Sie haben es gut, denke ich dann immer. Sie haben es wirklich gut bei uns.

Ich bitte nochmals um Verzeihung, Frau Höppner, aber verstehen Sie jetzt, warum wir uns um Hase kümmern mussten?

Er war ein schönes Tier, sogar im Tod. Sein Fell hatte den vollen Glanz, keine Spur von Erlöschen. Lange konnte er nicht dagelegen haben. Der Glanz ist normalerweise das Erste, was geht. Danach verschwindet die Geschmeidigkeit, und dann kommen die kahlen Stellen. Der Tod wächst von innen heraus.

Hase lag ziemlich weit auf der Straße, jenseits der gestrichelten Linie zwischen Radweg und Fahrbahn. Er schien sich ganz lang machen zu wollen, hasenlang, die Vorderläufe ausgestreckt zum Sprung, den Kopf nach hinten gedreht, so als wollte er in der Luft noch umkehren angesichts dieses schrecklichen Fehlers. Aber er lag auf der Seite. Wir konnten sehen, wie sein Fell, das geschmeidige, braune, am Bauch ins Weißliche überging. Dieses Weiß war so rein, dass es wehtat. Ich wollte nicht, dass Malte es sieht. Er hat schon viel gesehen, Schlimmeres, schlimmste Verletzungen, aber noch nie so ein Weiß.

Doch Malte war nicht zu bremsen. Wir hatten die Fahrräder kaum abgestellt, da wollte er schon auf die Straße laufen, um Hase zu retten. Es war dieses Weiß, das hat ihn verrückt gemacht. Ich musste ihn zurückhalten, so richtig mit Gewalt. Der Verkehr ließ keine Lücke, lauter Leute, die zur Arbeit mussten. Natürlich hätten wir Hase an den Hinterläufen von der Straße ziehen können, aber so machen wir das nicht. Wir gehen hin zu den Tieren, heben sie auf und nehmen sie in den Arm – notfalls, wenn es sehr viel Blut gibt, decken wir sie vorher mit Zeitungen zu. Sie sollen wissen, dass wir sie nach Hause bringen und dass sie bei uns geborgen sind.

Fünfzig Meter entfernt stand eine Fußgängerampel. Nachdem Malte sich etwas beruhigt hatte, schickte ich ihn dorthin, damit er auf den Knopf drückt. Bis sie umsprang, dauerte es eine Weile. Doch wie durch ein Wunder wurde Hase in der Zwischenzeit von keinem nachfolgenden Auto überrollt oder mitgerissen. Er blutete kaum, als ich ihn aufhob. Er hatte überhaupt keine sichtbare Wunde, nur ein paar Tropfen Blut an der Schnauze und um die Schnurrhaare – die unteren waren rot. Auf der Straße blieb eine kleine dunkle Pfütze zurück wie nach ein bisschen Nasenbluten, mehr nicht.

Trotzdem war ich sehr vorsichtig. Manchmal, wenn der Unfall nicht lange her ist, kommt plötzlich noch ein ganzer Schwall Blut oder Urin hinterher. Ich war gerade zurück auf dem Bürgersteig, da spürte ich, wie es auf einmal warm wurde an meinen Händen und Unterarmen, dort, wo Hases Körper auflag. Ich beugte mich über ihn und sah nach, konnte aber nichts entdecken, nicht einen Tropfen Körperflüssigkeit. Da verstand ich erst: Sein Fell war warm, sein ganzer Leib, Hase war noch warm! Und ich bekam einen Riesenschreck, weil ich mich so an die Kälte der Tiere gewöhnt hatte.

Malte kam angerannt, ganz außer Atem, ganz außer sich. Er schien mir und Hase anzusehen, dass noch so etwas wie Leben in ihm war. Behutsam streckte er die Hand aus und legte sie auf ihn, beide Hände, um seine Wärme zu spüren und sie festzuhalten. Bestimmt fünf Minuten standen wir so da, unsere Hände auf Hase, seinem noch immer glänzenden Fell. Da, wo es weiß war, war es am wärmsten.

Mir entging nicht, dass uns die Leute in ihren Autos anstarrten. Auch zwei, drei Radfahrer fuhren vorbei und blieben mit dem Blick an uns hängen. Irgendwer rief uns etwas zu. Vielleicht verstießen wir gegen irgendein Gesetz. Schließlich war es nicht »unser« Hase in den Augen der anderen. Aber natürlich war er das. Er war vollkommen. Und der Moment war es auch.

Es wurde nur langsam spät.

Wir sind morgens immer die Ersten, die das Haus verlassen, Frau Höppner, und planen genügend Zeit ein für den Weg aus Gründen wie Hase. Aber wie hätten wir ahnen können, dass er warm war? Wir haben ihn so weich wie möglich in meinen Gepäckkorb gebettet. Malte hielt ihm den Kopf, ich habe haufenweise Papier zerknüllt und unter ihn geschoben, damit er wie auf Wolken liegt während der Fahrt. Hase sah aus, als würde er schlafen. Wir wollten ihn zudecken, aber nicht mit Zeitungen. Stattdessen habe ich meinen Turnbeutel ausgeleert, als Decke über seinen Körper gelegt und festgesteckt wie in einem richtigen Bett. Wir sind dann ganz langsam weitergefahren, Malte hinter mir, zur Sicherheit.

Je näher wir der Schule kamen, desto mulmiger wurde mir. Hase war gut verstaut. Der größte Teil von ihm befand sich unter dem Turnbeutel, und sein Kopf mit den zu kurzen Ohren lag inmitten von Papierknäueln. Trotzdem hatte ich Angst, dass wir auffallen. In den Autos, die uns überholten, tauchten immer häufiger bekannte Gesichter auf. Aus den Bussen stiegen mehr und mehr Mitschüler. Es war nur eine Frage der Zeit, bis jemand unser Geheimnis entdeckte. Ich trat in die Pedalen. Hinter mir rief Malte: Langsamer, langsamer! Du verlierst ja das ganze Papier! Doch ich beeilte mich nur noch mehr. Wir wollten das Vollkommenste tun, was Menschen tun können, aber für alle anderen musste es so aussehen, als hätten wir Hase auf dem Gewissen.

An den Ampeln lächelte ich die neugierigen Blicke weg und fuhr weiter. Bei den Bordsteinkanten konnte ich nicht bremsen, versuchte aber, nicht zu hören, wie Hase im Gepäckkorb rumpelte. Als wir beim Fahrradstand ankamen, steckte ich ihn schnell in meinen Turnbeutel und zog die Kordel zu. Damit war er aus der Welt.

Malte kam hinter mir her und sprang noch in halber Fahrt vom Klapprad. Ich drehte ihm den Rücken zu. Doch er ließ sich nicht abschütteln, sprang um mich herum wie verrückt und schrie in einem fort: Nicht einsperren! Nicht einsperren! Ich verstand nicht, was daran so schlimm sein sollte. Aber Malte war nicht zu beruhigen: Nicht einsperren! Nicht!

Er war hysterisch.

Ich hielt ihm den Mund zu und redete auf ihn ein, dass man uns erwischen und Hase konfiszieren würde, wenn er so einen Aufstand machte. Doch er kriegte sich erst wieder ein, als ich ihm erlaubte, einen letzten Blick in den Turnbeutel zu werfen und Hase noch einmal anzufassen. Sein Bauchfell war kalt und nicht mehr so weiß. Er hatte keine sichtbare Wunde, aber das Blut floss jetzt nicht mehr aus seiner Schnauze, sondern aus seinen Ohren, ein ganz feines Rinnsal.

Und Malte war still.

Ich zog den Turnbeutel wieder zu und legte ihn zurück in den Gepäckkorb, die Seite zuoberst, auf der weniger Blutflecke waren. Damit durch die Schule zu laufen hielt ich für keine gute Idee. Das Klapprad kettete ich an mein Hinterrad, damit man nicht ohne Weiteres an Hase herankam. Malte schien jetzt mit allem einverstanden und half bei der Suche nach dem Hausmeister, er sah sich auf dem Schulhof um, ich im Gebäude. Der Plan war, Herrn Geffers um einen Spind zu bitten, in dem wir unsere »Wertsachen« deponieren konnten. Schließlich brauchten wir einen Aufbewahrungsort, wo Hase in Sicherheit war vor Krähen, Ratten, Ungeziefer bis halb drei. Aber Herr Geffers war nirgends zu finden. Unverrichteter Dinge kehrten wir zu unseren Rädern zurück, da hatte es schon zum zweiten Mal geklingelt. Der Schulhof war leer. Und der Beutel mit Hase war weg.

Im ersten Moment hatte ich Malte in Verdacht. Aber er war genauso fassungslos wie ich: Wer klaut einen Turnbeutel aus einem Fahrradkorb? Und was, wenn derjenige ihn aufmacht und ein Kaninchen mit blutenden Ohren entdeckt?

Es blieb uns nichts anderes übrig, als sämtliche Mülleimer auf dem Gelände zu durchsuchen. Am wahrscheinlichsten war, dass der Dieb oder »ehrliche Finder« Hase einfach weggeschmissen hatte.

An den Containern hinter dem Trafohäuschen stand Herr Geffers. Wir liefen rüber und fragten ihn nach dem Turnbeutel. Doch bei ihm waren keine Fundsachen abgegeben worden (wie auch, er war ja selbst nicht zu finden). Malte weinte tonlos, nachdem wir

Herrn Geffers stehen gelassen hatten, um in den Büschen und Laubhaufen weiterzusuchen. In einem fort liefen ihm Tränen übers Gesicht, aber er wich nicht von meiner Seite.

Dann blieb er plötzlich stehen und rief: Annika! Annika, guck mal! Er hat sich befreit!

In einer Ecke der Schulmauer, nicht weit vom Fahrradstand, lag mein Beutel, leer, ganz offensichtlich, und neben den durchgebluteten Stellen auf dem Stoff zwei wie in Rot gestempelte Abdrücke von Kaninchenläufen.

Er hat sich befreit, sagte Malte noch einmal, Hase ist weggelaufen!

Ich konnte es nicht glauben. Sein Fell war noch warm gewesen, aber das Blut aus den Ohren bedeutete mit ziemlicher Sicherheit Hases Tod. Und selbst wenn er noch am Leben gewesen wäre, hätte er in dem Beutel wohl kaum so weit hüpfen, geschweige denn sich daraus befreien können. Und doch waren da diese Abdrücke auf dem Tuch.

Malte und ich suchten in der Mauerecke nach weiteren Spuren, doch das Blut war geronnen, der Boden hart und trocken. Es fand sich nichts, nur eine Kuhle mit einem Tunnelausgang zur anderen Seite der Mauer, gerade so groß, dass ein Kaninchen hindurchgepasst hätte, gerade groß genug für Hase, um spurlos zu verschwinden.

Mein kleiner Bruder sah mich an, das Gesicht noch nass, aber er strahlte. Es war klar, dass Hase mit seinen Verletzungen unmöglich weiterleben konnte und sich allerhöchstens ein paar Meter weggeschleppt hatte, wie auch immer. Doch ich brachte es nicht übers Herz, Malte die Wahrheit zu sagen. Dann fiel mir auf, dass er die Hände gefaltet hielt wie auf unseren Beerdigungen, und ich verstand, dass er nicht an das Leben glaubte, sondern an den Tod.

Deswegen war er so froh: Hase war uns nicht gestohlen worden, er hatte uns mit seinem Verschwinden beschenkt.

Und wir schwiegen einen Moment und bedankten uns.

Dann hockten wir uns vor die Kuhle, das Tunnelloch, und Malte fing an zu erzählen, leise, so wie er immer betet, nicht zu Gott, sondern den Tieren. Er erzählte Hase, falls er uns hören konnte, die Geschichte vom Studentenhund, die vor zwei Wochen noch eine Geschichte zum Weinen gewesen war und die jetzt so tröstlich erschien – auch wenn der Studentenhund, wie alle Hunde, in seinen besseren Tagen sicher hinter Hase hergejagt wäre. Aber dafür sei er längst zu alt gewesen, zu grau und zu lahm, flüsterte Malte mit seiner Betstimme. Der Studentenhund war zuletzt nicht einmal mehr die Treppe zum Dachgeschoss hochgekommen, sondern musste nach oben getragen werden. Und bald würde man ihn nach unten tragen, dachten alle. Wenn er tot war, sollten wir ihn bekommen, das hatte der Student uns versprochen. Doch vorher wollte er sein Examen feiern, und diese große Abschlussparty sollte der Studentenhund noch erleben dürfen, schließlich hatte er auch das ganze Studium erlebt. Also kamen sämtliche Freunde und Bekannte zusammen für eine letzte Fete mit Zetteln an den Briefkästen und im Treppenhaus, dass es laut werden würde. Den Studentenhund störte das nicht, er war so gut wie taub. Doch mitten im größten Hallo fragte auf einmal jemand, wo er denn überhaupt sei, der Hund, er habe ihn nirgends gesehen. Und wie sich herausstellte, hatte das keiner! Die Musik wurde ausgemacht, alle fingen an zu suchen, aber der Hund war nicht in der Wohnung, und obwohl er alleine nicht mehr die Treppe hinunterkam, suchten wir draußen weiter, wo die Autos der Studentenfreunde auf und neben dem Anliegerparkplatz standen, teure Autos inzwischen, auf dem Rasen, bis hin zu unserem Friedhof. Der Studentenhund blieb wie vom Erdboden verschluckt, und ganz allmählich wurde uns klar: So sollte es sein. Er war gegangen, um sich vom Erdboden verschlucken zu lassen. Kein Tierarzt, keine Spritze, kein Kadaver. Er hatte seinen Tod in Luft aufgelöst. In Vollkommenheit, sagte Malte am Ende der Geschichte, das sei sein Abschiedsgeschenk.

Und das glaubte ich auch.

Wir nahmen uns an den Händen, nachdem Malte noch einmal Danke gesagt hatte – danke, Hund, danke, Hase. Es war still geworden. Aus dem Schulgebäude kam kein Laut. Nur mit den Lippen sagten Malte und ich Amen. Eine Weile blieben wir wortlos vor der Kuhle hocken und ließen die Gedanken gehen. Dann beerdigten wir meinen Beutel.

Bitte sagen Sie unserem Vater nichts.

Sie haben keine Tiere, Frau Höppner, nicht wahr? Aber Sie haben ja uns, und vielleicht verstehen Sie jetzt, warum ich zu spät gekommen bin (Entschuldigung trotzdem). Dabei wollte ich eigentlich die Erste sein, um noch einmal in Ruhe nach dem Heimchen zu suchen – oder der Grille, wie Sie sagen, obwohl sie schon seit Tagen nicht mehr singt. Vielleicht hat sie sich längst zu Tode gehungert. Aber nach der Geschichte mit Hase denke ich, dass sie einfach gegangen ist oder gesprungen, um uns den Anblick ihres Todes zu ersparen. Vielleicht haben sie das gemeinsam, unser Hase, der Hund und das Heimchen – oder die Grille. Vielleicht gibt es gar keinen Unterschied zwischen ihnen, auch zwischen der Grille und der Ameise nicht, weil sie alle vollkommen sind. Die Ameise ist ein vollkommenes Tier und der Ameisenhaufen eine Vollkommenheit genau wie das Zirpen der Grillen an einem Sommerabend, der Heimchen-Gesang. Es sind Kunstwerke, die es nicht nötig haben, für Kunst gehalten zu werden. Nur Wesen wie wir, die nicht vollkommen sind, brauchen Kunst. Für ein vollkommenes Geschöpf ist es einfach die Welt.

Ich habe lange darüber nachgedacht, sehr lange, Frau Höppner, aber ich fürchte, mein kleiner Bruder hat recht. Wenn Hase, das Heimchen und der Studentenhund gegangen sind, um zu sterben, so wie Elefanten auf einen Elefantenfriedhof gehen, dann ist die schönste Idee der Menschheit nicht von uns. Dann haben wir gar nicht den Friedhof erfunden, sondern er war immer schon da.

¶

Nina (Netzname)

Hi und danke, dass Du auf *mich* geklickt hast. Mein Begrüßungsfoto findest Du, wenn Du auf *Willkommen* gehst – herzlich willkommen! Du bist Erstbesucher? Kein Problem. Bleib einfach kurz mit beiden Zeigefingern auf dem Touchpad, schau mir in die Augen, drei Sekunden, ohne Blinzeln, und Du bist registriert. Das war schon alles. Also, hallo noch mal! Ich bin Nina und auch noch nicht so lange hier (klick *Nina* für Details). u&i-Net erstellt pro Name und Produkt ein Profil mit bis zu neunundneunzig Features ab Log-in, wobei Du Deine Charaktermerkmale jederzeit verändern oder ablehnen kannst, wie Du willst. Geh einfach auf *Hinzufügen* oder *Verbergen*. Du kannst Dein Profil auch komplett unterdrücken (\:i-blind\\). Aber der anonyme Bereich ist limitiert, und man weiß nie, mit was für Honks man es zu tun hat, auch wenn u&i bei auffälligen Verläufen und Verdacht auf Daten-Stalking rechtsverbindliche Empfehlungen zur Verhaltensänderung ausspricht und bei Nichtbeachtung den Zugang sperrt, im Interesse von uns allen. Das nur als Hinweis.

Aber keine Angst, ich bin kein Experte, eher IT-Opfer. Wenn Du Dich davon überzeugen willst: *Hier* sitze ich vor meinem Rechner, ratlos. Dieses Bild wurde von meiner u&i-Livekamera live aufgenommen und als einer der zehn lustigsten Snapshots in der Kategorie i&smile ausgewählt. Wenn Du willst, poste ich Dir den ganzen Verzweiflungsclip. (Zweiunddreißig Erstbesucher fanden das hilfreich.) Ich hätte natürlich einfach die i-help-u-Funktion aktivieren können, aber nachher ist man immer klüger. Wobei die u&i-System-Family nach so klaren und transparenten Prinzipien funktioniert, dass man sich auch als Net-Normalo schon nach dem ersten Besuch wie zu Hause fühlt.

Also, hey! Wenn ich es geschafft habe, schaffst Du es schon lange! (User, die meinen Verzweiflungsclip mochten, mochten auch die i-show-u-Reels *Dig&Doof* und *The Mystery of the Returntaste.*)

Immerhin, durch die kleinen Katastrophen des Alltags habe ich u&i-Diary für mich entdeckt, und ich muss sagen: Noch nie war digitales Tagebuch so benutzerfreundlich! Nie war es so leicht, die vielen wertvollen Momente festzuhalten, ohne lästigen Selfiestick und Akkus, die schlappmachen! Ich will Dir nichts verkaufen, wirklich nicht, aber rein für mich als jemand, der viel unterwegs ist, bedeutet wireless-i die Lösung für mein Diary-Problem. Ein Tagebuch ohne we-i kann ich mir gar nicht mehr vorstellen. Die Erlebnisqualität ist eine völlig andere, wenn man nicht die ganze Zeit mit einem Handy am Stock herumlaufen muss für einen Haufen verwackelter Bilder aus unmöglichen Kamera-Einstellungen. Wie konnten wir jemals glauben, dass man von seinem Leben etwas einfängt, indem man sich permanent auf den Scheitel guckt?

Aber der größte Vorteil ist, dass wireless-i über individuell einstellbare Selektionsraster verfügt, die zum Beispiel Nacktbilder und Toilettengänge von vornherein aussortieren. Gerade für mich als Sportjunkie ist das wichtig, weil ich mich ständig umziehe, Trainingssachen wechsle, inklusive Unterwäsche, Tanktop, Sport-BH, und jeden Tag fünf Liter Wasser trinke. Insofern muss ich mich hundertprozentig darauf verlassen können, dass nicht alle meine u&i-real-life-Diary-Daten in der Webgeschichte kursieren. Ich brauche einen digitalen Filter, der meine Self-Vorlieben kennt und schon im Augenblick der Bildentstehung auswählt, was ich von mir zeigen will und was nicht. Und – last, not least – benötige ich eine todsichere Gift-Cloud für all die Bilder, die tabu sind. Genau das leistet i-select. (Klick *i-select* für mehr Informationen! Bzw.: Wenn das Klicken auf all die Kursivlinks nervt, geh einfach auf *Kursiv-Autoklick-Aktivieren,* und wenn die vielen Links nerven, geh auf *Links-Auto-Archivieren,* dann verpasst du nichts.)

Ich habe wirklich eine Menge Cyber-Diaries ausprobiert. Mit i-select habe ich zum ersten Mal nicht nur unendlich viele Möglichkeiten, mir zuzuschauen, sondern auch maximale Sicherheit und ein Netz, das mich hält. Meine persönlichen Bildauswahlkriterien geben mir rund um die Uhr das gute Gefühl, dass ich bestimme, wer ich bin. Jeder, der auf mich und meine Diary-Daten zugreift, bekommt das Bild von mir, das ich mit meinen Freunden teilen möchte, und vor allem keine Bilder, die ich nicht einmal mit mir selbst teilen würde. (Man kann sich auch von seiner eigenen Gift-Cloud aussperren, wenn gewünscht – ich mache das und kann es nur empfehlen!) Auf diese Weise begleitet mich auf Schritt und Tritt die Gewissheit, dass ich in meinem u&i-Tagebuch genau die Person bin, die ich sein will.

Ist es zu früh, dafür Danke zu sagen? Ich denke, nein, auch wenn das natürlich jeder selber wissen muss. Aus meiner Erfahrung als frequent-u&i-Userin kann ich nur berichten, dass ich es jedes Mal wieder aufs Neue genieße, Followerin meines eigenen Tagebuchs zu sein! Die Kombination von wireless-i und i-select garantiert mir, dass ich auf keinen der großen und kleinen Momente des Lebens verzichten muss, nur weil ich mich gerade zufällig in der Umkleidekabine befinde, bei der Urinprobe oder beim

Wiegen vor dem Wettkampf. We-i ist überall und fängt das Leben da ein, wo es passiert, während i-select dafür sorgt, dass nicht täglich neue Full-Frontal-Nudity-Snapshots meiner Körperöffnungen bei Instagram aufpoppen.

Aber fühl Dich von meiner Positiv-Erfahrung zu nichts gedrängt! Ich verstehe Deine Zweifel, glaub mir. Bevor ich es selbst ausprobieren und erleben konnte, hatte ich genau dieselben Bedenken. »Drohne« – und sei sie noch sooo mini – klingt erst mal bedrohlich, besonders wenn sie einen überallhin begleitet und ihr Kamera-Auge permanent auf Sendung ist. Doch erstens ist sie wirklich sehr, sehr klein. Und zweitens macht sie fast kein Geräusch, nicht mehr als der Flügelschlag einer Libelle oder ein leises, ganz entferntes Grillenzirpen. Tagsüber ist es praktisch nie so still, dass Du sie hörst. Und nachts, wenn Du schläfst oder schlafen willst, passt sie sich Deinem Ruhemodus an und nimmt auf der Nachttischlampe Platz. Das kann irritieren, vor allem bei Intensivtraining-Phasen, wenn Du ohnehin schon hochgepulst bist; aber so verrückt es auch klingt, Du gewöhnst Dich daran. Ich jedenfalls habe mich daran gewöhnt, und zwar derart, dass ich meine Mini-Drohne nachts nicht mehr landen lasse und auch das we-i nicht ausschalte (weil dadurch hässliche Löcher in der continuity entstehen). Ihr Fluggeräusch ist mir so vertraut, dass es mich viel mehr beunruhigt, wenn ich es nicht höre. Dieses leichte Sirren und Insektensummen schläfert mich ein und gibt mir – wie ein Lämpchen, das man nachts brennen lässt – das tröstliche Gefühl, nicht allein auf der Welt zu sein.

Apropos Lämpchen! Die neue Mini-D-2.1 ist serienmäßig mit einem kleinen, aber leistungsstarken Scheinwerfer ausgestattet, der Dich automatisch hervorhebt, wenn Du Gefahr läufst, unsichtbar zu werden oder in der Menge zu verschwinden. Das ist extrem hilfreich, nützlich und spannend bei Stromausfall oder nachts, wenn Du den Weg zur Toilette nicht findest. Andere benutzen den Spot auch als Fahrradleuchte oder zur Zahninspektion. Und das sind nur einige von vielen, vielen Extra-Anwendungen gegenüber der Vorgänger-Version!

Wollen wir wetten? Gib Mini-D-2.1 eine Woche und die kleine, quirlige Blechbiene mit ihrem we-i-Auge und über eintausend i-Select-Apps ist aus Deinem Alltag nicht mehr wegzudenken! Gib ihr zwei Monate, und Du wirst Deine Mini-D fragen, wie Du früher überhaupt klarkommen konntest ohne sie – und sie wird zur Antwort freudig erregt ihre Flügelschlagfrequenz erhöhen.

Bei mir war das so!

Hier siehst Du Mini-D und mich beim i-shot-Selfie zur Feier unseres monatlichen Team-Geburtstags. Der Pelz ist Verkleidung, den trägt sie sonst nicht, obwohl Mini-D mittlerweile für mich so etwas wie ein Haustier geworden ist. Übrigens kann man sie auch bei u&i in Haustier-Ausführung bestellen als Pet-Performer mit diversen Oberflächen: Fell, Fischhaut oder gefiedert. Nur konnte ich mich bisher nicht für ein bestimmtes Tier entscheiden und teste noch Varianten. Fisch kommt für mich nicht infrage, aber Adler oder Hund fänd ich schön. Jedenfalls ist Mini-D alles Mögliche für mich, nur keine Drohne, und irgendwann werde ich auch wissen, was. (Allerdings habe ich schon eine Katze, analog, auf Futterbasis, und die beiden müssten sich möglichst vertragen.)

Ich will nicht so tun, als sei von Anfang an alles ganz einfach gewesen mit Mini-D, besonders für friends&family und Marylin, meine Katze. Sie war zuerst höllisch eifersüchtig. Ständig hat sie Mini-D aufgelauert (die Katze, nicht meine Familie), kam aus allen möglichen Ecken und Winkeln angesprungen, Krallen ausgefahren, hat um sich geschlagen und geschnappt wie nach einem kleinen Vogel oder großen Insekt – ein Gepolter und Gefauche, vor allem nachts! Ich musste Marylin wegsperren, sonst hätte es irgendwann Tote gegeben, im Zweifelsfall mich. Ich brauche meinen Schlaf, acht Stunden mindestens, Regeneration gehört zum Leistungssport. Da kann ich nicht auch noch Nachtwache schieben, nur damit meine Katze nicht meine Drohne frisst! Ein paarmal hatte sie i2D2 schon im Maul. Ich nenne sie »i2D2«, meine Drohne (wie R2D2 aus *Star Wars*, die erste Drohne auf Rädern), so lange, bis ich sie in ein Haustier meiner Wahl transforme, ein katzenkompatibles, klar.

Wobei auch Marylin sich mittlerweile daran gewöhnt hat, dass wir zu dritt sind. Sie ist längst nicht mehr so angriffslustig, nicht mehr so auf der Pirsch, seit sie letztens beim Zubeißen einen Stromschlag bekommen hat (laut Systemdiagnose ein »partieller Kurzschluss« und keine Absicht, aber vielleicht hatte i2D2 es auch satt, immer gejagt zu werden). Jedenfalls verhält sich Marylin jetzt viel toleranter. Ich glaube, sie hat verstanden, dass u&i auch ihr Medium ist. Mittlerweile hat sie ihre eigene Foto-Kolumne als Sub-Diary zu meinem Tagebuch und steht über cat&chat mit anderen Reality-Katzen weltweit in Verbindung. Manchmal bekommt sie bis zu achtzig Videobotschaften pro Stunde. Leider kann sie nicht alle persönlich beantworten, doch i-select&respond erledigt das für sie nach ihrem individuellen Präferenz-Profil.

Komischerweise stört es Marylin bei digitalen Katzen gar nicht, dass sie allesamt süßer, schöner, schlanker sind als sie und das Zigfache an Aufmerksamkeit bekommen. Im Gegenteil. Sie hat ihre Lieblinge, Katzenstars, für die sie jede Maus sausen lässt, jederzeit. Indem i2D2 sie hochauflösend an die Wand beamt, verwandeln sich ihre potenziellen Rivalinnen in Freunde, in ihr besseres Ich, und Marylin ist nicht mehr so aggro. Ja, man kann sagen: Die

Katzenwelt ist dadurch ein kleines bisschen friedlicher geworden. (Wenn Du mal sehen willst, hier unser triple-i-Gruppenselfie: Das sind wir auf we-i, wie wir uns auf we-i zugucken.)

Mit meiner Mutter war es schon schwieriger. Irgendwie hat sie keinen Sinn für die Möglichkeiten von u&i-media, geschweige denn deren Bedeutung für mich und mein Leben. Doch ich würde nie so weit gehen wie Len und sie als »Netzwerk-Asoziale« bezeichnen, nur weil sie bei facebook stehen geblieben ist und manchmal tagelang nicht in ihren Account guckt. Lenny ist der Nerdfighter aus meiner Klasse, der bei IT-Problemen immer ein offenes Fenster für mich hat (und sicher auch für Dich, wenn Du ihm sagst, dass Du ein Follower von mir bist).

Das Problem mit meiner Mutter ist, dass sie kein Problem damit hat, langweilig zu sein. Sie ist normal, aber eben nicht »schrecklich« normal oder »der ganz normale Wahnsinn« oder auf sonst eine Art soap-normal, sondern egal-normal und total reality-untauglich. Wer meint, dass man nicht leben kann, ohne zu entertainen, der sehe sich meine Mutter an (meinen Vater auch, aber der ist so gut wie nie da), weshalb unsere i&family-Videos langweiliger sind als das Testbild. Das einzig halbwegs Pictogene in unserer Homestory ist Marylin, aber auch nur weil sie eine Katze ist und sich dadurch vom Rest der Familie abhebt. Ansonsten ist sie verfressen, kratzbürstig, dumm und stinkt nach Fisch aus dem Hals, aber auch nicht so, dass es für ein Bad-Cat-Sequel reichen würde oder ein Garfield-Remake. Was muss man noch von ihr wissen? Nichts eigentlich, außer dass sie schon als Kitten nicht süß war. Sicher, wenn man keinen Vergleich hat, ist es ganz lustig mit anzuschauen, wie sie stundenlang ihren eigenen Schwanz jagt, mit Omas Heizdecke Milchtreten macht und ihre Schnurrhaare am Toaster versengt, aber irgendwie hat man das alles schon besser gesehen.

Keine Pannen-Show der Welt würde Marylin bringen, weil selbst ihre Katastrophen so umständlich, lahm und vorhersehbar sind. Sogar im Schnelldurchlauf kackt sie ab neben den viel drolligeren Netcats mit ihren atemberaubenden Stunts und O-wie-niedlich-&-Du-lachst-Dich-scheckig-Nummern. Vielleicht hat sie das von uns, diesen mangelnden Unterhaltungswert. Wenn we-i nicht wäre, würden wir regelmäßig vergessen, dass es sie gibt. Und so ist es eigentlich mit allem in unserem Homestory-Zuhause.

Das ist auch der wahre Grund, warum Mama bei Tisch keine Drohnen duldet. (Zuerst wollte sie nicht einmal welche im Haus, aber selbst ihr ist irgendwann klar geworden, wie unrealistisch das ist. Wir haben uns dann darauf geeinigt, dass sie während der Mahlzeiten auf dem Zimmer bleibt, also die Drohne, nicht meine Mutter.) Die Anfänge waren, wie schon getwittert, hart. Mir war von vornherein klar gewesen, dass bei uns am Esstisch nicht gerade Topentertainment geboten wird, aber wie öde es im Realismus ist, habe ich erst auf we-i gesehen. (»Weder Tragödie noch Komödie, sondern die totale Ödie«, lautete einer von insgesamt zwei Re-Tweets, und das war der nettere!) Ich war wie gelähmt von so viel Echtzeitlangeweile und dem Überlängegefühl, das einen schon beim Reinzappen überkam.

Die Mahlzeiten waren das Schlimmste. In dem Punkt hatte meine Mutter recht, keine Drohnen beim Essen! (Wobei sie natürlich nicht wissen konnte, dass i2D2 uns durchs Fenster beobachten konnte oder noch bequemer via e-pipe durch die Steckdose.) Nicht auszuhalten, wie wir das traurige Homefood zerlegen, wie das Besteck auf den Tellern klappert und kratzt, wie wir unser Schweigen zu Tode kauen – der Horror! Aber ohne Höhepunkte, eine Flatline des Schreckens. Insofern täuscht der Zusammenschnitt. Die einzige Möglichkeit, diese Essensszenen auszuhalten, ist sich nie, wirklich niemals dabei zuzusehen (schon gar nicht währenddessen)!

Sorry, wenn ich Dich damit neugierig gemacht habe. Dafür gibt es keinen Grund. Ich habe die Bilder mithilfe von i-select aus dem Netz genommen. Es wollte sie auch keiner sehen. Erst seit sie weg sind, interessieren sich alle dafür. Anscheinend ist Zensur die beste Werbung für egal was. Aber wenn Du sie unbedingt gucken willst – ich habe Dich gewarnt, aber wenn doch! –, dann musst Du Dich bei u&i-Confidential registrieren lassen und unter Deiner i-PIN eine Daten-Kaution mit vertraulichen Infos von Dir hinterlegen, Auge um Auge ;) ;). Sobald Du beim Vertraulichkeitsgrading ein Triple-A erhältst, lasse ich Dich in meine Gift-Cloud, vorausgesetzt, Du bist nicht Frau Höppner und Deutschlehrerin.

Viel Vergnügen!

Extrem peinlich – das nur als PostPosting zum Thema Peinlichkeiten und weil Du es sowieso erfährst (wenn nicht von mir, dann von anderen, falls Du es nicht schon längst weißt und das der Grund ist für Deinen Besuch) –, wirklich extrem war die Phase, in der ich künstlich für Aufregung sorgen wollte. Ich dachte, damit der Realismus funktioniert und i2D2 was zu versenden hat, helfe ich ein bisschen nach, sonst schwenkt die Kamera schon bei der Vorspeise auf die Kohlensäurebläschen im Wasserglas, weil da mehr los ist (was sie auch getan hat, sogar mehrfach!). Also habe ich versucht, meine Eltern zu schocken, indem ich Probleme erfinde und sage, dass ich mich umbringen will, weil ich mich zu dick finde. Von meinem Vater kam kein Beitrag, vielleicht war er auch gar nicht da. Aber meine Mutter hat gleich Frau Höppner angerufen, die Allwissende, weshalb sich schnell herausstellte, dass das Ganze nicht meine Story war, sondern Beas (Bea ist die Dickste in der Klasse, mit dem übelsten Schweißgeruch). Doch in diesem Moment im Esszimmer schien mir die Idee gleichzeitig geklaut und wahr.

Jedenfalls war sie weder langweilig noch realistisch.

Dummerweise ist das nicht das Ende der Geschichte, sondern erst der Anfang. (Du weißt schon Bescheid, oder?) Bekanntlich wurde gleich danach die Katze in meiner Sporttasche gefunden. Als Trainingsjunkie habe ich immer mehrere Sporttaschen in Gebrauch, insofern ließ sich nicht eindeutig feststellen, auch von mir nicht, wann und wie sie da hineingekommen war. Doch auf einmal beschäftigten sich Hunderttausende von Usern weltweit damit: auf animal-rights-watch.de, murder-transparency.org und flashmobartigen Killed-cat-chat-Foren. Nur die Frage, wer die Katze umgebracht hatte, war kein Thema. Denn die Antwort war ich, das stand fest – bei allen Kampagnen, dem täglichen Shitstorm. Ich war die Täterin und bekam im Schnitt zweieinhalb Morddrohungen pro Minute.

Dabei ging die Diskussion völlig an der Sache vorbei, weil in der ganzen Welle der Empörung ein Detail unterging, auch wenn »Detail« jetzt so klingt, als wollte ich damit von mir als Tierquälerin und Katzenhasserin ablenken. Doch erstens mag ich Katzen, auch analoge, nur eben nicht meine eigene, was aber an Marylin liegt und ihrem Mangel an Liebenswürdigkeit. Und zweitens: Selbst wenn man annimmt, dass ich vielleicht nicht die Tierliebste bin, ist das noch lange kein Grund oder »Motiv«, eine Katze zu töten, die ich gar nicht kenne und die mir im Gegensatz zu Marylin nichts getan hat. Insofern beweist auch das Video nichts, in dem ich mit einer undefinierbaren Mordwaffe in der Hand hinter ihr herjage und laut ausrufe: »Ich bringe dich um, du Schwein, ich bringe dich um!« Denn wiederum erstens lebt Marylin noch, und zweitens ist das Zitat aus dem Zusammenhang gerissen, sonst würde man nämlich sehen, dass es im Realismus genau umgekehrt ist und ich nicht Marylin angreife, sondern meine Drohne verteidige, der sie die Flügel ausreißen wollte, nachdem sie demonstrativ in i2D2s Various-Pets-Garderobe gepinkelt hatte. Es entbehrt also nicht einer gewissen Ironie, dass ausgerechnet der Videoausschnitt, der am meisten gegen mich verwendet wurde, in voller Länge gesehen, meinen Einsatz für we-i-media bezeugt. Aber egal. Worauf ich hinauswill, ist das besagte Detail, von dem ich Dich bitte, es einfach zur Kenntnis zu nehmen, im Gegensatz zum Rest der Welt. Kurz gesagt: In meiner Sporttasche war keine Katze – das ist die Wahrhaftigkeit und nichts als Wahrhaftigkeit! Womit ich nicht leugnen will, dass in meiner Sporttasche etwas war, das dort nicht hingehörte, doch der/die/das Tote war beim besten Willen keine Katze, und man kann ihn/sie/es überhaupt nur dafür halten, wenn man im Realismus noch nicht viele Katzen gesehen hat und eher zu den virtuellen Tierfreunden von Discovery Channel gehört.

Das Detail also: (Wenn Du einen empfindlichen Magen hast, geh lieber oben in der Fotoleiste auf *suspected-dead-cat-Unterdrücken*, das ist eine Warnung!) Auf den ersten Blick könnte man meinen, die gummischwarze Schnuppernase mit den blutverkrusteten Schnurrhaaren gehöre zu einem irgendwie verunglückten Katzenmäulchen. Aber die bläuliche Zunge und vordere Zahnreihe sind alles andere als katzenlike. Wären die Augen nicht ausgepickt oder sonstwie entfernt worden, hätte vermutlich auch der Letzte mitbekommen, dass es sich nicht um einen Katzenkopf handelt. So aber muss man schon wissen, wie Katzenaugen geschnitten sind, um zu sehen, dass sie niemals in diese leeren Höhlen passen würden. Allerdings ist der Shot in das entstellte Gesicht bis an die Grenze zur Verschlüsselung unscharf, weil die we-i-Selektoren auf explizite

Gewalt und Opferdarstellungen, sofern sie die Menschen- und insbesondere Tierwürde verletzen, sehr sensibel reagieren. Daher kann man die Ohren nicht sehen, die einen wichtigen Teil dieses Details ausmachen, weil sie über jeden Zweifel erhaben sind: keine spitzen, dreieckigen Katzenöhrchen, sondern rund zulaufende Löffel bzw. Löffelartige!

Leider waren sie der Länge nach – einer für Katzenohren ganz und gar untypischen Länge! – im Reißverschluss eingeklemmt und auch so pelzig, dass die Reißverschluss-Lasche weder auf- noch zuging. Weshalb Lenny probiert hat, meine Sporttasche mit einem Ruck aufzureißen. Erst dachte ich, er macht Witze, nichtwitzige Nerdfighterwitze wie immer, aber irgendetwas war in ihn gefahren, das mit dieser idiotischen Aktion wieder aus ihm herausfuhr. Jedenfalls riss er mit einem so irren Ruck an der Tasche, dass der Reißverschluss ritsch-ratsch aufging und der darin liegende Hase einen ziemlichen Teil seines Löffels verlor (ich nenne ihn »Hase«, um deutlich zu machen, dass es keine Katze war). Wir Umstehenden waren starr vor Entsetzen, wobei sich dieses »wir« auf Annika und mich beschränkt zuzüglich Lenny, um den wir herumstanden, und »starr« beschränkt sich auf mich, während Annika sich sofort den Hasen geschnappt hat samt Löffel und damit weggerannt ist. Also stand ich am Ende mit leeren Händen und Lenny da, den sowieso keiner ernst nimmt, wenn es nicht um IT geht, und ohne Beweis oder Beweisstück, weil von der Amputation keinerlei Bilder existieren, denn we-i war natürlich längst offline. (Du kannst jetzt von *suspected-dead-cat-Unterdrücken* wieder runtergehen.)

Immerhin zeigt diese Verkettung unglücklicher Umstände, wie sehr man sich auf i-select verlassen kann (wenn auch in diesem Fall zu meinem Nachteil, weil, wie Du siehst, die Bilder fehlen und Du mir einfach glauben musst). Lennys Hasenohr-Verstümmelung gehört nicht zu den Dingen, die wir auf we-i-media sehen wollen. Und als Augenzeugin kann ich nur sagen, dass sich meine Drohne in diesem Moment menschlicher verhalten hat als wir alle. Sie war über das tote Tier und seine Entlöffelung nicht nur genauso entsetzt (i2D2 hat vor Schreck einen richtigen Raum- und Zeitsprung gemacht). Sie hat im Gegensatz zu uns auch gleich ihr Kamera-Auge geschlossen und sich abgeschaltet. Humanoider kann man mit solch einer Situation nicht umgehen.

Leider kannte ich mich zu dem Zeitpunkt mit i-select noch nicht richtig aus, sonst wäre mein Name heute nicht auf Google unter den Top Ten der »schlimmsten Katzenhasser« – das Negative bleibt immer hängen. (Übrigens werde ich das Gefühl nicht los, dass Marylin mir das auf irgendeine Weise krummnimmt. Es liegt so etwas Vorwurfsvolles, Anklagendes in ihrem Blick.) Ich kann nur wiederholen, dass es sich bei diesem »Skandal« um ein Missverständnis handelt. Es war keineswegs mein – Zitat – »eiskalt kalkulierter PR-Plan, durch Katzenquälerei vom Image der Langweiligkeitsqueen wegzukommen«, wie einer meiner emsigsten Webstalker mir nachpostet, wo er nur kann (natürlich anonym, aber ich habe einen Verdacht, wer mich so haten könnte, und ich wette, er geht in meine Klasse). Wenn er schreibt, ich würde in meinem »verzweifelten Kampf um Aufmerksamkeit über Katzenleichen gehen«, kann ich nur zurückschreiben: Erstens war es ein Hase, und zweitens kämpfe ich nicht verzweifelt, sondern genau wie alle anderen um Aufmerksamkeit, dafür wurde das Netz ja erfunden. Es ist ein einziges battle um Aufmerksamkeit, und wer mich mit Hass-Kommentaren oder Schmäh-Mails verfolgt, battelt auch nur darum oder »bettelt« in dem Fall, und zwar echt verzweifelt. (User, die diesen Gedanken mochten, mochten auch R. P. Rogers *The Survival of the Hippest*, aus dem er kopiert ist.)

Doch es war mir eine Lehre. Mit meinen Eltern habe ich medial abgeschlossen und den Versuch aufgegeben, sie zum Performen zu bringen. (»Die Ödie ist zu Ende«, lautete ein Fünf-Sterne-Kommentar, aber der ist von mir ☺.) Ich habe sie aus meiner Homestory rausgefiltert, das ist mit i-select gar kein Problem – oder Du besorgst Dir die Secret-Parents-App für digitale Bildbearbeitung und lässt Deine Eltern nachträglich rausschneiden. Mit beidem habe ich gute Erfahrungen gemacht. Auch familiär funktioniert das prima. Seit Mama und Papa in meinem u&i-Doku-Diary nur noch als Leerstellen vorkommen, sind selbst die Mahlzeiten nicht mehr fad, sondern irgendwie geheimnisvoll, eine Mischung von normal und Mystery, weil manches wie von Geisterhand verschwindet und man sich die ganze Zeit fragt, wo das Essen auf einmal hin ist und seit wann diese Ladestation am oberen Tischende steht. Das ist noch so ein Fortschritt. i2D2 hat jetzt seinen eigenen Platz, Mama hat dem zugestimmt. Seit sie weiß, dass sie sich im Disclose-Modus befindet, geht sie mit meiner Drohne viel entspannter um und überlegt inzwischen sogar, sich selbst eine anzuschaffen.

Insofern noch einmal: Hallo und herzlich willkommen in *Ninas Digitagebuch*! Hier siehst Du mich, wie ich heute bin, umgeben von meiner Mystery-Normalität. Das hier ist mein begehbarer Kleiderschrank, hauptsächlich Trainingsklamotten und Turnschuhe, indoor, outdoor, all seasons. Die Sporttaschen sind übrigens alle leer, das nur zur Beruhigung. Das Regal mit den Fressalien gehört Marylin. (Wenn es nach ihr ginge, wäre mein Kleiderschrank eine Vorratskammer.) Und so sieht es in unserem Esszimmer aus: Der Tisch wirkt natürlich riesig für eine Person, ist aber ein toller Effekt, jedenfalls schaue ich mir dabei gerne zu. (Die vollständige Episode findest Du unter Video-Kapitel Nr. 127, *Das Mädchen in der Geister-Doppelhaushälfte*.)

Falls Du noch ein bisschen durchs Haus surfen willst, fühl Dich frei! Ich freue mich über jeden Besuch. Vielleicht so viel noch vorab: Es sieht ausgestorbener aus, als es ist. Über u&i habe ich mehr Kontakt denn je, sogar nachts, wenn ich schlafe. Und das Leben ist gleichzeitig leichter und aufregender geworden, weil mit den richtigen Filtern der nervige Familienalltag einfach wegfällt. Dank i-select kann ich mich endlich mit den Dingen beschäftigen, die mich wirklich interessieren, solange sie mich interessieren, und ich bestimme meinen Realismus selbst.

Im Übrigen sind meine Eltern ja nicht für immer weg. Ich kann die Filter jederzeit wieder für sie öffnen und Mama und Papa aus der Gift-Cloud zurückholen, wenn ich mich nach Normalität sehne. Ich sage das nur für den Fall, dass jemand (und ich weiß auch schon, wer) behaupten sollte, ich hätte sie umgebracht oder eingesperrt. Doch den Fehler, i2D2 komplett abzuschalten und ohne Beweisvideo dazustehen, mache ich kein zweites Mal. Die eigene Drohne immer und überall anzulassen und nur zwischen Show und Disclose zu switchen, ist der beste Rat, den ich Dir geben kann. Denn man kann nie wissen, wozu die Bilder unter Umständen gut sind und was sich alles mit ihnen machen lässt. Das weiß man nie.

¶

Park, Li

Dieser Text ist dem Belcanto-Stil gewidmet,[1] dem höchsten Ausdruck des Glaubens an die Schönheit der Stimme. Dieser Glaube ist tief. Er geht bis in den Unterleib, auch im Sopranfach. Die angebliche Oberflächlichkeit des Belcanto liegt allein im Ohr des Zuhörers, ein Vorurteil, das im Folgenden widerlegt werden soll.

Im Mittelpunkt steht dabei das unvollendet gebliebene Opern-Fragment *Le due figlie del siciliano* von Gaetano Donizetti, dessen Ursprung im zeitlichen Umfeld seiner Erfolgsoper *L'elisir d'amore* aus dem Jahre 1832 vermutet wird. Nach nahezu einhelliger Meinung der Forschung handelt es sich um mehr als nur eine Vorstudie des berühmten *Liebestranks*, die das Schicksal so vieler Vorläufer-Kompositionen ereilte. Durch das Hauptwerk an den Rand gedrängt, blieb sie lange Zeit liegen und wurde schließlich vom Meister selbst vergessen. Zu Unrecht. Denn *Die zwei Töchter des*

1 Die vorliegende Hausarbeit stellt eine Ersatzleistung für den versäumten Aufsatz über die Grille dar, von deren Gesangsstil leider nichts bekannt ist. Zugleich handelt es sich um die gesangspraktische Rollenanalyse der Verfasserin, die sie für ihre bevorstehende Aufnahmeprüfung im Studiengang Gesang/Musiktheater einzureichen hat. Deshalb hat sie sich um die Erfüllung musikwissenschaftlicher Standards bemüht. Besonderer Dank gebührt diesbezüglich ihrem Musik- und Gesangslehrer, Herrn Dr. Alexander Faller, für Rat und Tat. Ohne ihn wäre diese Arbeit nicht möglich gewesen.

Sizilianers enthält eine der ambitioniertesten Sopranpartien des Belcanto überhaupt, deren Solo-Arien sich als Einzelstücke auf den Konzertbühnen zunehmender Beliebtheit erfreuen.[2] Ihr tieferes Verständnis erschließt sich jedoch nur durch den (mutmaßlichen) Kontext der Handlung sowie den kompositorischen Gesamtbogen.

Die für Donizetti charakteristische, einfallsreich verzierte und bis zur Selbstverliebtheit ausgeschmückte Melodieführung zeigt sich mustergültig in der Arie *Lasciatemi in pace* der jüngeren der beiden Töchter des Sizilianers, eine frühe Blüte des Belcanto, die so manche Rossini-Arie überstrahlt. Mit ihren anspruchsvollen Koloraturgebirgen und überraschend schwankenden Tempi ist sie nicht nur hochriskant. Sie muss als geradezu experimentell angesehen werden, nicht zuletzt aufgrund ihrer rhythmischen Annäherung an die tiefe Erschütterung der erst zwölfjährigen Filippa-Costanza, die soeben ihre Mutter verloren hat.[3] »Ein musikalisches Erdbeben«, laut Donizetti-Spezialist Alessandro Falorni, »besungen von einem munter-klagenden Vöglein in höchster Höhe«.

2 Die Beschäftigung mit diesem Donizetti-Werk wird in eine Konzertserie von nationalen und internationalen Auftritten münden. Anvisierter Höhepunkt ist der sechstägige Gesangswettbewerb »Stella Maris« im Abendprogramm einer Kreuzfahrt nach Spitzbergen, wofür sich die Verfasserin und Interpretin durch das Erreichen des 2. Platzes beim Voices-of-the-Future-Award qualifiziert hat. Auch dafür gebührt ihrem Musik- und Gesangslehrer Dr. Faller Dank.

3 Die Verf. und Interpr. verbittet sich jegliche biografische Parallelen zwischen ihr und der Figur, insbesondere die der Mutterlosigkeit. Dass sie selbst als koreanische Waise nach Deutschland gekommen ist, hat die Wahl ihrer Rolle nicht beeinflusst.

Als Vorbereitung auf diese Partie empfehlen sich die einschlägigen Lockerungsübungen zur atemtechnischen Tiefenentspannung. Besondere Sorgfalt ist dabei auf die Entkrampfung von Zwerchfell und Solarplexus zu verwenden, da sonst nicht nur die Stimmgipfel und Koloraturspitzen unerreichbar bleiben, sondern auch die Abrundung des Vokalgehalts in der Tiefe fehlt. Trotz aller sopranistischen Höhenakrobatik ist Filippa-Costanza unbedingt aus dem Bauch zu singen! Hinzu kommt als besondere Herausforderung die rubato-artige Phrasierung, die den Gesangsfluss immer wieder durch Verkürzungen und Verhaltungen hemmt oder gar unterbricht. Dieses abwechselnde »Schwingen« und »Ersticken« der Melodie, das die innere Not und Zerrissenheit der jungen Sizilianer-Tochter musikalisch Gestalt werden lässt, stellt höchste Ansprüche an die Verschlusskontrolle am äußersten Ende der stimmlichen Leistungsfähigkeit. Hier berühren sich gleichsam das Ornamentale, Feinziselierte des Belcanto und die Gewalt.[4] Es sind die Momente, in denen Filippa-Costanzas verzweifelt aufperlende Höhenflüge in ein trudelndes, beinahe unkontrolliertes Abfallen übergehen und das »munter-klagende Vöglein« wie tödlich getroffen vom Himmel stürzt.

Der Verlust und frühe Tod der Mutter, der dieses Mädchen und seine ältere Schwester erst zu den zwei Töchtern des Sizilianers im

4 Eine andere Form von Gewalt manifestiert sich in dem weitverbreiteten Vorurteil, Sängerinnen und Sänger asiatischer Herkunft seien zwar hochgradig fleißig und diszipliniert, wüssten aber nichts von Liebe, Liebesleid und Leidenschaft. Vielmehr handle es sich um seelenlose Automaten, musikalische Präzisionsmaschinen oder »singende Ameisen«. Gegen den italozentrischen Temperamentsrassismus in der Oper verwahrt sich die Verf. auch im Namen ihrer Mitmigranten sowie ihres Musik- und Gesangslehrers aufs Heftigste.

engeren Sinne macht, verleiht der Eröffnungsarie der Filippa-Costanza[5] zunächst die dunkle Tonalität einer Klage. Vor allem die gehäuften A-Vokale sind für die schwarze, schwere Traurigkeit der ersten Stanze farbgebend. Dabei enthält das in Variationen wiederkehrende »Lasciatemi in pace« sowohl tragende als auch fallende A sowie – zunehmend und sich steigernd – das A als Aufschrei in verschiedenen Abschattungen (sing: »La!scia!temi in pa!ce«). Diese A-Dominanz in der Vokal-Gewichtung ist bezeichnend. Sie verleiht dem Gesang bisweilen lautmalerische Züge und unterstreicht den außergewöhnlichen Bauchcharakter dieser Sopranpartie, ein Umstand, der angesichts des zarten Alters der Protagonistin besondere Beachtung verdient. An der Schwangerschaft der minderjährigen F.-C., so wie Alessandro Falorni sie hergeleitet hat, bestehen inzwischen kaum Zweifel. Alle musikalischen Indizien sprechen dafür, auch wenn der Text dieser opera non buffa nur in Bruchstücken vorliegt und der gesamte zweite Akt nicht überliefert ist.

Die Frage, wer der Vater ist, gibt indessen weiter zu Spekulationen Anlass. Dabei fällt auf, wie hartnäckig der Zustand F.-C.s durch den Sizilianer und seine Verwandtschaft (Dorfbewohner beiderlei Geschlechts in stummen Rollen) totgeschwiegen wird. Von »guter Hoffnung« kann bei dem schwangeren Mädchen also keine Rede sein. Allerdings lässt sich die Vaterschaftsfrage angesichts der dürftigen Quellenlage nicht eindeutig klären. Falornis Fingerzeig, dass der Titel-Genitiv in *Die zwei Töchter des Sizilianers* possessiv im sexuellen Sinne gedeutet werden könne, bleibt unbewiesen, wie die Kritiker seiner Inzest-Theorie bemängeln. Allerdings leistet das Personenverzeichnis dieser These durch die in-

5 Im Folgenden »F.-C.«

zuchtartigen Verwandtschaftsverhältnisse einigen Vorschub. Auch fehlt die typischerweise mit dem Tenorfach besetzte Rolle des Liebhabers, weshalb *Le due figlie del siciliano* in der Musikwissenschaft lange Zeit als »Oper ohne Tenor« belächelt wurde. Dass es sich dabei um keinen »Geburtsfehler« handelt, sondern um das geheime Thema des Werks, gilt nach Falorni inzwischen als gesichert. Ihm verdanken wir auch die Erkenntnis, dass der einzige Nichtblutsverwandte, Dottor Dulcamara (Bassbariton), keineswegs als Tenor/Liebhaber-Ersatz zu werten ist. Er entstammt vielmehr dem komödiantischen Typenfundus der Quacksalber und Scharlatane. So findet sich diese Figur unverändert in Donizettis *Liebestrank*-Burleske wieder, die sich als heiterer Gegenentwurf zum sizilianischen Drama erweist. Dulcamara kommt darin die Rolle des betrügerischen Liebestrank-Verkäufers zu. Insofern spielt er in beiden gegensätzlich gestimmten Opern auf nahezu identische Weise Schicksal. Ein Geliebter oder Liebender ist er aber mitnichten, er liebt – tragisch wie komisch – nur das Geld.[6] In Donizettis Figurenspektrum verkörpert er mal chargenhaft, mal diabolisch das Vollbild des Hochstaplers und Kurpfuschers.

Das wirft ein anderes Licht auf das hochdramatische Intermezzo, das sich bei der Ankunft des selbsternannten Wunderheilers vor dem Hause des Sizilianers abspielt. Eben noch in tiefer Trauer um die tote Mutter, schreckt F.-C. beim Schellenklang von Dulcamaras Apothekerkarren auf und eilt dem Dottore entgegen. Händeringend wirft sie sich vor ihm auf die Knie und hindert ihn an der Weiterfahrt. Die Dringlichkeit, mit der sie ihn bestürmt,

6 Vgl. dazu auch Dulcamaras eher flach gehaltene Charakterarie *Ahi che misero son io senza te, borsellino mio!* – Dt.: »O wie arm bin ich ohne dich, mein Portemonnaie!«

wurde vielfach als mädchenhafte Ärzte-Schwärmerei missdeutet. Tatsächlich drückt sich darin keineswegs Verliebtheit aus, sondern Verzweiflung. F.-C. will und braucht Dulcamara nicht als Mann, sondern als »Engelmacher«. Er soll ihr das genaue Gegenteil eines Liebestranks verabreichen, gleichsam die Pille danach, und so das ungeborene Leben ohne sündhaft-irdisches Dasein geradewegs in den Himmel schicken. Ein für das Verhältnis beider Werke erschütternder Befund: Das Aphrodisiakum der komischen Oper ist das Abtreibungsgift der Tragödie.[7]

Das sog. Engelrezitativ zwischen F.-C. und dem Dottore ist in mehrerer Hinsicht bemerkenswert: inhaltlich, weil die ungewollt Schwangere vergleichsweise unverblümt einen Abtreibungscocktail erfleht, aber auch sprachlich. Man beachte die überaus kunstvolle Bedeutungsverschiebung der Leitmetapher vom »Engelmacher«. Dieses sehr auffällige, zweimal kurz hintereinander verwendete Sprachbild wechselt in der Wiederholung die Richtung und verweist nicht nur auf das Kind unter dem Herzen der Missbrauchten, sondern auch auf das Kind, das sie selbst noch ist bzw. war und wieder zu werden hofft.[8] Der Arzt wird damit zum

7 Man beachte die Umkehrung des Liebes- wie auch des Trank-Motivs mittels krebsförmig gespiegelter Tonfolgen: Nicht die Liebe soll getrunken, sondern das Ungeliebte ausgeschieden werden.

8 Das schon erwähnte antiasiatische Vorurteil hat auch eine generationenrassistische Seite, mit der sich die Vf. und Intp. als Minderjährige im Musiktheaterbetrieb vielfach konfrontiert sieht. Wiederum wird ihr die Fähigkeit zu Liebe, Leid und Leidenschaft abgesprochen, diesmal nach dem Motto, ein junger Mensch habe »noch nichts erlebt« und könne folglich auch kein Lied davon singen. Kaum eine Figur der Opernwelt widerlegt dieses Klischee eindrucksvoller als F.-C., die als Kind das Äußerste durchmacht: den Verlust ihrer Mutter, den Verlust ihrer Unschuld, das werdende Leben und das werdende Sterben.

Engelmacher im doppelten Sinn. Er soll nicht nur das Ungeborene durch die pränatale Tötung vor jeglicher Schuld bewahren, sondern auch F.-C.s eigene Unschuld wiederherstellen und sie selbst zum Engel machen. In ihrer Verzweiflung hofft die Kindsschwangere, durch den Schwangerschaftsabbruch wieder Kind zu werden und in den Zustand der Unbeflecktheit zurückzukehren.[9]

Dulcamara indessen, mit dem Gefahreninstinkt des Betrügers ausgestattet, hat es eilig, von ihr wegzukommen. Er zieht sich mit falschen Versprechungen aus der Affäre und verschiebt die Verabreichung des angeblichen »Jungfräulichkeitstranks« auf Mitternacht. Dafür geben verschiedene Motivationen und Motive den Ausschlag. Zum einen möchte er nicht mit der Tochter des Sizilianers gesehen werden und bevorzugt für seine illegalen Machenschaften den Deckmantel der Nacht. Zum anderen will er sein Opfer einschüchtern und wählt die Geister- bzw. Engelsstunde, in der die Grenze zwischen Leben und Tod durchlässiger scheint, um seine Taschenspielertricks als schwarze Magie zu verkaufen – daher auch der Treffpunkt »hinter dem Kirchhof«. Nicht zuletzt sind bei ihm erotische, ja sogar handfeste sexuelle Interessen im Spiel, wenn es um die im Libretto vorsichtig angedeutete Gegenleistung geht, die der Dottore für seine »Künste« verlangt. Die Musik spricht hier eine dunkle, von Gier und Gemeinheit getriebene Sprache. Im Sinn hat er unüberhörbar die Liebesdienste eben jener Minderjährigen, der er eine Abtreibung in Aussicht stellt, Bezahlung im Voraus. – Angesichts so viel Bosheit und Hinterlist versteht sich, dass Dulcamara kein Tenor sein kann.

Während der Giftmischer fast im selben Atemzug ein neues Haarwuchsmittel anpreist und damit marktschreierisch durch die

9 Am deutlichsten in der Rezitativ-Zeile: »O Heiler, mach mich heil!«

Gassen zieht, bleibt F.-C. allein zurück. Sie hört Dulcamaras Rufe verhallen, dann legt sich eine beklemmende Generalpause über das sizilianische Dorf. Von jetzt an läuft für F.-C. die Uhr: die Gnadenfrist bis Mitternacht, die Zeit der Zweifel und Gewissensqualen. Langsam, beinahe tastend nimmt sie ihr »Lasciatemi ...« wieder auf. Es ist dieselbe bauchgestützte Stimme wie zu Beginn, nur noch zarter und zerbrechlicher, ein Vöglein in Erwartung der ewigen Finsternis. Es ist derselbe Text, nur klingt es, als sänge jetzt – den Tod vor Augen – das Kind in ihr. Die verlangsamten Tempi und zeitlupenhaften Vokal-Dehnungen ihres immer wiederkehrenden »in paaaceee« wirken seltsam beschwörend und markieren den Eintritt in eine andere, tranceartige Sphäre, einen Engelstraum, in dem sich F.-C. so weit von sich selbst entfernt, dass sie am Ende nicht mehr ihre Gedanken denkt, sondern die des Ungeborenen. Sie scheint nur das Medium zu sein, die Kindsstimme.[10, 11]

In diesem schizoid-schönen Moment der Kindesnähe (molto cantabile, teneramente) kommt ihre Schwester. Es handelt sich um einen der rätselhaftesten Auftritte der Donizetti-Literatur. In einer ausführlichen Regieanweisung beschreibt das Libretto, wie die erstgeborene der titelgebenden zwei Töchter des Sizilianers aus dem Haus des Vaters tritt. Wie sie sich nicht (!) umschaut. Wie sie ein schwarzes (!) Tuch überwirft. Und nichts (!) sagt. Was sie im Haus gemacht hat und wohin sie will, bleibt ihr Geheimnis. Zugunsten

10 Vgl. dazu A. Falornis forensisch-musikologische Studie: *Kindsmörderin – Kindsmedium*, Venedig 2005, S. 39 ff.

11 Hierin entsprechen sich Technik und Thema, Form und Inhalt. Die eigentümliche Bauchbetontheit dieser Sopranpartie erhält durch das Schwangerschaftsmotiv ihren tieferen Sinn.

des Plots könnte man annehmen, dass sie die Unterredung zwischen Dulcamara und ihrer Schwester belauscht hat, folglich Bescheid weiß und das Schlimmste verhindern möchte. Doch von einem Eingreifen in die Handlung ist diese Figur weit entfernt. Ihr Auftritt gleicht vielmehr einer Erscheinung, einem Zeichen der Warnung oder Mahnung. Vielleicht ist sie, die ältere Schwester, der jüngeren vorangegangen und hat bereits durchlitten, was Filippa-Costanza noch bevorsteht? Vielleicht ist sie auch längst nicht mehr am Leben, ein Geist, ein Phantom, eine Wiedergängerin aus der Vergangenheit?[12]

In jedem Fall huscht sie grußlos vorüber. Ein Wort- oder Vokal-Wechsel findet zwischen den zwei Sizilianer-Töchtern nicht statt, wobei das Ausbleiben des zu erwartenden Titelheldinnen-Duetts die gefühlte Stille noch verstärkt. Wie es einer von Donizettis schärfsten Kritikern einmal sehr zugespitzt auf den Punkt brachte: »Sie [die ältere Tochter, Anm. d. V.] kommt als Rätsel und geht, als wäre sie nie da gewesen.«[13] Fast scheint es, als hätte Donizetti sie musikalisch vergessen.

Bei näherem Hinhören jedoch ergibt sich ein anderes Bild. Denn obwohl sie nichts sagt und nichts singt, sind die Auswirkungen ihres Auftritts gewaltig. Die zweite Tochter hinterlässt die Bühne empfindlich leerer. Auch dünnt das musikalische Material nach ihrem Abgang spürbar aus. Töne verschwinden, Instrumente ver-

12 In einer der seltenen Inszenierungen dieses Werks durch den austro-italienischen Bildhauer und Aktionskünstler Giovanni Fleischmann am Opernstudio der Mailänder Scala aus dem Jahr 1971 schwebt die Schwester in dieser Szene mit heraushängenden Gedärmen und einem Schlachtermesser im Bauch auf Engelsschwingen vom Balkon.

13 Zit. nach A. Falorni, *Die zweite Tochter des Sizilianers*, Venedig 2006, S. 40.

stummen, Gesang und Orchester werden wie von einem Hauch des Vergessens angeweht. Und das wenige, was noch zu hören ist, klingt merkwürdig fern und verloren (adagio impensierito, ma non troppo), so als hätte sich das schwarze (!) Tuch des Nichts (!) über alles gelegt.

In gewisser Weise ist die ältere Schwester genau das: die Erinnerung an eine Zukunft, die entschwindet.

Lange Zeit hatte die Donizetti-Forschung angenommen, dass die Rolle der zweiten Tochter vom Maestro aus Zeitgründen nicht fertig komponiert worden sei und ihre Arien (voraussichtlich Mezzosopran) dem Fragmentcharakter des Werkes zum Opfer gefallen seien. Im Gegensatz zu ihren zahlreichen sizilianischen Onkeln, die einen regelrechten Chor des Schweigens bilden, ist sie im Personenverzeichnis nicht als »stumme Rolle« ausgewiesen. Und sie ist ja auch aktiv beteiligt am musikalischen Geschehen, wenngleich nicht singenderweise, sondern durch Subtraktion. Mit ihrem Auftritt erzeugt sie ein Ausdrucksminus, gegen das sich die anderen Stimmen und Instrumente zur Wehr setzen müssen. Sie ist die Schwester, die die Stille bringt.

Von der Minus-Partie ist es nicht weit zu der These, dass die zweite Tochter gar nicht existiert.[14] Ausgangspunkt dieser Überlegung ist die »Zweistimmigkeit«, der sich F.-C. im Zuge ihrer Selbstabspaltung annähert, insbesondere in dem virtuosen Wechselgesangssolo nach dem Auftritt bzw. Verschwinden ihrer älteren Schwester. Dabei stehen für einen Moment zwei Töchter im Klangraum, einerseits die werdende Frauenstimme am Beginn ihrer Mezzo-Reife, andererseits die Kopfstimme aus dem Kinder-

14 Siehe A. Falorni, *Die Nichtexistenz der zweiten Tochter*, Venedig 2007, S. 41.

bauch. Indem F.-C. den Oktavsprung zurück in die kindliche Unschuld vollführt und sich an ihre Existenz als vorgeschlechtliche Belcanto-Sopranistin klammert, entzieht sie gewissermaßen der älteren Schwester die Stimme und schafft damit ein stummes »Alter Ego«: das Phantasma eines zweiten, erwachsenen und sexuellen Selbst, das sie nicht werden will und zum Tode, zur Tonlosigkeit verurteilt.

Durch das Zurückschrecken des Kindsoprans vor der eigenen Geschlechtlichkeit und Reife spaltet sich die musikalische Hauptfigur in eine koloraturintensive Ausdruckshälfte und eine stimmlose Schweigehälfte. Zusammen ergeben und erzählen sie die ganze Geschichte. Die »zwei Töchter« des Sizilianers sind folglich eine Person, eine – je nach Blickwinkel – gespaltene oder verdoppelte Tochter. Sie beide sind F.-C., die nicht zufällig einen zweiteiligen Namen hat. Auf der einen Seite Filippa, die fidele, fioriturfreudige jüngere Schwester, auf der anderen Costanza, die gravitätische ältere, die ihr schwarz gewandetes Schweigen in ausdrucksloser Strenge durch das Stück trägt. Für diese Ein-Tochter-Theorie spricht auch, dass die ältere Tochter im Personenverzeichnis weder mit einem eigenen Namen noch einer Stimmfachbezeichnung aufgelistet ist. Außerdem steht die vermeintlich »Erstgeborene« an zweiter Stelle, hinter der Jüngeren, was nochmals unterstreicht, dass sie keine für sich existierende Einzelfigur darstellt, sondern F.-C.s Zweit-Ich. Deshalb kann sie auch erst in Erscheinung treten, nachdem Filippa Costanza von sich abgespalten hat bzw. Costanza Filippa. Nach einem Titelheldinnenduett sucht man vergeblich. Dieses »Duett« singt F.-C. in besagtem Wechselgesangssolo mit sich selbst.

Die Erwartung, dass es in diesem Werk um zwei unabhängige Tochter-Individuen geht, wird also bewusst enttäuscht. Damit soll das Publikum auf den Kernkonflikt der Oper gestoßen und zum Nachdenken über die Brüchigkeit von Identität in Sizilien und anderswo gebracht werden. Mehr noch! Mit der Geschichte der Teilung von F.-C. in Filippa und Costanza stellen Donizetti und sein (namenloser) Librettist den abendländischen Begriff des Individuums als das »Unteilbare« überhaupt infrage. Sie sind die Erfinder der ersten duettfähigen Hauptfigur in der Geschichte des Musiktheaters.

Der Blick in die restliche, leider viel zu kurze Partitur zeigt, wie sehr *Die zwei Töchter des Sizilianers* durch den Fokus auf eine (gespaltene) Belcanto-Persönlichkeit an Tiefe gewinnt. Die traditionelle Lesart gibt keinen Aufschluss darüber, warum das Vorüberhuschen der älteren Tochter mit Kopftuch einen so abrupten musikalischen Themenwechsel auslöst und die jüngere Tochter derart in Angst versetzt. Geht man hingegen von einem Ich im Plural aus, leuchtet ein, dass die Erscheinung des älteren Selbst (im Folgenden Costanza genannt) das jüngere Kinder-Ich (im Folgenden Filippa) zutiefst erschüttert. Bei dieser Begegnung mit sich selbst wirft F.-C. einen Schreckensblick in den Zerrspiegel der eigenen Identität und erkennt sich als Kindsmörderin und ihr Opfer.

Filippa hat Angst, große Angst. Ihr »Lasciatemi …« wird zum Hilferuf in der Nacht, zur verzweifelten Frage, ob da draußen jemand ist, irgendwer, der ihre Not sieht und versteht. Indem sich der Melodiebogen am Ende der Phrase (»pa-ce???«) suchend erhebt, verkehrt sich der Sinn ihres »Lass mich in Frieden« ins Gegenteil. »Hat man mich ganz allein gelassen?«, so der gesangliche Subtext. »Ist denn hier wirklich kein Mensch?«

Dieses Verlassenheitsmotiv der Solostimme findet ihr instrumentales Echo in der Verwandlung des Orchesters in einen dunklen Wald. Die Bässe übernehmen und ragen wie mächtige Baumriesen aus dem Graben, die Filippa überschatten. Ein nächtlicher Wind kommt auf, der schwarze Atem der Fagotte, in dem die vielfingrigen Äste bedrohlich schwanken und nach der verzagenden Melodiestimme greifen. Schwere Gewitterwolken rollen heran, Kesselpauken, unheilsschwanger. Die Finsternis zieht sich zu. Kein Licht mehr am Himmel, keine Lichtung im Wald.

»Lasciatemi …« tönt es noch einmal kläglich, Filippa ist nun vollends das verlassene Kind, so klein und allein, wie sie sich gewünscht hat, und sie fürchtet sich sehr. Ihr Traum erweist sich als Albtraum. Ausweglos wandelt das Mädchen, das keine Frau werden will, im Märchenwald ihrer Ängste. Ihre Stimme, eben noch das Pfeifen in der Dunkelheit, erstickt unter Tränen, die nicht zu fließen wagen. Ihr »Lasciatemi …« verschluckt seine Konsonanten. »A-scia-emi-in-a-e«, lallt es aus dem Mordleib, der Todesbauchzelle, »A-ia-ei-ia-e!« Es ist das Flehen des Fötus: Lass mich nicht sterben, Mama, bitte, verlass mich nicht!

Doch es hilft nichts und Filippa weiß es. Tief in ihrem Kinderherzen wohnt die Gewissheit, dass es bereits geschehen ist. Sie ist verstoßen, ohne einen einzigen Menschen auf der Welt. Sie ist allein, schwesterseelenallein, mutterseelenallein.

Mit den Trauer-As der Anfangsklage kehrt das Motiv der Mutter zurück, diesmal als »Mama-A« und »Zärtlichkeits-Ei«. Es ist die Suche des zu Tode geängstigten Belcanto-Kindes nach einem Rest von Wärme in den ersten und letzten Vokalen der Welt: »Mama, lass mich nicht allein!«[15]

15 Bei öffentlichen Auftritten ist diese Passage, wenn möglich, im Dunkeln mit abgeschaltetem Notlicht zu singen. Vgl. hierzu A. F., *Handbuch der Donizetti-Inszenierung*, Venedig/Berlin/New York 2017.

Doch die mutterlose Welt ist unerbittlich. Vom Kirchturm hinter den Bäumen schlägt die Glocke Mitternacht. Auf ihrer Flucht in den Kontrabass-Wald hat Filippa die Orientierung verloren und doch ihr Ziel erreicht. Sie steht vor dem Kirchhof, vor seinen Mauern. Hier ist der Treffpunkt. Hier wartet der Tod.

Der zwölfte Schlag. Die Kirchturmuhr schweigt. Filippa hört Schritte im grauen Gras entlang der Friedhofsmauern. Hat sie nicht immer Frieden erfleht? Da liegt er nun und wartet auf sie. Es knackt der Windbruch unter schweren Stiefeln, die Zweige und Äste zu Füßen des Waldrands. Der Engelmacher, denkt sie (tranquilla, senza espressione), der Engelmacher! Und im nächsten Moment – kein Gesang, nur noch Gedanke (calando): Es geschieht. Es geschieht.

Doch es ist nicht Dulcamara, der durch die Nacht auf sie zukommt. Es ist ihr Vater, der Sizilianer, Dulcamara folgt zwei Schritte dahinter. Der Giftmischer hat sie verraten, ihr einen Todestrank aus Wörtern gebraut, den Huren-Becher gereicht, das Kindsmörderinnen-Pech über ihr ausgegossen. Es ist zu spät, um zu fliehen. Es gibt keine Zuflucht, nirgends. Sie ist an ihrem letzten Ort.

Der Vater kommt näher. Er kommt aus dem Wirtshaus, die Onkel sind bei ihm, die stummen. Einer nach dem andern schiebt sich an Dulcamara vorbei. Das Schweigen des Dorfs ist versammelt, Männer, von denen die meisten sie hatten. Doch davon spricht keiner, wird keiner sprechen, im Bund dieser stillen, still machenden Nacht. Die Schande ist in der Welt, die Schande muss sterben. Und das Schweigen bildet um sie einen Kreis.

In der Mitte Filippa, die Kleine. Sie weint nicht, schreit nicht. Sie schämt sich, das ist alles. Doch noch tut sich der Boden nicht auf, tut ihr das Grab nicht die Liebe. Sie darf erst im Boden versinken, nachdem sie vergangen ist vor Scham, nachdem sie und die Scham Vergangenheit sind.

»A-i e-i a-e!«

Der Engel senkt den Blick, senkt das Köpfchen, Schultern in die Höh', in Erwartung der Schläge, der Knüppel und Fäuste. Das Mädchen wartet auf den ersten Stein und hofft, dass er trifft und es schnell geht. Die Augen fest zumachen, denkt Filippa, ganz fest, und schlafen, schlafen für immer. Doch die Wut sucht und findet sie nicht. Da ist etwas, das sich vor sie schiebt. Die Onkel haben es mitgebracht, reißen es hoch, stoßen es vorwärts, zu ihr in den Bannkreis. Ein Bündel aus Haar, Fleisch und Knochen, ein Wegwurf, geschunden, zerschlagen, zertreten. Filippa erkennt das Gesicht nicht auf Anhieb. Es ist geschwollen, der Kiefer gebrochen und ausgerenkt. Schwarz rinnt es aus allen Löchern, Mund, Nase, Ohren. Blut, staunt sie, so nachtschwarz wie das Tuch, das ihr die Augen verbindet – nein, dieser Vogel wird nicht mehr fliegen, nicht mehr singen, nie mehr. Doch wie gern würde sie ihn umarmen, umhegen, wie gern wäre sie ihm ein Nest.

An dem Tuch erkennt Filippa Costanza. Sie hat es getan, hört sie sagen, sie hat gelockt und verführt und geliebt, sie muss ihre Strafe erhalten. Es ist der Vater, der spricht. Es ist seine Stimme, die wohlbekannte, lang gefürchtete. Und das Dorf schweigt und stimmt zu.

»I-i!«

Und jetzt Dulcamara. Auch seine Stimme hat sie im Ohr, sein Schmeicheln und Heucheln, das kennt sie, sein Atmen und Stöhnen, das auch. Und der Quacksalber, Marktschreier, Lügner wiederholt und beschwört jedes Wort ihres Vaters. Er schwört seinen käuflichen Eid. Und das Dorf schweigt und stimmt zu.

»I!«

In ihren Armen zittert die Schwester, krümmt sich vor Abscheu, vor Ekel und hält ihren schwangeren Leib. Sie wird gehalten, Schwester hält Schwester, Filippa Costanza. In ihren Ohren der Vater, der Bass. Er kommt näher und näher und mit ihm die Nacht und die Erinnerung an den Tod, der seine Hände um ihren Hals legt.

»i«

Und es ist, als hätte der Vogel, der Engel, das Kind, seit jeher nur davon gesungen, als sei ihr »Lasciatemi …« von Beginn an nur diese Bitte, dieses Gebet gewesen: Lass mich, Vater, lasst mich in Frieden, ihr alle, und du, Dulcamara, besonders. »Lasciatemi in pace!« Doch singen, sagen kann sie das jetzt nicht mehr, sie bringt keinen Ton hervor, nur ein Würgen, ein Röcheln, das immer weitergeht. Immer weiter.

Und hier bricht das Stück ab.

Oder es endet.[16]

16 Nach den neuesten Forschungsergebnissen scheint fraglich, ob es sich bei *Die zwei Töchter des Sizilianers* tatsächlich um ein Fragment und somit Donizettis »Unvollendete« handelt oder um eine komplette nichtkomische Kurzoper mit einem abrupten Finale, wie Dr. Falorni in seiner jüngsten, noch nicht veröffentlichten Studie feststellt. (Vgl. dazu A. F., *Das Fragment als das Ganze*, Venedig 2020, vorauss. S. 42.) Als Beleg dafür führt er Tagebuchnotizen Donizettis an, in denen der Maestro eine Oper neuen Typs entwirft, die weder als Einakter noch als Zweiakter verstanden werden will, sondern als Ich-Oper mit einer multiplen Zentralpartie – eine musikwissenschaftliche Sensation, nach der große Teile der Donizetti-Rezeption umgeschrieben werden müssen. Bleibt abschließend noch anzumerken, dass diese theoretischen Erkenntnisse praktisch von großer Bedeutung sind. Sie haben sich beim Gesangsunterricht bis in den Bauch der Verf. & Interpr. hinein als fruchtbar erwiesen. Dank der Analyse des inwendigen Wechselspiels zwischen Filippa und Costanza, Kindsopran und Mezzo-Schweigen,

konnten große Fortschritte in der Vokalvertiefung sowie Höhenziselierung erzielt werden. Vor allem aber wurde die Wichtigkeit der Diphthong-Verschiebungen (von A zu I, von der Klage zum Ekel) für das Sinnganze deutlich. Auch das Nachvollziehen der inneren Abspaltungen und Abtötungen der »Lasciatemi …«-Variationen ist trotz der hohen emotionalen Belastung ein Gewinn. Die Sängerin und Darstellerin der »beiden Töchter« muss all das in ihrem tiefsten Inneren wissen, um es im entscheidenden Moment wieder zu vergessen und noch einmal neu zu durchleben, wenn die Lichter im Zuschauerraum ausgehen (auch das Notlicht) und die Einsamkeit auf der Bühne beginnt.

¶

Wendorf, Henk

Ich habe mir nichts dabei gedacht. Es war große Pause, und ich bin ein bisschen spazieren gegangen mit meinen neuen s.t.s.-ear-tuggs und *Illegal Love* von The Magnificent. Das ist alles. Ich habe das Schulgelände nicht vorsätzlich verlassen, ich wollte nur nicht, dass Rick mithört oder Bea mich sieht oder ich sie, wir sehen uns zurzeit nicht gern. Doch mein Plan war immer, am Ende der Pause wieder da zu sein, und das war absolut realistisch. *Illegal Love* ist ein normaler Dreiminüter (2.57 min), ich hätte es sechs Mal durchlaufen lassen können, und mir wären noch gut zwei Minuten bis zum Klassenraum geblieben. Wo war das Problem?

Es roch nach Laub, sogar ziemlich, falls Sie sich erinnern. Es war ein schöner Tag, fast noch Sommer, nur dass dieser Laubgeruch in der Luft lag und man bei jedem Lichtstrahl spüren konnte, wie er weniger wurde und dem Ende zuging. Irgendwie passte das zu The Magnificent.

Insofern habe ich erst mal den Herbst besichtigt anhand der Bäume drumherum und bin ins Schlendern gekommen, in meinen Schlendergang. Und auf einmal konnte ich nicht mehr aufhören, auch nicht, als der Schulhof zu Ende war. An der Seite hinter den Müllcontainern ist kein Zaun mehr, sondern nur eine Hecke. Da bin ich durch, ohne anzuhalten. Nichts leichter als das: ein dichter grüner Vorhang, und dann ist da plötzlich die Welt. Ich hatte vergessen, dass es links oben in der Ecke die Kamera gibt.

Mein Fehler, das sehe ich ein.

Ich habe dann zügig Strecke gemacht. Ich wollte weiter zum Bäcker, dem türkischen, der noch backt. Nicht um was zu kaufen oder zu klauen, ich mag bloß den Geruch von Mehl. An der Kreuzung davor war diese Baustelle, Tiefbau, und drumherum ein Zaun mit Gucklöchern oder Mini-Fenstern. Es gibt da so richtige kleine Plexiglas-Schaufenster in der Bretterwand, damit man stehen bleibt und anderen bei der Arbeit zuschaut nach dem Motto: Guck mal, was wir können! Aber dann dachte ich: Die Firma hat natürlich ein Interesse daran, dass sich die Malocher da unten in der Grube beobachtet fühlen. Es geht nicht ums Können, es geht um Kontrolle – und am Ende wie immer um Ausbeutung. Jedenfalls war es gar nicht so leicht, einen freien Platz zu ergattern. An fast allen Sehschlitzen standen ältere Herren und trippelten von einem Fuß auf den anderen, so als müssten sie zur Toilette oder sich die Beine vertreten aus Durchblutungsgründen. Auf der Baustelle selbst war wenig los, ein paar Kranfahrten und in regelmäßigen Abständen eine Steinsäge hinten links. Die Bauarbeiter – bloß zwei, drei Mann – liefen rum wie Statisten und hauten, wenn's hochkam, mit dem Hammer gegen eine Verschalung. Doch irgendwie konnte man sich trotzdem nicht losreißen. Es sah zumindest aus, als gäbe es ein Programm, und die Maschinen würden es schon richten. Darüber bin ich ins Grübeln gekommen. Wirklich, mich beschäftigt das, die Welt ohne uns und wie gut sie funktioniert, während wir in der Schule sitzen und nichts dazu beitragen, außer dass wir nicht im Weg stehen. Und der Gedanke passte so wenig zu *Illegal Love*, dass ich zu *Militant Silence* von Lethal Cinema geskippt bin. Das war kurz vor Ende von Repeat 3, aber *Militant Silence* hat Überlänge (5.14 min). Dadurch habe ich ein Stück weit den Überblick verloren, und Lust auf den Bäcker hatte ich auch keine mehr.

»Kill the words in your head,
Kill the world, want it dead.«

Und plötzlich kam so eine Stimmung über mich.

Ich bin dann runter zum Fluss und den Uferweg lang. Hier waren weniger Zuschauer. Das Wasser trieb so vor sich hin. Von Weitem konnte ich sehen, wie zwei Rentner aufeinander zuliefen, ein Mann und eine Frau, beide in den besten Jahren, beide mit Jack-Wolfskin-Multifunktionsjacken und Hunden – schönes Paar eigentlich, auch die Hunde. Aber Herrchen und Frauchen nickten einander bloß zu und gingen dann weiter, als hätten sie es wahnsinnig eilig und zu Hause würde wer weiß was auf sie warten. Nur die Hunde hätten sich offensichtlich gerne die Zeit genommen und es miteinander getrieben.

»Nothing to do and a year to kill!« – *Militant Silence* ist echt große Kunst, das merkt man erst so richtig beim zweiten, dritten Hören. Aber da war es für den Unterricht schon zu spät.

Es hat übrigens nichts mit Bea zu tun, falls Sie das meinen. Vorbei ist vorbei (wie in *Suicide-Ex* von den Deadheads). Außerdem hat sie abgenommen, das sagen alle, und sie riecht auch nicht mehr, wie sie früher roch.

Nachdem der Rückweg entfiel, ging ich weiter flussabwärts. Ich wollte mich auf die Bank an der Flussbiegung setzen, wo ich früher immer gesessen und geraucht habe – wahrscheinlich weiß man, dass Herbst ist, wenn man so viel an die Vergangenheit denkt. Inzwischen habe ich aufgehört und rauche nur noch das Nötigste. Leider saß auf der Bank schon ein Elternzeit-Papa mit Kinderwagen, der mit einer Hand mechanisch am Griff ruckelte und ansonsten vor sich hin starrte auf seine Knie, wo, wie ich dann sah, ein Buch lag. Es konnte also länger dauern. Wenigstens traute er sich nicht zu fragen, warum ich nicht in der Schule bin, obwohl er so aussah, als wäre er Lehrer im wirklichen Leben. Ich habe trotzdem lieber nicht versucht, eine Zigarette von ihm zu schnorren, sondern bin nur ganz langsam an ihm vorbeigegangen in der Hoffnung, dass vielleicht doch noch ein Wunder passiert und er abhaut und seinen Tabak dalässt. Dem war nicht so.

Vor lauter Schmacht habe ich nicht mal gemerkt, dass *Militant Silence* vorbei war und ich vergessen hatte, Repeat zu drücken. Auf einmal fühlten sich die s.t.s.-ear-tuggs gar nicht mehr gut an, so als gäbe es Druckstellen im Innenohr, die es laut Herstellerinfo nicht geben durfte, und manchmal sogar einen stechenden Schmerz, wie wenn man beim Piercing einen Nerv trifft. Inzwischen lief *Cash Cows Chewing* von den Blues Missiles, was gar nicht mein Fall ist, allein das Intro, eine Katastrophe, aber irgendwie war ich schon mittendrin und von *Cash Cows Chewing* führte kein Weg zu *Militant Silence* zurück. Also beschloss ich, die restlichen 3.55 durchzuhalten, auf die Gefahr hin, dass es mir meine playlist ruiniert.

Eine Zeit lang habe ich Steine ins Wasser geworfen und Äste und noch mehr Steine, um die Äste zu treffen. Dann bin ich mit den Kähnen mitgelaufen, hab den Daumen rausgehalten und versucht, jemanden von der Besatzung dazu zu kriegen, dass er mich aufspringen ließ. Schiffe sind meine Inseln. Aber es war kein Mensch zu sehen, und wenn, dann stand er hinter getönten Scheiben am Steuerrad und schaute stur geradeaus. Als tatsächlich ein Mann an Deck kam – Holzfällerhemd, Badelatschen, Armeehose –, stellte er sich neben seinen Opel Corsa auf die Ladefläche und hängte Wäsche auf. Das war das Ende meiner Träume. Erst mit *No Poetry!* von den Balls wurde es besser.

Ich bog ab ins Gewerbegebiet zum Verkehrsbetriebe-Depot und nahm die Straßenbahn in die FuZo. Ich wusste jetzt, was die

Balls mir sagen wollten. Der Herbst, von dem *No Poetry!* handelt, ist kein Dichter, kein »Poet«, sondern nur ein alter Schlagersänger, der seine abgegriffenen Melodien unters Volk bringt, und alle singen und schunkeln innerlich mit und merken gar nicht, dass es immer dasselbe ist, immer dieselben Ohrwürmer der Seele. Und genau das war mein Gedanke in diesem Moment, wenn auch in anderen lyrics. Jedenfalls stand für mich fest: ohne mich. Ich will nicht mehr mitsingen. Ich habe die Augen zugemacht, die Herbstsonne durch die Scheiben gespürt und auf Loop geschaltet. *No Poetry, never again!*

Die Straßenbahn wurde von Station zu Station voller, Führerscheinlose, Hartzer, Rollatorgerangel im Notsitzbereich. Als auch noch ein Kindergartentrupp in Signalwesten einstieg und die hohen Frequenzen belegte, bin ich raus und zu Fuß weiter zu Manni, um ihm ein paar Selbstgedrehte abzukaufen. Leider saß er nicht am Alki-Brunnen wie sonst, und Babajaga war so breit, dass ich die Luft anhalten musste. Auf leeren Magen vertrag ich keine Körperfahnen, diese Ausdünstungen von Hochprozentigem, ein bisschen wie Lakritz oder scharfes Rasierwasser, aber innerlich angewandt und wieder ausgeschwitzt. Meine Nase ist sonst für fast alles zu haben, aber ohne was zu rauchen hält man das nicht aus.

Ich bin also los, einen Zigaretten-Automaten suchen. Doch der in der Brunnen-Passage geht nur mit Karte, das Teil im Eiscafé unten bei den Toiletten war defekt, und außerdem hatte ich kein Hartgeld. Es gibt so Tage. Aber darüber schweigen die Songs vom Herbst.

»Your tears are dirty, but your thoughts are clear.
There's no one to listen and nothing to hear.«

Auch die FuZo füllte sich. Der Trott wurde noch lahmer, das

Gewimmel vor den Geschäften nahm zu, Sommerschlussverkauf und Rudelbildung am Natureis-Stand. Es war wirklich ein schöner Tag, einer der letzten des Jahres, sagte das Laub, sang die Sonne. Und alle sangen unisono, o wie schön, o wie schade (sing den Schlager!), als wäre es die letzte Mittagspause ihres Lebens. Alle wollten sie noch einmal raus ans Licht für Obstsalat und Wanderkaffee unter freiem Himmel. Manni war sicher längst auf Pfandflaschentour die Mülleimer-Allee runter oder schon in umgekehrter Richtung wieder rauf und Cash-machen bei Lidl. Wie auch immer, ich gab ihn auf und ging, so gut ich konnte, den Schnäppchenjägern aus dem Weg.

Ich war so weit von einem Plan entfernt, wie man nur sein kann, aber die Musik war tief.

»There is no end at the end of the street,

But the end of your mind, but the end of your feet.«

Dann sah ich Tarek und Cem in der Menge, und im selben Moment fiel mir ein, ich könnte mal vorm JuZe gucken, ob die Zigarette, die ich gestern Abend weggeworfen hatte, noch dalag. Ich bin sonst nicht der Typ, der Kippen aufsammelt, doch in dem Fall war es ja meine eigene, und ich hatte sie nur angeraucht, gerade mal einen Zug. Tarek und Cem wollten offenbar in dieselbe Richtung, insofern: Ja, ich bin hinter ihnen her, aber mit Abstand, ich habe mich von ihnen extra ferngehalten! Was gar nicht so einfach ist, wenn man dasselbe Ziel hat.

Das Gewühl wurde noch dichter. Ich musste mich jetzt richtig durchkämpfen und verlor die beiden aus den Augen, was riskant war auf den letzten paar Hundert Metern. Ich wollte ihnen wirklich aus dem Weg gehen – das JuZe hat bekanntlich seine Spielregeln in Sachen Gewalt. Aber auf einmal wimmelte es von Polizei, BePos mit Helmen und Schlagstöcken, Mannschaftswagen mit vergitterten Scheiben, Wasserwerfer links und rechts. Auf dem Platz vor der Ringstraße war Demo, irgendetwas Arabisches, verschleierte Frauen und ein Geschrei wie auf dem Basar. Es ging, glaube ich, um Ägypten, jedenfalls waren auf den Transparenten haufenweise Pyramiden. Das Ganze sah aus wie eine schlechte *Homeland*-Kopie. Ich habe mich immer wieder nach den Kameras umgeguckt. Aber die Wut war echt, ein irgendwie heiliger Zorn und verdammt laut – ich konnte meine eigene Musik nicht mehr verstehen. Dabei war ich mit dem Volumen am Limit.

Die Polizei ging dazwischen mit Plexiglas-Schilden in Keil-Formation. Erst jetzt wurde mir klar, dass es sich eigentlich um zwei Demos handelte, Demo und Gegendemo. Wie sich herausstellte, stand ich auf der falschen Seite. Um mich herum ein versprengtes Häuflein alter Männer in Synthetik-Sakkos und Pluderhosen, von denen manche ihren Burka-Anhang mitgeschleppt hatten, um mehr Volk zu verkörpern. Ihr Sprechgesang ging völlig unter, aber sie krähten immer wieder denselben Text wie die Fans einer chancenlosen Auswärtsmannschaft. Dazu schwenkten sie vorgedruckte Plakate, alle mit derselben Politiker-Visage, an der nichts wahr war: die Haut eine porenlose Paintbrush-Fläche, Lippenstift-Lippen und Tusche-Augen, die so treuherzig wirken sollten wie ein Kinderblick, aber nach CSD aussahen. Ich konnte mir beim besten Willen nicht vorstellen, dass irgendein vernunftbegabtes Wesen auf die Frage: »Würden Sie diesem Mann Ihr Volk anvertrauen?«, allen Ernstes mit »Ja« antwortet.

Tarek und Cem hatte ich abgeschüttelt, dachte ich. Möglich, dass sie gar nicht ins JuZe wollten, sondern zur Demo, um gegen den schwulen Volksverführer mit den Rosenlippen zu protestieren – oder dafür. Das war auch das Erste, was ich sie fragte, als ich ihnen in die Arme lief, auf wessen Seite sie stehen. Aber Tarek meinte, sie seien Türken und keine Scheißaraber, die dauernd Probleme machten und gefälligst in die Dreckslöcher zurückkriechen sollten, aus denen sie kämen. Cem nickte, und ich nickte auch, weil ich dachte, der Klügere gibt nach. Ich wollte, wie gesagt, keinen Streit, und der Unterschied zwischen Türken und Arabern war ein Aspekt.

Danach kam das Gespräch so ziemlich ins Stocken, weil ich mir fest vorgenommen hatte, kein Wort über die Nacht davor zu verlieren. Insofern schwiegen wir 1.33 min. Erst als Cem schon halb im Gehen war und Tarek auch (»Lass abhauen, Dicker!«), fragte ich ganz beiläufig, wie das Konzert im JuZe eigentlich gewesen sei. Und sie blieben stehen.

Cem sagte nichts, sondern sah mich nur an und grinste sein Grinsen, während Tarek drauflos erzählte, mit wem sie auf der Aftershow-Party alles rumgemacht hätten, unter anderem auch mit Bea – »deiner Ex«, wie er ständig wiederholte. Ich tat, als würde ich ihm zuhören, doch mich interessierte wirklich nur das Konzert und Li natürlich als Sängerin. Da gab es nichts zu grinsen, erst recht nicht für Cem. Selbst wenn Jugendorchester nicht unbedingt mein Fall sind und Opern nicht mein Spezialgebiet, bin ich tausendmal musikinteressierter als er! Aber ich habe mich nicht provozieren lassen, sondern ganz ruhig gewartet, bis Tarek fertig war mit Ablästern über Beas fetten Hintern und ihren Achselgeruch (dabei hat sie so viel abgenommen, dass ich sie fast vermisse – und ihren Schweißgeruch auch).

Das Einzige, was ich dann noch zu ihnen gesagt habe, war – Zitat –: »Ihr wolltet doch abhauen.« Das kam etwas unfreundlich raus, aber dasselbe hatte Cem vorher zu Tarek gesagt. Und sie sind dann ja auch abgehauen, ohne dass es Streit gab, in die entgegengesetzte Richtung. Dabei wäre ich sogar bereit gewesen, die Kippe zu opfern und das JuZe links liegen zu lassen, um den beiden nicht in die Quere zu kommen. Aber Tarek und Cem wollten stattdessen zur übernächsten Tanke (die nächste ist Aral, da haben sie Hausverbot), insofern hatte sich das Problem von selbst gelöst.

Für das letzte Stück Weg ließ ich mir Zeit, was so ziemlich das Einzige war, was ich hatte. Die Demo schien auf einmal weit weg und die Erinnerung an letzte Nacht kam näher. Dagegen halfen auch meine s.t.s.-ear-tuggs nicht. Zwar war die Verständlichkeit wieder okay, doch davon, dass (laut Hersteller) die Musik live in meinem Kopf stattfindet, konnte keine Rede sein, falls »live« das Gegenteil von »tot« bedeutet. Aus dem *No-Poetry!*-Loop war ich raus. Irgendwer musste in dem Gedränge alle möglichen Touch-Funktionen aktiviert haben, vielleicht sogar ich selbst. Jedenfalls befand ich mich musikalisch plötzlich im Balladengebiet, wo ich mich weder auskannte noch sein wollte, doch ich steckte schon so tief drin, dass ich mich selbst nicht wieder rausklicken konnte.

Jetzt hatte der Herbst mich im Griff.

Irgendwann stand ich vorm JuZe und musste feststellen, dass es Déjà-vus wirklich gibt. Die ganze Nacht war plötzlich wieder da, alle Bilder und Gefühle, nur bei Tageslicht und Tür zu. Mir wurde schwindlig. Ich setzte mich auf die Treppe und stützte die Ellbogen auf die Knie. Mein ganzes Denken hängte sich an dem einen Satz auf, den Cem gestern Abend auf dieser Treppe gesagt hatte. Er redet nicht viel. Tarek ist der Schwätzer, Cem der Schweiger, dafür landet er die schweren Treffer. Und der Satz, dass Li schwanger ist im vierten Monat, angeblich, hat mich getroffen. Das ist der Grund, warum ich sein Grinsen hasse. Weil es so tut, als wäre das Baby von ihm.

Dabei gibt es keinen in unserer Klasse, der sich so für Musik interessiert wie ich, keinen, der Lis Stimme so hört wie ich. Sie findet in meinem Kopf statt, in meinem ganzen Körper. Li ist wirklich live.

Aber unter den Umständen konnte ich unmöglich in ihr Konzert gehen. Ich konnte Li nicht zuhören und Herrn Dr. Faller sehen, wie er das Jugend-Orchester dirigiert und ihr mit wehenden Haaren die Einsätze zuwirft, und die ganze Zeit ist da dieses Kind in Lis Bauch und Cem irgendwo im Publikum mit seinem Grinsen. Sicher wäre es weniger schlimm gewesen, das zu erleben, anstatt es sich immerzu vorzustellen. Aber als mir das endlich klar wurde, lag ich längst im Bett und hoffte, dass der Schlaf mich wegmacht.

Die Zigarette fiel mir wieder ein. Ich hatte definitiv aufgehört, aber in der Nacht auf der Treppe vom JuZe kurz vor dem Konzert und kurz nach Cems Satz herrschte Notstand. Rick war so gut, mir eine von seinen zu geben (von seiner Mutter, die Lord Extra raucht, was so old-fashioned ist, dass es schon wieder geilt). Er hat nicht mal nachgefragt, sondern gleich kapiert, dass es dringend war, und sie mir zugesteckt, obwohl es seine letzte war oder die letzte von seiner Mutter. Und ich dachte mir: Wenn ich die rauche, beruhige ich mich wieder und steh das Konzert durch, Lis Stimme zuliebe. Ich rauche die auf und geh dann da rein, das dachte ich wirklich. Aber ausgerechnet Rick, der Pyromane, hatte kein Feuer, und als ich mir von der Runde welches geben ließ und nach dem ersten Zug wieder aufschaute, war es Cem, der das Feuerzeug hielt und mir ins Gesicht grinste. In dem Moment setzte bei mir etwas aus. Doch es stimmt nicht, dass ich ihn mit der Zigarette beworfen habe, der brennenden, ich wollte sie wegwerfen, ehrlich, und habe danebengezielt. Deswegen musste sie ja noch irgendwo vor dem JuZe liegen, die Lord Extra von Ricks Single-Mom. Und allein der Gedanke beruhigte mich. Ich saß auf der Treppe, vor verschlossenen Türen, bei Tag, wo eigentlich alles ganz anders aussehen sollte, und dachte: Dann rauche ich sie eben jetzt, vielleicht wird doch noch alles gut.

Es lief *Best Before End* von den Emotional Mechanics, glaube ich, oder den Lefties (in der Eins-zu-eins-Coverversion), nicht gerade mein Lieblingslied und »live« klang es nicht im Geringsten, aber das Herbstgefühl ging davon weg.

Die Zigarette habe ich nicht gleich gefunden. Vielleicht hatte sie jemand in den Müll geschmissen, vielleicht hatte ich auch ganz woandershin geworfen im Eifer des Gefechts. Ich wollte die Suche schon aufgeben, da sah ich sie hinter dem Fahrradständer, runtergebrannt bis auf den Filter, ein langer, grauer Aschewurm, leicht gekrümmt, aber an einem Stück, und daneben der Brandfleck auf der Steinplatte, eine Art Rauchzeichen, kleinfingergroß. Sie war nicht von selbst ausgegangen, wie ich gehofft hatte.

Es war nichts mehr übrig, kein Lord, kein Extra.

Ich drückte auf Stopp, verließ meine Sound-Cloud und löste gerade die s.t.s.-ear-tuggs samt Klammern, als Tarek und Cem von der Tanke zurückkamen und an mir vorbeiliefen, jeder ein Sixpack unterm Arm. Zu dem Bier habe ich nichts gesagt, nur höflich gefragt, ob sie eine Kippe für mich hätten, schließlich waren sie einkaufen gewesen. Wieder blieben sie stehen. Tarek fing gleich an mit so Sätzen wie »Der Täter kehrt immer an den Tatort zurück«, wobei ich keine Ahnung hatte, wen er mit »Täter« meinte, ich hatte ja nichts getan. Cem holte eine nagelneue Packung Marlboro rot aus seiner Brusttasche, riss sie auf und bot mir eine an, die erste. Ich bedankte mich in sein Grinsen hinein und meinte so als Friedensangebot – er wollte mir gerade wieder Feuer geben –, dass er bestimmt nicht ihr einziger Stecher ist und niemand wissen könne, ob es von ihm sei, das Kind.

Da ging das Feuerzeug aus und Cem grinste nicht mehr.

Ich wollte niemanden beleidigen, weder ihn noch Li – sie schon gar nicht. Aber ich wusste sofort, dass er es persönlich nahm, obwohl es stimmte, was ich sagte, und ich nicht angefangen hatte. Es war kein Anfang, sondern die Antwort – meine Antwort auf die Nacht davor. Das ist sehr wichtig. Die zwei Begegnungen mit Cem auf der Treppe waren im Grunde nur eine. Und mein größter Fehler war gewesen, sie zu unterbrechen und nach Hause zu gehen.

Die Zeit dazwischen hätte es nie geben dürfen.

Die Marlboro rot brannte noch nicht, sie war ganz und gar jungfräulich. Ich wollte sie Cem wieder zurückgeben, aber er machte eine abwehrende Geste, so als würde er nichts von mir annehmen – dabei handelte es sich um sein Eigentum. Auch Tarek hob auf merkwürdige Weise die Hände, nachdem er die beiden Sixpacks in Sicherheit gebracht hatte. Er stand da, zwischen Cem und mir, wie ein Bär mit erhobenen Tatzen, so als wollte er sagen: Achtung, Leute! Bevor er das Startsignal gab. Fairerweise wartete er, bis ich die ear-tuggs vollständig entfernt hatte wegen Verletzungsgefahr. Dann ließ Tarek die Pranken fallen und Cem schlug zu. Es fühlte sich gut an. Natürlich spürte ich erst einmal nichts außer dem Aufprall und einem Schwappen im Kopf, jeder Schlag ist seine eigene Betäubung. Aber es fühlte sich gut an und richtig. Ich hatte zum ersten Mal an diesem Tag die Gewissheit, dass genau das Richtige geschah. Cem war schnell. Seine Schläge kamen von allen Seiten, und ich spürte, wie die Wucht anfing zu wirken und ich herumwirbelte. Alles drehte sich.

Ich sah die Kamera, als mein Kopf nach hinten kippte, die Überwachungskamera schräg über dem Eingang vom JuZe – daran hatte ich nicht gedacht, aber ich war mir auch nicht sicher, ob sie lief und das rote Lämpchen an der Seite wirklich »on« hieß, weil das JuZe ja geschlossen war. Doch wenn sie auf Sendung war, müsste man auf dem Video erkennen, dass ich lächle. Ich habe in die Kamera gelächelt, daran erinnere ich mich sehr gut, als Beweis dafür, wie sehr ich damit einverstanden war. Schade nur, dass keine Musik lief. Denn ich glaube, man kann sehen, wie ich tanze, innerlich, die ganze Zeit, während Cem zuschlägt. Ich habe 2.45 min getanzt.

¶

TEIL II

»You fight against it every day,
You fight it hard, you have to pay,
And you don't know, what it is.
No, you don't know, what it is.«

The Brave, *Deutschsong*

Ahlsen, Erik

Komischerweise steh ich nicht auf Pornos. Es überrascht mich immer wieder, ist aber so. Ich mag definitiv keine Nackten, wenigstens das habe ich in den Herbstferien gelernt. Ich mag Dekoll-Ts in allen möglichen Größen und Formen – Bikinis, Push-Ups, Dess-Us. Aber Busen in Haut sind was anderes. Irgendwie kommt da keine Illusion auf. Selbst die größten Brüste wirken einsam, wenn sie nackt sind.

Trotzdem war es nett von Henk, mir den Clip zu schicken. Wenn man in den Ferien Geburtstag hat, vergessen einen die meisten, weil keiner weiß, welcher Tag eigentlich ist. Aber Henk hatte daran gedacht! Und als ich am Morgen in mein Postfach guckte, sah ich dieses Sex-Video, das er mir um 1.33 h weitergeleitet hatte, kommentarlos, wie es so seine Art ist, aber er war der Erste. Meine Mutter lag noch im Tiefschlaf, während ich am Rechner saß. Bei näherem Hinsehen war Samstag und nichts weiter geplant. Insofern hatte ich reichlich Zeit zu gucken, guckte aber nur kurz. Die Frisuren waren ganz lustig, wenn man retro lustig findet, aber die Menge an Haut hat mich deprimiert. Auch weil ich mich dann immer frage, ob ich noch normal bin.

Gegen elf klopfte meine Mutter bei mir an, gratulierte und ging duschen. Sie war aus gewesen mit ihrem neuen Freund (falls man bei jemandem Ende vierzig überhaupt von »Freund« sprechen kann oder von »neu«). Freitags ist Tanzen – sie haben sich in einem Tanzkurs kennengelernt –, und meistens gehen sie danach noch was trinken usw. Am Ende war er wieder in Mamas Bett gelandet und schlief noch, weshalb wir leise sein mussten und die Bescherung sich auf später verschob.

Während Mama sich zurechtmachte, durfte ich mir zwanzig Euro von ihr nehmen, damit ich schon mal in Ruhe frühstücken konnte, beim Backshop, mit Kuchen und allem. Als ich draußen vor unserem Block stand, kam mir die Idee, kurz bei Henk und seiner Weichspüler-Familie vorbeizuschauen, nur um Danke zu sagen. Aber wahrscheinlich hätte er mit mir über den Film reden wollen und dann hätte ich zugeben müssen, dass Pornos nicht so mein Ding sind, was ziemlich unhöflich gewesen wäre und das Gegenteil von Dankesagen.

Henk und ich sehen uns nicht mehr oft, seit meine Mutter diesen neuen Freund hat. Er ist Altenpfleger und so riecht er auch. Vielleicht ist es der Geruch von Desinfektionsmittel und Reinigungsalk, vielleicht sein Rasierwasser, mit dem er meine Mutter duftmarkiert. Jedenfalls hat Henk sich entliebt, seit sie nicht mehr solo ist. Am letzten Schultag vor den Ferien hatte ich ihm noch einen Beutel mit schmutziger Wäsche von ihr gebracht, einen Turnbeutel, damit es nicht so auffiel, ein paar gebrauchte Slips und Nylonstrümpfe (ihr Schuhschrank war schon ziemlich ausgeräumt). Henk hat sich bedankt, und wir haben eine Weile die alten Spunk-Songs auf seinen In-Ears gehört wie früher. Aber es war nicht mehr dasselbe. Zwei Tage später kam der Beutel gewaschen und voll Weichspülergeruch zurück.

Ich ging also zum Backshop und guckte durchs Schaufenster. Die Bedienung mit der Busenfalte war da. Sie hatte eine mehlweiße Bäckerschürze an, die sich vor ihrer mächtigen Brust ausbeulte wie ein Panzer, und dahinter waberte ein Dekoll-T mit zwei Broten, Brotlaiben, wohlgebräunt. Sie ist toll. Aber dann habe ich mich in der Scheibe gesehen und an den Porno gedacht und daran, dass ich das alles gar nicht will und kann. Es wäre mein Albtraum, wenn die Brotbusenfrau mich ansprechen würde: »Hey, Kleiner, du gefällst mir, komm mit mir in die Backstube, na komm …« Weil, was dann? – Ich war heilfroh, dass ich draußen auf der Straße stand und solche Dinge nie passieren, außer in Pornos, wo sogar die Typen mit den doofsten Frisuren Sex haben.

Die Busenfrau beugte sich vor und holte zwei Stückchen Baumkuchen aus der Auslage. Ihr Mund und ihre Busenfalte lächelten mir durch die Scheibe zu, als wären sie für mich. Es ist mein absoluter Lieblingskuchen. Aber ich starrte runter auf meine Schuhe und ging. Ich bin nicht normal.

Ich musste mir ihre Brüste nur nackt vorstellen, und alles war aus.

Doch ich hatte das Geld von meiner Mutter und Geburtstag. Im Grunde konnte ich machen, was ich wollte. Vor zwölf würde der Alte (ich nenne ihn jetzt einfach mal so) kaum das Bett verlassen und vor eins nicht das Haus. Dann erst würde ich zurückkommen. Ich wollte nicht, dass er dabeisitzt und mir zusieht, wie ich meine Geschenke auspacke. Nur für den Fall, dass ich mich freue. Das geht ihn nichts an.

Keine Ahnung, ob es an dem Porno lag, aber auf einmal spiegelte ich mich in allen Scheiben. Als wäre die Welt ein Fickfilm ohne Plot und ich ein Statist, dem keiner gesagt hat, was er machen soll. Aber die Kamera lief permanent und produzierte sinnlose Außenansichten meiner Unsicherheit. Selbst wenn ich in die andere Richtung guckte, sah ich mein Bild in den Seitenfenstern und Hochglanzkarosserien der parkenden Autos. Und mit jedem Schritt wurde mir klarer, dass ich unbedingt lernen musste, männlicher zu gehen. So wie ich geht kein Mann! Ich fragte mich, wie Henk das macht, dass er immer mit beiden Beinen auf der Erde steht. Wie machen das die anderen Typen?

Alle gehen einfach ihren Weg. Der Einzige, der schwebt, bin ich.

Wahrscheinlich stecke ich im falschen Körper. Den Gang gab ich nach der ersten Glasfront wieder auf. Männlichkeit kann man nicht kopieren, das wirkt voll queer. Mir blieb nichts weiter übrig, als zu schweben und zu staunen, dass alle so aussehen wie ihre Körper und genau das tun, was ihre Körper tun, nur ich nicht. Bei mir ist es das Gegenteil, nicht das genaue, nicht mal das, sondern das ungenaue. Ich bin anders als die anderen, aber auch das nur irgendwie und ohne zu wissen, wer oder was ich wirklich bin. Ich hatte keine Ahnung mehr, wie ich gehen sollte und wohin mit meinen Händen. Was der endgültige Beweis dafür war, dass ich total untalentiert bin. Kein Pornodarsteller hat ein Handproblem, aber wenn man nackte Haut nicht mag, wohin damit? Man sieht jeder Hand an, ob sie wirklich zupacken will oder lieber nur schwebt, so offensichtlich schwebt.

Körper lügen nicht.

Ich steckte meine Hände in die Taschen und ballte sie um meinen Schlüsselbund und um den Zwanzig-Euro-Schein von meiner Mutter. Fäuste sind im Grunde albern, aber sie stellen keine Fragen. Und ich wusste, so wie man seinen Namen weiß, dass ich dieses Geld dringend ausgeben musste. Sparen ist schwul. Der Frühstücksappetit war mir vergangen, aber das war okay. Ich hatte jetzt etwas Besseres vor. Mit dem Daumennagel spürte ich ganz unten in der Taschennaht den Mini-Mikrochip, den ich immer bei mir trage, auch wenn Lenny, der Idiot, behauptet, es sei gar keiner, sondern nur Plastik. Doch mit dem Geld konnte ich eine zweite Meinung einholen. Schräg über die Straße hatten die »PC-Schrauber« ihren Laden, und warum sollten sie sich das nicht einmal ansehen? (Wenn es wirklich nur Plastik war, konnte ich für zwanzig Euro immer noch versuchen, ein paar günstige In-Ears zu bekommen oder vielleicht die gebrauchten s.t.s.-ear-tuggs, die Henk nicht vertragen hatte.)

Ich überquerte die Straße, zum ersten Mal an diesem Tag mit dem guten Gefühl, genau das zu tun, was Jungs tun oder junge Männer: zu IT-Garagenläden gehen und sich mit Mikrochips beschäftigen – auch wenn Lenny mir nicht glauben wollte, dass es drin gewesen war, das Teil, inside der Grille. Dabei habe ich es ganz deutlich unterm Fuß gespürt, den Widerstand, weshalb die Grille auch nicht »flatsch« oder »platsch« gemacht hat, als ich sie zertrat, sondern »kracks«! (Ich musste ihn einweihen, dummerweise – da dachte ich noch, er könnte mir helfen, diesen Megamini-Chip zu identifizieren.) Aber Lenny gab ihn mir zurück, und alles, was er sagte, war: Bloß Plastik, das hast du dir irgendwo in den Schuh getreten, du solltest nicht so weiche Sohlen tragen, Rick, kein Wunder, dass du so komisch gehst. (Er kennt meine Schwachstelle, Klassenkameraden kennen sich.) Und ich dagegen: Aber vielleicht ist das ein neues Material, ein Spezialchip von der NASA, rein auf Kunststoffbasis, wegen der seltenen Erden und so! (Klang super, fand ich, genau wie die Dinge, die junge Männer oder Jungs in meinem Alter sagen würden.) Doch ausgerechnet Lenny hat sich an seine durchgeknallte Stirn getippt und mir die Tür vor der Nase zugeschlagen, als wäre ich derjenige, der spinnt. Und darauf, dass er dichthält, konnte ich mich nicht verlassen. Er würde der Erste sein, der nach den Herbstferien über den Schulhof rennen und jedem erzählen würde, dass ich die Grille getötet habe. Dabei wäre sie sowieso krepiert – verhungert oder erfroren in der Zwischenzeit und von der Ameise zerlegt –, wenn es denn eine Grille war und nicht die NASA.

Insofern ruhte meine letzte Hoffnung auf den PC-Schraubern und ihrem Know-how.

Der Laden sah zu aus, doch die Tür ging auf. Ich trat ins Halbdunkel und sagte »Hallo« – niemand da. Nirgends eine Klingel, doch überall, in jedem Winkel, waren Kameras. Ich fragte mich, ob ich hier richtig war und was das mit PCs zu tun hatte. Dann sah ich in einer Vitrine neben der Computerkasse lauter kleine Kügelchen, Mini-Linsen offenbar, für die weltkleinsten Kameras. Und plötzlich fiel mir ein, wo ich dieselbe Art von schwarzen Kugeln schon einmal gesehen hatte: unter meinem Schuh, nach dem Zertreten der »Grille«. Damals hatte ich die Dinger für Insektenaugen gehalten und mich noch gewundert, warum sie so hart waren, so körnig, und auf den Fliesen klimperten wie Glas – Kugel-Linsen, logisch! Endlich passte alles zusammen: die Mini-Kamera, der Mini-Chip, das Propellerschwirren, der Gesang der Lüftung und das Kracks!

Leider konnte ich das nicht so gut erklären, als der PC-Mensch aus der Werkstatt kam, im grauen Schrauber-Shirt mit dünnpfiffbraunen Kaffeeflecken. Er hatte Mühe, mir zu folgen, und schien etwas lost irgendwo zwischen der Grille, der NASA und den Einzelteilen unter meinem Schuh. Erst dachte ich, er würde mich genauso auslachen wie Lenny, und ging innerlich schon wieder rückwärts aus dem Laden. Aber der Schrauber warf nur einen kurzen Blick auf das kaum zentimetergroße Rechteck, das ich mitgebracht hatte, und fasste dann zusammen: Also du bist draufgetreten und willst wissen, ob die Daten noch zu retten sind?

Daten?

Ich schluckte, nickte, lächelte ganz vorsichtig, denn wenn es

Daten gab, hieß das ja wohl, ich hatte recht und der Idiot war Lenny!

Kostet aber ein bisschen was, sagte der Profi gleich und schob mir ein Auftragsformular zu. Ich war einverstanden, unterschrieb und sendete der PC-Schrauber GbR vom Handy aus meine Daten. Eigentlich hätte die Anzahlung digital zu erfolgen gehabt in Bitcoins. Aber ausnahmsweise nahm die Firma meine zwanzig Euro in bar, auch wenn das nicht genügte, weil es sich um die allerneueste Technik handelte und ich draufgetreten war.

Ich ging schnell nach Hause, um die nächsten fünfzig Euro Vorschuss zu besorgen. Das Porno-Gefühl holte mich nicht wieder ein. Auf einmal gab es so viel Plot. Fürs Erste wollte ich meine Geburtstagspost plündern. Von den Omas gab es sicher das eine oder andere Scheinchen, vielleicht sogar so viel, dass es für die erste Rate reichte. Mit den Daten würde ich dann weitersehen. Als ich in die Wohnung kam – es war erst kurz nach elf –, saß der Alte schon frisch rasiert am Tisch und verströmte seinen Spiritus-Geruch. Meine Mutter holte einen Kuchen aus dem Ofen. Der Gabentisch war aufgebaut. Post lag auch da, Glückwunschkarten unbekannten Inhalts. Aber vorher musste ich noch das große Geschenk auspacken.

Von Rüdiger und mir zusammen, sagte Mama und der Alte grinste so erwartungsfroh, dass mir schlecht wurde. Warum konnten sie mir nicht einfach Geld geben?

Das Blöde war: Ich freute mich wirklich. Sie hatten mir das brandneue UT-MF-Tablet von Samsung gekauft, als könnten sie mir die Wünsche, die ich mir gleich aus dem Kopf geschlagen hatte, von den Augen ablesen: nicht das Vorgängermodell mit dem lahmen Intel-Prozessor, sondern das mit den AMD-Heart-Core-CPUs serienmäßig, alles ultra-thin und turbo-fast. Du drückst auf »On«, und es geht an, sofort, mit allen Icons und Optionen, unfassbar! Natürlich hatte der Alte was dazugeschossen und meiner Mutter bei der Einrichtung geholfen (sie kriegt schon die Krise, wenn sie ein WLAN-Passwort eingeben soll). Von ihm war auch die Bonus-Überraschung, die ihm leider gelang. Als ich auf *Entertainment* ging, war alles von den Spunks schon drauf und im Motion-Picture-Background lief die Best-of-Video-Selection mit lauter Info-Pop-ups zum Making-of des letzten Albums und der Tour …

Ich sagte Danke, auch zu Rüdiger, obwohl er sich bloß meine Sympathien kaufen wollte. Aber es funktionierte. Ich habe mich total gefreut und geschämt, weil ich so korrupt bin.

Rüdiger hat mir dann noch ein paar Spiele gezeigt. Er kennt sich wirklich gut aus, und daran, wie schnell er auf dem Touchscreen war, konnte man sehen, dass es sich nicht um Pseudo-Wissen handelte. Dafür braucht man jahrelange Daddelerfahrung. Er konnte mir Supertipps geben, wie man das nächste Level erreicht. Während ich immer höher stieg, stand er mit meiner Mutter Seite an Seite und lächelte, aber nicht zu sehr. Irgendwann legte er den Arm um sie und damit gewissermaßen auch um mich, um uns drei. Es war so, wie man sich Geburtstage immer vorstellt oder Weihnachten, so ein Moment, in dem alles stimmte, auch wenn wir gar keine Familie waren und nur das Produkt von Produkten, wie Emily sagen würde. Aber es fühlte sich stimmig an. Man konnte spüren, wie der Glücksmuskel zuckte. Wobei es weniger ein Zucken war, eher ein Fluten. Es war auch kein Glück in dem Sinne, sondern einfach nur Nähe, und Nähe, wie ich merkte, zuckt nicht, sondern flutet. (Vielleicht ist der Glücksmuskel doch eine Drüse.) Jedenfalls schwand das Gefühl der Bestechlichkeit, und auch der Spiritus-Geruch war verflogen oder ich hatte mich daran gewöhnt.

Ich bin dann auf mein Zimmer gegangen, weil es ein bisschen viel war, alles. Mein Glücksmuskel oder die »Drüse« ist im Augenblick nicht gut trainiert. Und ich war mir auf einmal nicht mehr sicher, ob ich mir die Zeit zurückwünschen sollte, als Henk noch hinter Mama her war und sonst keiner.

Weil ich Geburtstag hatte, durfte ich allein vorm Tablet essen. Es war ultra schnell Abend geworden. Meine Mutter brachte mir ein paar Brote ins Zimmer und eine Cola, meinte aber, ich könnte auch bei ihnen sitzen, wenn ich wollte – sie meinte es, glaube ich, gut. Aber ich war gerade auf Rekordkurs, auf Leveln, die ich noch nie betreten hatte, und wollte lieber dranbleiben. Vorm Ins-Bett-Gehen klopfte Mama noch einmal, um mich daran zu erinnern, dass ich um zwölf spätestens ausmache, dann wäre ja auch der Geburtstag vorbei. Da hatte ich eigentlich schon aufgehört zu spielen und guckte nur noch ein bisschen auf YouTube, um runterzukommen. Wir sagten uns Gute Nacht. Sie gab mir einen Kuss, der nach Rotwein roch. Seit Henks Zeiten achte ich auf so was. Aber es war mir egal.

Ich hörte, wie sie nebenan mit Kleiderbügeln klapperte. Und mir war klar, sie steht jetzt vor dem Schrank und zieht sich für die Nacht was Hübsches an, was Seidiges mit Spitze. Um das zu wissen, muss man keine Pornos gucken. Aber es ist auch ihr Geburtstag, dachte ich, noch eine Viertelstunde, immerhin, und es würde einer der schönsten gewesen sein. Deswegen wunderte es mich selbst, dass ich aufstand. Ich wollte wirklich nicht stören. Doch ich ging auf den Flur und lauschte. Rüdiger war noch im Bad, vermutlich nachrasieren, parfümieren, Pipapo. Ich klopfte erst leise, dann lauter – ich weiß selbst nicht, warum. Als er den Kopf aus dem Türspalt streckte, Zahnbürste in der Hand, mochte ich ihn plötzlich sehr. Ich mochte ihn wirklich, so wie er mir zu sagen versuchte, den Mund voller Zahnpasta-Schaum und Spuckesoße: Glaisch feddisch. Er dachte natürlich, ich hätte es eilig. Aber ich wollte nicht ins Bad, überhaupt nicht, ich wollte reden und sagte es ihm – und er schluckte und sagte: Moment.

Ich ging in die Küche. Der Tisch war abgeräumt. Die Rotweingläser und Teller standen in der Spüle, die Flaschen unten beim Mülleimer, eine neben der anderen, alles ordentlich, alles halb so wild. Ich nahm mir noch eine Cola aus dem Kühlschrank und setzte mich hin, um zu warten. Doch Rüdiger kam sofort und wollte wissen, was es gibt. Trinken wollte er nichts.

Er roch nach Spiritus, mehr denn je.

Was es gab, wusste ich selbst nicht. Ich hatte nur diesen Porno im Kopf, wie meine Mutter sich auf dem Bett räkelte im Spitzendess-U und immer ungeduldiger seufzte vor Verlangen. Kein guter Zeitpunkt für ein Gespräch von Mann zu Mann, entschuldigte ich mich, obwohl es das war, was ich wollte. Ich wollte den Film anhalten, damit es nicht wieder so endet. Es war mein Geburtstag, immer noch. Doch Rüdiger schien es nicht eilig zu haben, zog die Tür hinter sich zu und setzte sich zu mir. Seltsamerweise standen die Bilder auf einmal still.

Ich würde mich kurz fassen, versprach ich. Doch ich fing an zu reden und hörte nicht wieder auf, bis ich ihm alles gesagt hatte: dass ich keine Pornos mochte, keine Busen, jedenfalls nicht nackt, überhaupt keine Körper, erst recht nicht meinen eigenen und auch nicht die Vorstellung, durch ihn mit anderen Körpern in Berührung zu kommen. Was auf die Frage hinauslief: Bin ich schwul, wenn ich Dekoll-Ts mag, aber vor Brüsten Angst habe und Sex mit Männern genauso undenkbar finde wie mit Frauen? Werde ich jemals Sex haben ohne Körper, in irgendeiner fernen Zukunft? Und wie sähe das aus, wenn ich eigentlich gar kein Junge oder junger Mann bin und auch nicht das Gegenteil, das genaue, Mädchen oder Frau, sondern das Gegenteil des Gegenteils – ein Elf? Ja, ich wusste auf einmal, so wie man seinen Namen weiß, dass ich ein Elf bin. Ich hatte es im Grunde immer gewusst. Das, was mich an mir am meisten störte, das Ungenaue, Unkörperliche, war meine Identität, mein Elfsein. Mein Gang war elfenhaft, ich würde nie lernen, männlich zu gehen. Und all mein Denken und Fühlen war nur eine Flucht aus mir, dieser Hülle und Fülle von Fleisch, mit der ich nichts anfangen konnte und wollte. Ich war nicht sexuell. Und genau das meint *Fat Fairy* von den Spunks.

Rüdiger sagte nichts. Die Stille senkte sich und stieg in mir hoch. Ich wollte wissen, wie spät es war. Aus irgendeinem Grund schien mir das wichtig. Aber Rüdiger schwieg weiter. Er legte nur seine Hand auf meine Hand und summte das *Fat-Fairy*-Intro, die ersten fünf Töne, mehr nicht. Aber er kannte das Lied, und das war zu viel. Ich fing an zu heulen, alle Schleusen geöffnet, alle Drüsen auf. Ich heulte wie noch nie, aus Dankbarkeit. Es war der schönste Geburtstag, den ich je hatte.

Danke, Mann.

Es ging noch weiter, das Heulen, während er mich ins Bett brachte und zudeckte. Ich schämte mich nicht. Es war nichts dabei. Rüdiger war Altenpfleger, er wusste, wie man Menschen ins Bett bringt, solche, die nicht mehr in ihrem Körper sind, und solche, die es nie waren. Er blieb an meinem Bett sitzen, bis ich schlief. Jedenfalls war sein Schatten, so wie er dasaß, leicht vorgebeugt und auf die Knie gestützt, das Letzte, was ich sah. Da war es weit nach Mitternacht.

Am nächsten Morgen wachte ich als Letzter auf. Rüdiger hatte Sonntagsdienst, meine Mutter war duschen. Ich machte mir Cornflakes und freute mich darauf, das Haus nicht zu verlassen. Die Cornflakes nahm ich mit auf mein Zimmer. Dann schaltete ich mein Tablet an und hatte im selben Moment – zack! – zwei Nachrichten. Die erste von Henk, der nach dem Porno fragte und wie ich das Ende gefunden hätte. Die zweite eine Mahnung von einem Absender, den ich nicht kannte und für Spam hielt, bis ich das Logo von PC-Schrauber GbR entdeckte. Das hatte ich total verschwitzt: den NASA-Chip, die Daten und das Geld! Ich schrieb schnell eine Entschuldigung zurück. Dann plünderte ich meine Geburtstagspost und kam auf sechzig Euro, immerhin.

Als ich mich wieder ans Tablet setzte, um zu postscripten, dass ich jetzt genügend Bares hätte, war schon eine Antwort auf meine Entschuldigung da: Mit Mahngebühren und Sonntagszuschlag sollte ich umgehend 80,- Euro zahlen, sonst seien die Daten beschlagnahmt, Übergabe in einer halben Stunde im Hinterhof, bitte bei PCS-Werkstatt klingeln.

Mama duschte noch immer, das konnte dauern. Außerdem hätte sie wohl kaum verstanden, warum das Ganze so wichtig war. Also lieh ich mir noch einen Zwanziger aus ihrem Portmon-E.

Natürlich war mir längst der Verdacht gekommen, dass es sich um Abzocke handelte. Ich traute den PC-Schraubern und ihren Geschäftsmethoden nicht. Doch das Geld war mir egal. Mir ging es darum, dass ich keine Schuld hatte am Tod der »Grille« und dass Lenny sich täuschte, wenn er glaubte, dass sie eine Grille gewesen war und das Plastikteil nur Plastik. Ganz abgesehen davon hatte ich die Pflicht, wenn unsere Klasse geleakt worden war, dafür zu sorgen, dass die Daten nicht in die falschen Hände fielen.

Ich klingelte am Hintereingang der Werkstatt, entschlossen, die Scheine in meiner Tasche nur rauszurücken, wenn es auch eine Gegenleistung gab. Meine Skepsis schien angebracht. Keiner machte auf. Erst zehn Minuten später kam der PCSler über den Hof geschlendert mit einem Coffee-to-go in der Hand und frischen Kaffeeflecken auf der Hose. Natürlich wollte er das Geld sofort.

Erst die Daten, sagte ich. (Es war das, was ein Mann in meiner Situation sagen würde. Dass ich eigentlich ein Elf war, ging ihn nichts an.) Doch der PC-Schrauber grinste nur herablassend. Was ich glauben würde, warum er an einem Sonntag extra in die Werkstatt komme? Der Datensatz sei nicht nur beschädigt, sondern verschlüsselt, er müsse den Code knacken, dann wüssten wir mehr. Was ein Argument war. Doch so leicht wollte ich mich nicht abspeisen lassen. Ich fragte weiter, ob es sich bei den Daten um Bilder handelte, wie leistungsfähig diese Kugellinsen seien, die ich unter meinem Schuh gefunden hatte, und wie detailgenau sie aufzeichnen, wenn man direkt danebensitzt. (Ich bemühte mich wirklich, die Fragen zu stellen, die ein Datenkäufer stellen würde, auch wenn ich im Körper eines dicken Jungen gefangen war.)

Der PC-Schrauber schien nicht sonderlich beeindruckt. Er trank in aller Ruhe seinen Plastikkaffee, warf den Becher in eine der Hinterhof-Mülltonnen und sagte dann nur, ganz allgemein, dass man sich Rund- bzw. Insektenaugenlinsen nicht vorstellen dürfe wie herkömmliche Kameras. Sie seien wie schwarze Löcher, die die analoge Welt aufsaugen und in die digitale übertragen, und zwar komplett.

An diesem Punkt – verstehen Sie, Frau Höppner? – wurde mir klar, dass das Problem tiefer liegt. Weil, wenn alles, was in unserer Klasse war, jetzt digital ist, in einer Klassenbuch-Cloud, habe ich die Seiten ganz umsonst aus meinem Heft gerissen, meine Zeichnungen von Ihrem Dekoll-T, meine Liebeserklärungen an Ihre Kehle, all meine Glücksmuskel-Träume. Deswegen war es mir so wichtig, dass ich Sie vor dem Unterricht spreche. Eins nämlich müssen Sie wissen, Sie und alle anderen in der Klasse: Ich habe mir nie, niemals, auch nachts nicht oder im Traum, einen Porno mit Ihnen vorgestellt. Das ist nicht das, was ich tue, Frau Höppner. Ich bin ein Elf und meine Liebe zu Ihnen ist eine Elfenliebe, bitte, glauben Sie mir.

Aus dem Grund habe ich versucht, Sie gleich am ersten Schultag abzupassen. Ich war noch vor der nullten Stunde auf dem Schulhof und hielt Ausschau nach Ihnen. Aber ich konnte Sie nirgends entdecken, weder Ihr Rad noch Ihr Auto. Erst dachte ich, ein Kollege hat Sie mitgenommen oder Sie sind durch die Kantine auf Umwegen hoch ins Lehrerzimmer. Aber ich konnte meinen Posten nicht verlassen, das Risiko war zu groß. Ich musste mit Ihnen sprechen, damit Sie es von mir erfahren, aus erster Hand, keine Halbwahrheiten, sondern die Geschichte von der Grille, wie sie wirklich ist.

Sie können sich vorstellen, wie geschockt ich war, als nach dem zweiten Klingeln plötzlich Herr Tretner vor die versammelte Klasse trat, um mir und allen anderen mitzuteilen, dass Sie die Schule verlassen haben. Gründe nannte er nicht. Er sagte nur, dass Sie nicht länger unsere Lehrerin sind und er die Klasse vorerst übernimmt. Ich konnte es nicht fassen. Wir alle waren fassungslos, sogar Lenny war still. Und jetzt frage ich mich natürlich, Frau Höppner – falls Sie online sind und mir antworten können –: Sehen Sie alles in unserem Klassenraum? Haben Sie mich die ganze Zeit mit Grillenaugen überwacht? Und dass Sie nicht wiederkommen, liegt das an mir?

Balic, Stanko

Ich kann auf Ihre Frage nicht antworten, ich bin kein Antwortgeber, tut mir leid. Nicht, dass ich mich weigere, mit Ihnen zu reden. Es hat nur keinen Sinn. Das Ganze ist ein sprachliches Problem, ein zeichensprachliches. Wir haben nicht denselben Code. Ich gebe mir Mühe, Herr Tretner, ehrlich, aber nicht für Sie. Ich nehme an, unser Gespräch wird aufgezeichnet? Dann spielen Sie es ihr vor, sobald wir fertig sind.

Sie können sich denken, wem.

Die Frage war, wo ich während des Unterrichts mit meinen Gedanken bin und warum ich die ganze Zeit zeichne. Wie Sie sehen, erinnere ich mich an jedes Wort. Ich höre besser zu, als Sie denken. Auch wenn es nicht so aussieht, ich bin immer auf Aufnahme.

Also noch einmal von vorn. Mein Name ist Stanko Balic. Ich bin Deutscher, in Deutschland geboren. Meine Eltern kommen aus Bosnien. Sie sind kurz vor Ende des Krieges geflohen. Da war meine Schwester schon auf der Welt. Aber keine Sorge, sie weiß nichts mehr davon. Ich habe ihre Erinnerung gelöscht. Und die meiner Eltern. Sie sind Deutsche ohne Vergangenheit. Und sie sind stolz darauf: mein Vater, weil er seinen eigenen Handwerksbetrieb aufgebaut hat als Fliesenleger, meine Mutter, weil meine Schwester studieren wird, und ich, weil ich gelöscht habe, was vorher war, alles. Ich will nicht ins Detail gehen. Es sind nicht Ihre Details.

Sagen Sie mir jetzt, was mit Frau Höppner los ist? Sie brauchen es nicht auszusprechen. Nicken Sie einfach nur, wenn ihr etwas zugestoßen ist. Oder schütteln Sie den Kopf. Falls es auf die Frage eine Antwort gibt.

Damit wir uns nicht missverstehen: Ich glaube nicht an Sprache, weder an die deutsche noch an irgendeine. Ich glaube an Zeichen. Ich will Comiczeichner werden. Ich zeichne, seit ich denken kann, mit oder ohne Papier, mit dem Kopf und den Händen, manchmal auch nur in die Luft. So, sehen Sie? Sehen Sie einfach nur auf meine Finger, zoomen Sie heran mit der Kamera! Wissen Sie, was das heißt? Nicht?

Ich sage ja, es ist ein sprachliches Problem.

Wenn ich Ihnen die Bilder zeigen würde, meine Zeichnungen, würden Sie vermutlich sagen: Fantasy. Aber das stimmt nicht. Es ist die Realität. Am Ende jedes Blattes finden Sie ein Symbol, das Kundra-Zeichen. Es sieht *so* aus, in etwa. Ich werde oft gefragt, was das bedeutet, gerade weil es am Ende von jedem Blatt steht. Aber es hat nichts mit »Fortsetzung« oder »to be continued« oder so zu tun. Es heißt: »Vergangenheit folgt.«

Das können Sie nicht verstehen.

Ich habe unsere Klasse gezeichnet, im Unterricht, das ist wahr. Es geht am besten, wenn die Personen gefrieren oder, wie Sie sagen würden, »still sitzen«, obwohl Ihr »still« und mein »still« zwei verschiedene Dinge sind. Ihnen reicht es, wenn die Schüler nicht laut sind, doch für einen Zeichner sitzen sie deshalb noch lange nicht still genug und schon gar nicht »Modell« (Menschen sind keine Modelle, solange sie leben). Es braucht mehr Kälte. Als Sie zu uns in die Klasse kamen und sagten, Sie seien jetzt unser Lehrer, war so ein Moment. Es stimmt nicht, dass ich nicht aufgepasst habe oder – wie sagten Sie? – »unaufmerksam« war. Ich habe mir alles genau eingeprägt. Ich musste nur den Moment nutzen, um zu zeichnen.

Natürlich sieht die Klasse in meinem Heft nicht aus wie unsere Klasse. Es geht nicht um Ähnlichkeit, es geht um Wahrheit. Das ist nichts an der Oberfläche, nichts, was man in Ruhe abmalen kann. Wahrheit ist verborgen und flüchtig. Sie zeigt sich nur manchmal, wenn sämtliche Gesichtszüge entgleiten – »entgleisen«, sagt man nicht so? Ein schwaches Wort für das, was passiert, wenn alle Linien sich auflösen und die Augen schreien.

Früher habe ich mir einen Spaß daraus gemacht, mit meinem Zeichenblick durch die Straßen zu laufen und Gesichter aufzureißen, wildfremde (sehr deutsch, dieses wild = fremd, fremd = wild). Ich habe mir die Leute angeguckt, ihre Spiegelbilder, und Gesichter gesucht, die bluten. Und damit meine ich nicht nur das Elend am Straßenrand. Ich habe ein ganzes Heft voll mit den Blutgesichtern der Boutiquen.

Aber das war früher und gemalt. Ich sage »malen«, wenn es an der Oberfläche bleibt. Zeichnen ist etwas anderes. Zeichnen ist ein Riss. Seine Schärfe tut immer ein bisschen weh in den Augen, weil man das Wesen eines Gesichts erkennen muss, seinen Schlüssel. Man muss die Oberfläche abtragen, Schicht für Schicht, bis es durchscheint, das Gesicht auf dem Grund, die Matrix. Das ist oft mühsam und viel Radiererei, aber nur so kommt man zur Wahrheit. Außer im Moment des Entsetzens. In dem Moment ist alles da.

Das hier ist übrigens Ihr Gesicht, als Sie vor die Klasse getreten sind und uns gesagt haben, dass Frau Höppner gestorben ist, zumindest für uns. Das waren nicht Ihre Worte, aber es war Ihr Gesicht. Nur eine Skizze natürlich. (Um Ähnlichkeit geht es nicht, siehe oben.) Interessant, nicht wahr, wie Sie vor unserem Schrecken erschrecken, wie unser Entsetzen Sie entsetzt. Sehen Sie das? Nun ja. Es ist wirklich nur eine Skizze und vielleicht zu allgemein geraten, das Blanke in Ihrem Blick, die Leere des Stecknadelkopfes. Vergessen Sie's.

Ich zeichne nie aus dem Gedächtnis, weil die Erinnerung einen glauben macht, man würde die Gesichter kennen und die Geschichten, die dazugehören. Das täuscht. Man kennt kein Gesicht, bevor man es nicht gezeichnet hat, auch sein eigenes nicht. Um es zu zeichnen, darf man nichts davon wissen. Es muss einem fremd sein (nicht wildfremd, sondern »wahrfremd«). Man kann nur das wirklich zeichnen, was man noch nie vorher gesehen hat. Erinnerung ist keine Vorlage. Es ist das, was im Zeichnen entsteht.

Vergangenheit folgt. Das sage nicht ich, das sagt Kundra.

Jetzt ist es ein Hund geworden – entschuldigen Sie, dass ich weiterzeichne, während wir reden. Ich verstehe, dass Sie das stört: die vollgekritzelten Hefte, die kryptischen Texte, das Problem, dass ich mit der deutschen Sprache im Krieg bin und Sie meine Bilder nicht lesen können. Aber schöner Hund, oder?

Frau Höppner hat das erlaubt. Ich nenne sie ungern beim Namen, seit sie nur noch eine Erinnerung ist. Aber sie hat mir erlaubt, dass ich zeichne im Deutschunterricht, anstatt leere Blätter abzugeben. Hauptsache, meinte sie, du findest überhaupt eine Sprache.

Ich finde nicht, dass es die Hauptsache ist. Ich finde auch nicht, dass meine Comics eine Sprache sind (da sind wir uns, glaube ich, einig, Herr Tretner). Wie kann etwas Sprache sein, wenn es nur einer versteht? Oder eine.

Darf ich den Hund kurz hochhalten in die Kamera, für einen Moment?

Es ist nicht mein Hund, sondern einfach der schönste Hund der Welt – das klingt übertrieben, aber ich meine es ernst. (Genau das ist das Problem von Sprache, Bilder sind nie ironisch.) Der Punkt ist nicht, dass ich diesen Hund liebe und für etwas ganz Besonderes halte, das ist jedes Tier. Er ist wirklich unbeschreiblich schön.

Ich nenne ihn ungern beim Namen, nennen wir ihn vorläufig Kundra. Die Zeichnung ist noch nicht fertig.

Er ist ein Mischling, eine »Promenadenmischung«, schwer zu sagen, woraus. Aber das soll so. Kundra gehört zu keiner Rasse oder Zucht, er ist seine eigene Art und schön in dem Sinn, dass er alle Liebe verdient. Es sind seine Augen. Wer in sie hineinsieht, findet nicht wieder hinaus. Die Liebe zu Kundra umfängt ihn und bleibt. Es sind liebende Augen.

Es ist unmöglich, das zu zeichnen, deswegen sage ich es Ihnen. Obwohl es genauso unmöglich ist, es zu sagen.

Er kommt aus Mostar. Das heißt, er ist aus Mostar zu uns gekommen – ob er auch daher »stammt«, weiß kein Mensch. Vielleicht kam er vom Land, ursprünglich, aus einem kleinen Dorf wie dem unseren, und war nur vorübergehend in der Stadt, um nicht zu sterben. Eine Zeit lang ist er mit den Straßenhunden von Mostar herumgezogen. Dann kam der Krieg, und er hielt es für klüger, wieder aufs Land zurückzukehren, in ein kleines Dorf, zu uns. Jedenfalls hat es sich so angefühlt, als er kam. Es war wie Nachhausekommen.

Das da in seinem Blick soll kein Entsetzen sein, es ist Zuversicht. Ich kann das nur nicht so gut. Kundra war der zuversichtlichste aller Hunde, das war Teil seiner Schönheit. Der Glanz davon. So besser?

Der Tag, an dem Kundra zu uns kam, war einer der heißesten in einem heißen Sommer. Die Dürre machte allen zu schaffen, den Tieren besonders. Es gab nicht genug Schatten, nicht genug

Gras und nicht genug Wasser für unsere Ziegen. Deshalb hatte mein Großvater beschlossen, die Herde nach Mostar zu treiben auf den Markt. Er konnte nur in der Nacht gehen, tagsüber war die Hitze zu groß. Die Ziegen waren geschwächt von Hunger und Durst. Sie kamen nur langsam voran und brauchten zwei Nächte. In der ersten Nacht starben zwei von ihnen an Erschöpfung – ihre Namen tun nichts zur Sache. Eine, die kleinste, holte in der darauffolgenden Nacht der Fuchs. Es wurde schon Morgen und die Dächer von Mostar glitzerten in der Sonne, als mein Großvater an das äußere Stadttor kam. Davor saß Kundra mit seinem Blick und sah ihn an, als wollte er ihn nicht vorbeilassen. Er hatte auf ihn gewartet. Mein Großvater verstand sofort. Er wusste, dass er am Ziel war, streichelte Kundra den Kopf und kehrte um. Er ging nicht in die Stadt, auf den Markt. Er verkaufte nicht eine einzige Ziege, sondern machte sich auf den Rückweg. Der Hund ging voraus.

Sie wanderten den halben Vormittag bis zu einem kleinen Wäldchen mit einer Quelle. Dort tranken die Ziegen, aßen die Rinde der Bäume und starben mit vollen Bäuchen. Alle starben bis auf eine, die mein Großvater erschlug und sich mit Kundra teilte. Er hatte unsere Herde verloren, aber er brachte Kundra mit. Am Morgen des heißesten Tages kamen sie wieder zu Hause an. Niemand, der unseren Hund sah, fragte nach den Ziegen oder erhob einen Vorwurf. Alle schlossen ihn ins Herz.

Zwei Wochen später erfuhren wir durch einen Händler von dem Blutbad in Mostar. Mehrere Bomben waren explodiert, auf dem Markt. Es hatte viele Tote gegeben.

Natürlich habe ich das nie erlebt. Mein Name ist Stanko Balic. Ich bin Deutscher, in Deutschland geboren. Ich habe die Vergangenheit gelöscht, das Gedächtnis meiner Familie, und die Wurzeln durchtrennt. Meine Eltern erinnern sich nicht mehr, meine Schwester war noch zu klein, sie kennt nur die Flucht, einzelne Bilder davon, Ängste, Entsetzensmomente. Ich bin froh, dass das weg ist, alle Details, nicht nur aus ihrer Erinnerung, auch weg aus ihrem Körper. (Das Gedächtnis sitzt nicht bloß im Kopf, am allerwenigsten dort.) Es gibt keine Bilder mehr. Ich habe sie rausgeschnitten, genauer gesagt, rausgekämmt. Es war nicht leicht, überhaupt nicht, und es hat lange gedauert. Weil Flucht kein Abschnitt ist, sondern verwoben mit allem, was kommt.

Vergangenheit folgt.

Natürlich ist Kundra nicht tot, er ist nur vorgegangen. Er geht immer voraus und kommt immer zurück, anders als mein Großvater, den ich nie kennengelernt habe. Schon als ich auf die Welt kam, in Deutschland, war er nur eine Münze zwischen Daumen und Zeigefinger meines Vaters. Jetzt hat diese Münze kein Gesicht mehr. Und die Bewegung der Finger, das Zählen und Zucken, ist nur noch ein Reflex.

Wir haben ihn nicht sterben sehen (ich sage »wir«, weil die Erinnerung jetzt bei mir ist). Doch in gewisser Weise starb Großvater am Tag unserer Flucht. Er starb in dem Moment, als Kundra mit uns das Haus verließ, um nicht wiederzukehren. Er war Großvaters Hund gewesen – und dass er nun nicht mehr da sein würde, mit seinen treuen, liebenden Augen und seiner Zuversicht, brach Großvater das Herz. Alle im Dorf fühlten mit ihm, alle wussten, dass sein Ende bevorstand, auch wenn er ein starkes Herz hatte (es brach umso mehr). Doch Kundra ließ sich nicht davon abbringen, auch nicht durch uns. Er wusste, was er zu tun hatte. Er ging mit, ging voraus.

In nur einer Nacht kamen mein Vater, meine Mutter und meine Schwester bis ans äußere Stadttor, geführt von Kundra, der das

Tempo vorgab und ihnen den Weg zeigte, die Nase am Boden. Über Mostar ging gerade die Sonne auf.

Der Scharfschütze, der auf dem Dach gelauert hatte, traf ihn mit einem sauberen Schuss in die Schläfe, neben dem rechten Ohr. Sekundenbruchteile vorher hatte mein Vater noch in der Dämmerung den Laserpunkt tanzen sehen auf Kundras Fell. Es war der einzige Schuss, der an diesem Morgen fiel, wahrscheinlich aus Langeweile. Es hatte sich seit Stunden nichts bewegt. Kundra war sofort tot.

Meine Eltern rissen meine Schwester zu Boden, warfen sich über sie und warteten auf den nächsten Schuss. Sie warteten lange, nichts passierte. Irgendwann öffneten sie die Augen, sahen sich vorsichtig nach dem nächsten Versteck um und flüchteten dahin. Als es Abend wurde, nahmen sie einen anderen Weg in die Stadt hinein und kamen mit einem der letzten Züge wieder aus Mostar heraus. Kundra blieb zurück, blieb liegen, an ziemlich genau der Stelle, wo Großvater ihm zum ersten Mal begegnet war. Das mussten wir uns immer wieder sagen. Dass sich der Kreis so schloss. Dass er es so gewollt hatte. Dass es so gut war. Denn das war das Schlimmste, dass wir ihn nicht aufheben und beerdigen konnten, den schönsten Hund, den es je gab.

Verstehen Sie jetzt, warum dieses Bild so kostbar ist (nicht diese Zeichnung hier, sondern das Bild in meinem Kopf, in meinen Fingerspitzen)? Ich habe es geerbt. Von meinen Eltern. Von meinem Großvater, den sie wie Kundra zurückgelassen haben in der Hoffnung, es vergessen zu können. Aber das ist unmöglich. Vergangenheit folgt.

Ich versuche jedes Mal, ihn lebend zu zeichnen. Und jedes Mal gelingt es mir nicht und er sieht aus wie tot. Ein schöner Hund, wunderschön, finden Sie nicht auch? Aber tot. Vielleicht ist es sogar der Tod, der ihn schön macht. Vielleicht ist es das, was die Leute meinen, wenn sie sagen: ein schöner Tod. Aber das gibt es nicht. Zwischen dem Eindringen der Kugel und der Nacht des Gehirns liegt das Entsetzen, der Entsetzensmoment, und er ist unendlich lang. Er reicht über die Zeit.

Ich bin nicht geflohen. Ich bin in Deutschland auf die Welt gekommen und geblieben, wo ich war. Ich verreise nicht gern, gar nicht. Dazu besteht auch kein Anlass. Ich kann mich an alles erinnern, Orte, an denen ich nie gewesen bin, Zeiten, als es mich noch nicht gab, Ereignisse, die ich nie erlebt habe. Die Erinnerung hat keine Grenzen, vor allem nachts. Ich träume nicht, ich erinnere mich. Doch das ist nichts, was ich steuere. Es ist die Flut, die kommt.

Maluna-Me.

Ich bin nicht geflohen, aber ich habe die Flucht in mir. Ich zeichne mich und rede mir zu, dass ich ruhig sein kann, weil ich nie werde fliehen müssen, niemals. Es nützt nichts, die Flucht sucht mich heim. Sie kommt zu mir nach Hause, ich kann nichts dagegen tun – ich sage »ich« und nicht »wir«, weil es nicht mehr die Erinnerung meiner Eltern ist oder die Angst im Körper meiner Schwester, sondern meine ganz allein. Kundra ist jetzt mein Hund. Und er geht mit mir, geht mir voraus.

Vergangenheit folgt.

Sie ist leichter für mich, denke ich, die Erinnerung, weil ich sie bloß geerbt habe. Weil das Entsetzen zwar durch meinen Körper hindurchgeht, aber nicht in ihm steckt. Es ist keine Kugel im Gehirn, nur ein Durchschuss. Wenn ich es spüre, dann wie im Traum oder unter den Händen. Ich habe das Entsetzen in den Fingern, Fingerspitzen, und vor Augen beim Zeichnen. Aber es ist nicht so in mir, wie es in meinen Eltern, meiner Schwester war. Es ist leichter geworden, gekämmter.

Das denke ich in den guten Nächten, nach den nichtschlimmen Träumen, dass ich es unter den Händen habe und zeichnen kann. Aber dann kommen die schlechten Nächte und die Träume des Entsetzens. Alle schlafen, meine Eltern, meine Schwester. Ruhig liegen sie, Zimmer an Zimmer, in ihren Betten und zucken nicht, weder ihre Körper noch die Augen hinter den Lidern. Sie schlafen traumlos, weil die Erinnerung bei mir ist, und das ist gut so, aber nicht leicht. Maluna-Me ist im Raum, die Flut steigt. Ich schlage die Bettdecke beiseite, schwitze, friere, aber ich muss hoch, muss es bis zur Tür schaffen. Dann kann ich gehen, ganz leise, an den Schlafzimmern der anderen vorbei, über den Flur in die Küche. In der Küche ist am wenigsten Nacht.

Es ist eine der schlimmsten Nächte. Ich sitze in unserer Küche am Fenster und warte, dass sie vorbeigeht, warte auf die Dämmerung und sehe hinaus. Allmählich entsteht zwischen den Häuserblocks und über den Dächern der Tag. Die Farben kommen zurück, und der Rasen ist nicht länger nur ein schwarzes Fell. Da sehe ich auf einmal den Hund. Ich sehe Kundra, nicht wie er damals war, sondern wie er jetzt ist. Er lebt, dieser Hund, er ist keine Erinnerung. Langsam schleppt er sich über die Rasenflächen vor unserer Siedlung, die Knallerbsenhecken zwischen den Blocks und den Reihenhäusern entlang. Er ist müde, natürlich, sein Weg war weit, und er ist alt geworden auf der Reise, seine Beine tragen ihn kaum. Kundra humpelt, unter Schmerzen, so scheint es, aber er ist nicht verwundet, nicht angeschossen oder verletzt. Er ist nur sehr alt und sehr grau, weißgrau in der Dämmerung, und gleichzeitig schön, wunderschön, ein schöner, weiser, weißbärtiger Hund, mein Kundra, der noch immer der Zeit vorausgeht, auch wenn er nicht mehr der Jüngste ist und sein Vorsprung kleiner und kleiner wird, mit jedem Schritt.

Er senkt den Kopf (kein Blut am Ohr), lässt ihn sinken, nicht nur aus Müdigkeit. Er sucht etwas, die Nase am Boden – sucht den Weg, so als hätte er eine Spur, der er folgt. Und ohne nachzudenken, ist mir klar, wohin sie führt, wohin er mich führen will. Kundra sucht nicht uns, nicht seine Familie, nicht mich, der ich ihn geerbt habe. Er weiß, wo wir sind, wusste es immer. Was er sucht, ist sein Grab. Seinen Platz in der Erde, bei uns.

Es ist fast noch Nacht, doch ich weiß, was ich zu tun habe, und stelle mich ans Fenster, die Hände halb erhoben. Unser Zeichen läuft durch meine Finger, ganz von selbst. Draußen hebt Kundra kurz den Kopf, er hat keine Kraft zu verschwenden, aber er hebt ihn hoch genug, um zu zeigen, dass er weiß, dass ich da bin. Er ist mein Hund, wir verstehen uns. Dann hole ich den Spaten aus der Garage und trete hinaus in die Dämmerung. Kundra kann kaum noch laufen, aber er geht voraus und gibt das Tempo vor, ich folge ihm, langsam, ganz langsam und ruhig. Ich bin froh, dass er da ist, froh, dass ich mit ihm unterwegs bin. Jetzt sind wir in meiner Geschichte, meinem Leben. Hier beginnt meine Erinnerung.

Der Pfad führt über die Böschung hinunter in die Niederungen des Flussufers. Beim Abstieg tun sich Kundras steife, altersschwache Vorderbeine schwer, fast wird er von seinem Hinterteil überholt. Er unterdrückt ein Winseln, hechelt vor Schmerz und Erschöpfung, arbeitet sich aber tapfer voran. Ich lobe ihn. Es tut uns beiden gut, dieses Lob. Er ist ein guter Hund. Er fällt hin, steht wieder auf, kämpft sich fünf, sechs Schritte weiter und sinkt dann nieder, lässt sich niedersinken. Und ich begreife sofort, wir sind am Ziel. Er wird nicht mehr aufstehen.

Einen Moment ist es still, keine Schritte im Gras, kein Atemgeräusch, keine Vögel. Ich sehe mich um. Kundra hat sich einen schönen Platz ausgesucht: hinter den Schilfhalmen der Fluss, morgengrau, in unmerklicher Bewegung. Von irgendwoher das Tuckern eines Schiffsmotors, Dieselgeruch in der Luft und das Gefühl von Entfernung. Es ist wirklich schön hier. Dann fange ich an zu graben. Der Spaten sticht gut ein, die wenigen Wurzeln sind schnell durchtrennt. Ich grabe und Kundra sieht mir dabei zu. Seine Beine liegen, wie sie nachgegeben haben, krumm und verbogen, die Haltung kann unmöglich bequem sein. Doch Kundra regt sich nicht mehr – nur die Augen leben noch. Mit den Augen folgt er jeder meiner Bewegungen. Jetzt ist er derjenige, der folgt.

Immer wieder halte ich beim Graben inne und vergewissere mich, dass er noch lebt. Er hechelt schon lange nicht mehr, sondern atmet nur schwach, flach. Ich grabe schneller, jeden Moment kann es zu spät sein. Kundra soll wissen, dass er sein Grab bekommt, dass er sanft und in Frieden ruhen wird, endlich in Frieden. Noch hält er die Augen offen, hebt seine Hundebrauen, blickt zu mir auf und höher zum Himmel. Es ist die einzige Bewegung in seinem Körper. Er zuckt nicht einmal, als ich mit dem Spaten auf Stein stoße und es einen singenden, schwingenden Klang gibt, einen Glockenton fast. Ist das tief genug?, frage ich halblaut und schaue ihn an. Kundra ist einverstanden, das sehe ich, aber alle Kraft hat ihn verlassen. Er kann sich nicht mehr bewegen, nur die Augen, seine schönen Augen, die mir so lange folgen, bis er sie schließt. Ich nehme ihn hoch, nehme ihn in meine Arme. Seine graue, weißgraue Schnauze liegt auf meiner Schulter, an meinem Hals kitzelt sein Bart. Und dann stirbt er. Ich kann fühlen, wie der Tod durch ihn hindurchgeht und er Vergangenheit wird. Jetzt hat sie ihn, die Zeit, denke ich, jetzt hat sie ihn eingeholt. Und ich spüre, wie sie kurz da ist, kurz stillsteht und vergeht. Ich warte noch eine Weile, auf nichts. Dann lege ich ihn in die Grube, häufe die Erde um ihn, über ihn, seine Beine, sein Fell, seinen Kopf, bis er nicht mehr zu sehen ist und auch die Grube nicht mehr. Ich habe Kundra begraben, denke ich, den schönsten Hund. Jetzt ist er Vergangenheit. Er wird nie mehr vorausgehen, nirgendwohin.

Und ich lege ein Bild auf sein Grab. Das einzige ohne sein Zeichen. Die Vergangenheit folgt nicht mehr. Sehen Sie, so? Der Strich ist ein Schlussstrich.

Sie glauben mir nicht, aber das macht nichts. Ich zeichne nicht, damit Sie mir glauben. (Sie halten Fantasy noch immer für das Gegenteil von Realität.) Bei Comics geht es nicht darum, dass man sie glaubt, im Gegenteil, man versteht sie am besten, wenn man sie nicht glaubt. Mir geht es nur um die Bilder: Kundras Augen, sein Zeichen und wie es zum Strich wird.

Es ist das Einzige, woran ich gern geglaubt hätte, an diesen Strich, diesen Schluss.

Nach der Beerdigung, dachte ich, würden die Bilder aufhören und die Erinnerungen ruhen. Ich dachte, ich hätte das Entsetzen begraben, dem Gedächtnis unserer Familie einen Platz gegeben und es auf einen Ort begrenzt, einen Stecknadelkopf in der Welt. Ein paar Nächte danach schlief ich gut, nicht traumlos, aber friedlich. Ich träumte Kundras Begräbnis wieder und wieder. Maluna-Me blieb mir vom Leib. Aber auch der Tod ist kein Schlussstrich, sondern nur der Beginn eines neuen Kapitels.

Irgendetwas folgt immer.

Sie wollten wissen, wo ich mit meinen Gedanken bin, während des Unterrichts und wenn ich zeichne? Ich bin im Krieg. Das dürfte Sie nicht überraschen. Der Krieg meiner Eltern und Großeltern, der Krieg im Körper meiner Schwester war weltweit der erste, der mithilfe von Comics geführt wurde. Über Mostar und dem Hinterland setzten die Amerikaner erstmals unbemannte Zeichner ein, fliegende Augen, die alles erfassen, aus höchster Höhe, jedes Detail. Damit starteten sie eine neue militärische Ära. Sie haben einen Krieg der Bilder begonnen, der nie enden wird. Kein Krieg hört je auf, aber der Bilderkrieg ist unendlich in jedem Moment. Genau da bin ich, mittendrin.

Haben Sie das alles auf Band oder auf Drohne, die Zeichnungen vor allem und das Fingerspiel auch? Dann, bitte, schicken Sie es Ilhana – nicht meiner Schwester (aber das haben Sie sich schon gedacht, oder nicht?), sondern meiner Großmutter, deren Namen sie trägt. Familientradition, wie gesagt: Die Kinder heißen nach ihren Großeltern, die in den Enkeln wiederkehren, bosnisches Sprichwort. Sie spricht natürlich kein Deutsch, Großmutter weigert sich, weil sie Deutschland an allem die Schuld gibt, Familientradition, auch das. Aber sie versteht die Bilder – und mein Gesicht, selbst wenn wir uns nie begegnet sind. Ich soll meinem Großvater sehr ähnlich sehen. Wenn ich mich zeichne, zeichne ich ihn.

Würden Sie noch etwas näher heranzoomen für das Schlusswort? Sie versteht kein Deutsch, wie gesagt, aber sie versteht meine Augen … So ist gut, gut so. Also:

Hallo, mein Name ist Stanko Balic, wir haben uns noch nie gesehen, aber ich träume jede Nacht von dir. Ich bin dein Enkel aus Deutschland und heiße wie dein verstorbener Mann, Gott hab ihn selig, obwohl er schon tot war, als ich auf die Welt kam. Von ihm träume ich am meisten, und meistens hat er einen weißen Bart, aber das sind Strahlen. Du wirst am besten wissen, inwieweit ich ihm aus dem »Gesicht geschnitten« bin, wie man in Deutschland sagt. Doch so oder so werde ich nie aufhören, ihn zu zeichnen, sein Gesicht, seine Augen – die Augen des Alten, dem ein Hund das Herz gebrochen hat. Ich habe ihn in die Erde getan, seinen Hund, der mein Hund geworden ist auf der Flucht, mit der Zeit. Ich will nicht sagen, dass er seinen Frieden gefunden hat, wir wissen beide, dass man das nicht sagen kann. Aber er ist nicht länger ohne Grab. Das ist vielleicht ein Anfang. Deswegen zeichne ich es dir. Beim Grab unseres Hundes bitte ich dich um Vergebung für alles – im Namen meines Vaters, meiner Mutter und meiner Schwester Ilhana.

Vergib ihnen.

Dein Stanko –

Haben Sie das?

¶

Dreyer, Emily Henriette

An: humboldt-gymmi-Deutsch-11@googlegroups.com
Betreff: Danke

Liebe alle,

herzlichen Dank für eure Gemeinschaftsmail, die Clips und Cards zur Genesung. (@ Lenny: Dein Video war gewohnt idiotisch, aber danke trotzdem, auch Dir, Henk, für die Verbreitung.) Besonders bedanken möchte ich mich für eure Unterstützung im Kampf gegen Topf-Fit-Catering. Sicher ist die Sache außer Kontrolle geraten, sonst wäre ich nicht hier gelandet. Aber für meine Motivation, wieder gesund zu werden (oder »fit«, haha), ist es gut zu wissen, dass mein Einsatz nicht ganz sinnlos war. Und noch ein Trost: Das Essen ist hier besser! ☺

Ich danke euch auch für eure Rücksicht und Zurückhaltung (@ Lenny: Du bist nicht gemeint), weil es mir leider immer noch nicht gut genug geht, um Besuch zu empfangen. Die Ärzte meinten, es würde mich zu sehr aufregen, was mich aufregt, aber offenbar ist das im Rahmen.

Darf ich euch trotzdem darum bitten, nicht länger zu streuen, ich würde wegen Magersucht behandelt und künstlich ernährt? Eine weise Lady hat zwar mal gesagt, das oberste Prinzip einer guten PR laute: Gerüchte werden nicht kommentiert. (Ich glaube, es war Senta Berger oder die Queen, jedenfalls jemand, der weniger als zwei Stunden täglich im Netz ist.) Doch eins würde ich gerne richtigstellen: Auf den Bildern, die ich von mir gepostet habe, ist ein Tropf zu sehen. Das gehört zur Grundausstattung einer jeden Arztserie und heißt noch lange nicht, dass man mir intravenös Fleischbrühe verabreicht oder mich mit Schlagsahne zwangsernährt. Also wartet bitte, bis ich zurück bin, dann erzähle ich euch die ganze Geschichte – beim Essen, wenn's sein muss. ☺☺☺

Das neben mir ist übrigens der Assistenzarzt, süß, nicht? (@ Jungs: Absatz bitte überspringen!) Und er ist sogar noch der am wenigsten Süße von den dreien. Die anderen beiden sehen so verboten gut aus und haben dermaßen volles Haar, dass es kein Zufall sein kann. Offenbar ist dichter Haarwuchs ein Einstellungskriterium bei Kliniken wie dieser, um den Patientinnen das Gefühl zu geben, sie schauen zu höheren Wesen auf. Es liegt also nicht nur an den weißen Kitteln. Bei Männern mit solchen Schöpfen kriegt frau tatsächlich religiöse Anwandlungen, gerade wenn ihr selbst die Haare büschelweise ausfallen und sie morgens ganze Dreadlocks aus dem Abfluss zieht, damit das Duschwasser abläuft.

Aber bitte: Nicht, dass es nachher heißt, ich würde eine Chemo bekommen! Ich habe keinen Krebs, ich bin nur ein bisschen ausgebrannt. Das in dem Tropf ist reine Kochsalzlösung. Wenn ich mit dieser Mail fertig bin, schicke ich euch ein Selfie mit Beutel auf WhatsApp.

Der Chefarzt ist übrigens eine Enttäuschung, optisch gesehen. In meiner persönlichen Hitliste belegt er mit Abstand den letzten Platz, aber vermutlich ist er genau deshalb der Chef: ein kahler, irgendwie zierlicher Mann, der aussieht wie dieser französische Komiker, über den unsere Eltern gelacht haben, als sie noch klein waren (»Meintest Du Louis de Funès?«, fragt Google). Er wirkt nicht nur älter, sondern wie jemand, den es außerhalb der Serie gar nicht gibt. Jedenfalls gilt es als Chefarztbehandlung, wenn er über Video zugeschaltet wird und einen Drei-Minuten-Dialog mit seinen Patientinnen simuliert. Aber sagt das nicht meinem Vater, der den Spaß hier bezahlt.

Ansonsten habe ich nichts zu meckern, alles nett am Set. Die Schwestern und Pfleger sind vielleicht ein bisschen nichtssagend besetzt, aber dafür haben die Casting-Agenten bei den Reinigungskräften tief in die Typenkiste gegriffen (die Outtakes später mal im Bonusmaterial). Und so viel habe ich mit dem Chefarzt auch nicht zu tun. Das Anamnese-Gespräch fiel ziemlich kurz aus, die Diagnose stand fest, und als es neulich um meine Fortschritte ging, habe ich nur gesagt, dass ich es kaum erwarten kann, Medizin zu studieren und den Laden hier zu übernehmen. Da hat er gelacht. Ihm war, glaube ich, gar nicht klar, dass sein Kahlkopf einer der ersten ist, die rollen werden.

Ihr seht also, ich bin immer noch ich, auch wenn bei so einem Burn-out ein Teil der alten Persönlichkeit mit verbrennt. Aber Ziele setze ich mir nach wie vor und meine Geschwindigkeit macht mir immer noch Spaß. Allerdings musste ich lernen, dass es Grenzen gibt, Grenzen der Hilfsbereitschaft (Prinzip Sauerstoffmaske: Helfen Sie erst sich selbst, dann helfen Sie anderen!) und Grenzen des Engagements. Wer immer nur fragt, was er für die Sache tun kann, aber nie, was die Sache für ihn tut, der läuft irgendwann leer. (Zweiter Hauptsatz der Psychodynamik: Die Energie ist nicht weg, sondern nur an der falschen Stelle.)

Meine Prognose ist gut. Ich werde mit an Sicherheit grenzender Wahrscheinlichkeit noch vor Weihnachten zurück in die Klasse kommen, trotz der verlockenden Aussicht, dass drei schmucke Assistenzärzte im Santa-Claus-Kostüm an meinem Krankenbett *Jingle Bells* singen und tapdancen. Allerdings kann es so wie bisher nicht weitergehen, das kündige ich hiermit schon an. Als Jahrgangssprecherin werde ich nach zwei Amtszeiten in Folge nicht mehr antreten, die Wild-Gardening-AG ruht bis zum Frühjahr und in der Tierschutz-Initiative muss ich aus unserer Die-Würde-der-Katze-Kampagne gegen YouTube leider aussteigen – mit der Bitte um Verständnis. (@ Annika: Du schaffst das schon!)

Das heißt nicht, dass mir diese Themen ab sofort egal wären. Doch wie jeder Burn-out-Patient muss ich mir (und euch) eingestehen, dass der Großteil meines bisherigen Lebens Energieverschwendung war. Ihr kennt mich. Ich habe alles mitgemacht, alles mitgenommen und war nie zu müde für irgendwas. Ich bin auch jetzt nicht müde, aber erschöpft. Und dagegen hilft kein Schlaf. Gegen Erschöpfung hilft nur Umdenken, was leichter gesagt ist als getan, weil man dafür genau die Kraft braucht, die man nicht hat.

Erschöpfung ist keine Befindlichkeit, Erschöpfung ist die Wand, durch die man mit dem Kopf nicht durchkommt.

Erst habe ich sie mit Müdigkeit verwechselt, dann mit Lustlosigkeit, einem Hunger ohne Appetit, und zuletzt mit Traurigkeit. Ich bin sogar jetzt noch traurig über alles und nichts, am meisten eigentlich über nichts. Ich stecke in einem Traurigkeitszusammenhang ohne Anfang, ohne Ende, und denke immerzu, es ist nur ein Problem der Beleuchtung, ich muss die Dinge bloß in einem anderen Licht sehen! Aber ich kriege den Schalter nicht umgelegt.

Das Härteste für jemanden mit Helfersyndrom ist es zu realisieren, dass man Hilfe braucht. Und das Zweithärteste ist, sich in seiner Hilfsbedürftigkeit zu outen: vor jenen, denen er helfen wollte. Es tut mir leid, Bea.

Ich war einmal ein furchtloser Mensch. Jetzt habe ich Angst vor den einfachsten Dingen. Ich sitze im Aufenthaltsraum zwischen den anderen Erschöpften und denke, was, wenn ich es nicht schaffe, meine Kaffeetasse nach Gebrauch abzuwaschen und wieder an ihren Platz zu stellen, wie es das Schild über der Spüle verlangt? Was, wenn diese letzte kleine Pflicht zu viel für mich ist und ich es nicht kann? Ich kann nicht mehr, denke ich und kriege Angst, eine Wahnsinnsangst vor allem und nichts, am meisten vor nichts. Ich sitze da wie gelähmt, starre auf meine Kaffeetasse und frage mich, woher diese Angst kommt, ob sie zur Traurigkeit dazugehört oder ob der Zusammenhang, in dem ich gefangen bin, gar keine Traurigkeit ist, sondern nur Angst in extremer Verlangsamung. Und es gibt gar keine Traurigkeit auf der Welt, sondern nur Angst, überall, und »Trauer« ist bloß ein Wort dafür, dass Angst den Aggregatzustand wechselt und die Panik des Lebens plötzlich in Slow Motion übergeht.

Wie kann man sich nur so anstellen?, sage ich dann zu mir selbst. Bleibe aber sitzen.

Am nächsten Morgen sitze ich wieder da (oder immer noch), starre auf meine Tasse, starre auf das Schild über der Spüle und schaffe es nicht einmal mehr, aus Angst vor dem Abwasch, meinen Kaffee zu trinken. Und alle Gedanken sind weg bis auf einen: Ich brauche Hilfe. Und das macht mich wirklich traurig, macht mir wirklich Angst.

So weit mein Outing. Ich erspare euch die Details.

Zum Glück gibt es ja Hilfe, auch für die Helfer. Es gibt das Pareto-Prinzip mit ganz hervorragenden Ergebnissen. Alle sagen, dass es nicht nur funktioniert, sondern noch dazu leicht ist, die »leichteste Übung«, sobald man den Schalter umlegt.

Das Pareto-Prinzip, kurz PP, geht auf eine Entdeckung von Pareto zurück, die er zum Prinzip gemacht hat, nämlich, dass man mit zwanzig Prozent seines Einsatzes an Zeit und Energie achtzig

Prozent seiner Leistung bringt, während man mit hundertprozentigem Einsatz oft nur neunzig Leistungsprozente erzielt. Kurz: Mit einem Fünftel an Engagement schafft man fast genauso viel wie mit der totalen Aufopferung. (@ Lenny: Natürlich stellt sich die Frage, ob Pareto sein Prinzip auch mit nur zwanzig Prozent seines Einsatzes entdeckt und verbreitet hat, und ich weiß, dass du daraus ums Verrecken einen Witz machen willst, aber das ist nicht witzig, es ist ernst. Und es hilft Menschen. 😃)

Das klingt erst mal nach New Economy, nach Managern, die in ihren Büros hauptsächlich golfen und mit den Lohnforderungen ihrer Angestellten Papierkorb-Basketball spielen, um für ihren zwanzigprozentigen Arbeitseinsatz hundert Prozent Vorstandsgehalt plus Boni zu kassieren. Aber dass man das PP missbrauchen kann, heißt nicht, dass es falsch ist. Für Leute, die keine hundert Prozent geben wollen, ist es ein Freibrief zum easy Geldverdienen, aber es bedeutet auch Hoffnung für all jene, die keine hundert Prozent geben können, weil der Akku leer ist. Wenn man nur noch dreißig oder zehn oder fünf Prozent seiner Kraft hat, tut es verdammt gut zu hören, dass man womöglich mit zwanzig Restprozenten auf achtzig Prozent seiner selbst kommen kann.

Alles zu geben ist also ein Irrtum. Das ist bitter, besonders @ myself, aber ich habe es inzwischen akzeptiert. Ich bin mit circa hundertfünfzig Prozent Selbstausbeutung angetreten, habe mich immer weiter ins Kampagnen-Fieber hineingesteigert und am Ende völlig in dieser Topf-Fit-Geschichte verrannt. Das ist mir jetzt klar. Mit meinem 36-h-per-day-Battle gegen das Catering habe ich nicht nur suboptimale neunzig Prozent Wirkung erzielt, sondern weit weniger. Am Ende (auch das gehört zur bitteren Wahrheit) habe ich unserer Sache sogar mehr geschadet als genützt. Dafür möchte ich mich bei der ganzen Klasse entschuldigen. Entschuldigung! Das war, wie Pareto sagen würde, Missmanagement von Engagement, eigenem und fremdem. Ich hätte euch da nicht mit hineinziehen sollen. Es wird nicht wieder vorkommen.

Die Anwälte meines Vaters sind gerade dabei, die rechtlichen Fragen mit Topf-Fit zu klären und einen Vergleich auszuhandeln. Die Schadenersatzforderungen wegen übler Nachrede und entgangenem Gewinn aus Aufträgen der öffentlichen Hand sollen eure Sorge nicht sein. Es läuft auf einen Vergleich hinaus, nach dem keiner der Geschädigten (also auch ihr nicht und die Schule) schlechter gestellt sein wird als vorher. Was leider auch bedeutet, dass Topf-Fit bis auf Weiteres unser Caterer bleibt (wobei dieses »leider« nur meine persönliche Meinung widerspiegelt, nicht aber die Kundenzufriedenheit der gesamten Schülerschaft, die sich durchaus auf dem Niveau anderer Schulen in vergleichbarer finanzieller Lage befindet).

Auch bestätige ich vollumfänglich die Einzeltäterinnen-These. Ja, ich habe allein und auf eigene Faust gehandelt, ohne ein Mandat der Klasse oder vorherige Absprache mit anderen, als ich Topf-Fit die Anleitung zum Bau einer Rohrbombe geschickt habe (aus Unkraut-Ex und Staubzucker), versehen mit dem Hinweis: »Wir können auch anders.« – Das war in Form und Inhalt missverständlich und hätte absenderseitig nicht in der ersten Person Plural abgefasst werden dürfen, da ich in keiner Weise ermächtigt und berechtigt war, für meine Klasse zu sprechen. Darüber hinaus war mein Schreiben nicht hinreichend als Satire gekennzeichnet. Von einer bewusst verletzenden, Leib und Leben gefährdenden Absicht der Verfasserin war auszugehen, weil Morddrohungen i. d. R. ironiefrei rezipiert werden. Erschwerend kommt hinzu, dass im Zuge der Texterstellung indizierte Webseiten aufgerufen und deren Inhalte gesetzeswidrig kopiert bzw. verbreitet wurden. Eine Nähe oder gar Verbindung zu Terrororganisationen, wie sie die Auswertung der Verlaufsprotokolle meines Accounts vermuten lässt, bestand jedoch zu keiner Zeit. Außerdem versichere ich eidesstattlich, dass es nie mein Plan war, die Anleitung zum Bau dieser Bombe und ihre Zündung über den Anschaltknopf des Topf-Fit-Firmen-PCs in die Tat umzusetzen.

Im Klartext: Ich distanziere mich von allen meinen bisherigen Äußerungen zum Thema Topf-Fit. Das heißt nicht, dass ich das Gegenteil behaupte, aber ich bin eindeutig zu weit gegangen. Die Aussage, dass Topf-Fit töte und die in unserer Schule ausgegebenen Mahlzeiten mit (Zeit-)Bomben vergleichbar seien, nehme ich zurück. Die Metaphern »Maggi-Faschismus« und »Generationengenozid« sind weder zutreffend noch zulässig. Desgleichen will ich nicht mehr mit dem Satz zitiert werden, Adolf Hitler habe mehr von Vegetarismus verstanden als unser Caterer – ein Zitat, das, aus dem Zusammenhang gerissen, böswillig diffamierend wirkt, wobei auch der Zusammenhang, in dem es stand, böswillig und diffamierend war. (Jedwede Analogie zwischen der Essenszubereitung von Topf-Fit und der Tötungsindustrie der Nazis, Stichwort »Schweinevergasung«, verbietet sich genauso wie der Ausdruck »Gleichschaltungsdiät«.) Was die Motivation und Intention meines Shitstorms auf unser Schulessen angeht, nehme ich nicht länger für mich in Anspruch, aus Notwehr gehandelt zu haben.

Dieser Widerruf erfolgt freiwillig und als Ausdruck tätiger Reue.

All jenen, die mein ernährungskritisches und tierschützerisches Anliegen teilen oder liken (in gemäßigter, antiradikaler Form), möchte ich sagen: Ich habe euch nicht verraten und auch unsere Sache nicht. Der viel größere Verrat war meine Überengagiertheit (@ Annika: echt jetzt). Fanatismus ist kein guter Ratgeber. Wenn ich aus dem Ganzen etwas gelernt habe, dann das. Ich bitte euch also um Verständnis dafür, dass ich mich in Zukunft zurückhalte.

Ich hatte sogar überlegt, mich ganz aus dem Spiel zu nehmen. Am besten, dachte ich, steige ich aus und mache nicht mehr mit, nirgends. Doch auch das wäre falsch. Alles oder nichts – schon die Frage macht den Fehler, radikal zu sein, schließlich ist »nichts« genauso fanatisch wie »alles«. Die Wahrheit liegt wie immer dazwischen: zwischen hundert und null Prozent. Und der Mittelweg heißt eben nicht fünfzig Prozent, nicht die Hälfte, »halbe Kraft«, es reichen effektiv zwanzig. Damit fährt man am besten, das wusste nicht nur Pareto, alle wissen das. Pareto ist die Normalität. Wir sind von Zwanzigprozentigen umgeben. Wer außer ein paar arbeitslosen Soziologiestudenten kann sich heutzutage noch ein Fulltime-Engagement leisten? Und wenn wir ehrlich sind, wäre es uns lieber, wenn auch sie auf zwanzig runterfahren würden: nicht aus Angst vor einem Rückfall in alte Antifa-Food-Zeiten oder weil sie so eifrig sind und wir so lau, sondern schlicht und einfach weil sie nerven. Ja, sie nerven, die Hundertprozentigen, mit ihrem Ernst, ihrer Beharrlichkeit, als gäbe es nichts Wichtigeres auf der Welt (als gäbe es nicht immer etwas, das wichtiger ist). Und ich weiß, ich nerve auch, aber nur weil ich den Schalter noch nicht umgelegt habe – noch ein bisschen Geduld. Bald bin ich wie ihr.

Klingt das verbittert? Ich hoffe nicht! Ich habe nicht vor, verbittert zu klingen oder vorwurfsvoll oder zornig – alles Energieverschwendung. Die Reserven habe ich nicht. Ich mache Fortschritte im Haushalten mit meinen Gefühlen. Wut, Hass, Empörung usw. kann ich inzwischen dimmen, ich habe die ganze Polit-Palette im Griff. Es ist nicht meine Absicht, der vergeudeten Kraft noch mehr frische Kraft hinterherzuwerfen. Ich habe meine Lektion gelernt, das Kapitel, wie man wirtschaftlich mit sich und seinen Ressourcen umgeht. Das hat mit Egoismus nichts zu tun, das ist Ökonomie. Und ich muss euch nicht erklären, wie das geht, weil ihr es könnt, die meisten von euch, ohne es lernen zu müssen, auf die harte Tour.

Aber, hey, ich werde trotzdem für euch da sein, für meine Freundinnen und Freunde, für die ganze Klasse (@ Lenny: ja, vielleicht sogar für dich und Henk, deinen Komplizen). Ich kann mich vielleicht nicht mehr so intensiv kümmern wie früher und auch nicht mehr um alles, aber mal ehrlich: Ist das eine Drohung oder ein Versprechen? – Wenn ich genervt habe, werde ich in Zukunft weniger nerven, und wenn ich geholfen habe, wird der Effekt fast derselbe sein. Ich bin sicher, ihr werdet den Unterschied gar nicht merken, Bea und »Nina« und die anderen Opfer.

Damit ist alles gesagt, außer zu Lennys Video, das ich nicht kommentieren will, auch wenn ihr es fleißig untereinander verschickt und euch wundert, wie ich dazu nichts sagen kann. Doch ich halte es mit den Royals und ihrer No-Comment-Strategie. Alles, was ich sage, ist: Na und? (So what?, um mit der Queen zu sprechen.) Das ist der Vorteil, wenn man erschöpft ist. Der Sex ist egal.

Ich will auch nicht wissen, Lenny, woher du die Nacktaufnahmen hast (nach Überwachungskamera sehen sie nicht aus). Und mich interessiert erst recht nicht, welche Art von Befriedigung es dir verschafft hat, sie zu bearbeiten und ans Ende dieses 80er-Jahre-Pornos zu montieren, soweit ich reingeschaut habe. Ich fand die Idee eigentlich ganz witzig und nicht schlecht gemacht. Auf den ersten Blick sieht es echt aus, als würde der Bums-Film mit Mr. Topf-Fit und mir nahtlos weitergehen. Erst wenn er mich mit dem Rücken zur Kühltheke knallt, kapiert man, dass die Handlung nicht mehr in der Oben-ohne-Bar spielt, sondern bei uns in der Schulmensa. (Das mit dem Licht hast du super hingekriegt.) Und der Sex zwischen uns wirkt so übertrieben, dass man glaubt, es ist wirklich der Film, auch wenn es irgendwann langweilig wird und man abschaltet, weil Bumsen zu achtzig Prozent aus Wiederholung besteht.

Trotzdem hast du Talent, Lenny, das muss man dir lassen. Du bist ein verkapptes Hate-Clip-Genie, aber das ist mir genauso egal wie der Sex. Meine Feinde sind keine Personen, waren sie nie, sondern das System, und ich weiß nicht, ob man das System mit einem Einsatz von zwanzig Prozent verändern kann. Ich weiß nicht einmal, ob zwanzig Prozent nicht das System selber sind. Ich weiß nur, für diesen Kampf, Lenny, bist du nicht wichtig genug. Und wenn das aggressiv oder unentspannt klingt, täuscht das. Es ist mir wirklich egal.

Also @ alle und von mir aus auch Lenny: Ich werde mich nicht weiter zu dem Video äußern. Dass ich im Clip mit dem Caterer schlafe, vögle, bumse – oder er mit mir (sucht es euch aus) –, beweist gar nichts. Dass ich über mehrere Wochen mit ihm gevögelt und gebumst habe (oder von ihm gebumst und gevögelt wurde), hat mit meinem Kampf gegen das System nichts zu tun. Für meinen Protest gegen unsere Ernährung war es ohne Bedeutung, auch wenn die Sexszenen in der Küche spielen. Meine Radikalität kommt aus mir selbst, nicht von diesem oder irgendeinem anderen Mann. Ich habe ihn nicht gebraucht, um zu brennen, und er ist auch nicht derjenige, der mich löschen kann. Ich wollte nichts von ihm, weder seinen Schwanz noch seinen Kopf. Ich bin in die Küche gegangen, weil ich Hunger hatte. Ich habe gevögelt und mich vögeln lassen, weil ich Hunger hatte. Und der Hunger ging davon nicht weg. Er wurde erst weniger, als die Müdigkeit kam.

Jetzt spüre ich gar nichts mehr, gar kein Hungergefühl, weil die Müdigkeit größer ist, sie ist das Größte überhaupt. In ihr hat nichts anderes Platz.

Woran man merkt, dass es keine Müdigkeit ist, sondern Erschöpfung.

Wie auch immer, die Arztserie geht weiter. Gleich ist Visite, und ich muss noch ein bisschen nachhelfen, damit ich schön krank aussehe bzw. krank und schön. ☺☹☺

Das wär's dann. Der Rest sind Gerüchte, die ich nicht kommentieren werde, auch nicht das letzte aus Mr.-Topf-Fits-Gerüchteküche, dass er jetzt Frau Höppner beglückt (oder von ihr beglückt wird) und sie mit ihm auswandern will nach – ich hab vergessen, wohin, irgendwas im Süden, wo die Grillen singen, »Grillen-Country«. Mich hat das nicht überrascht. Frau Höppner ist selbst eine Grille, und Grillen halten den Schuldienst nicht durch, sondern verhungern mitten im Lied. Die Ameise in der Beziehung ist er, der Beschaffer, und austauschbar, wie alle Ameisen. Wenn sie aus Hunger mit ihm geht, kann ich nur sagen, er wird sie nicht satt machen. Aber das ist ihre Sache.

Ich wehre mich nur gegen die Unterstellung, ich hätte die Anti-Topf-Fit-Kampagne bloß aus Eifersucht gestartet und sei deswegen hier und kaputt: wegen ihm, wegen ihr, wegen dieser Geschichte. Das ist nicht wahr. Mehr sage ich nicht dazu. Wenn ihr mir nicht glaubt, kann ich euch nur bitten, diese Mail noch einmal von vorne zu lesen. Vielleicht versteht ihr dann, dass es mir nicht um Frau Höppner geht und auch nicht darum, ob Topf-Fit der richtige Deckel für sie ist. Es ist mir egal, wie alles, wie ich.

Also meinetwegen tippt euch die Finger wund oder renkt euch beim Digi-Gossip am Schlauphon die Daumen aus, aber denkt zur Abschreckung an mich und regt euch nie länger auf, als das Schreiben eures Empörungstweets dauert. Stay away from reality! Denkt immer daran, dass es ein gesundes Desinteresse gibt und ein krankes.

Denkt ans PP!

Ich muss jetzt wirklich Schluss machen (@ alle, die bis hier drangeblieben sind: danke für eure Aufmerksamkeit). Und bitte nicht böse sein, weil wir uns erst mal nicht wiedersehen. Beim Thema Besuch lassen die Ärzte nicht mit sich reden, wie gesagt, auch die Assistenzärzte nicht mit ihren hübschen Haarschöpfen. Ich kriege sie einfach nicht rum, was auch eine Erfahrung ist. Vielleicht liegt es an meinem Rastalücken (also den Stellen, wo die Rastalocken waren vor dem Duschen). Vielleicht befinde ich mich auch auf der Geschlossenen und keiner sagt es mir. Jedenfalls vermisse ich euch. Ja, in der großen Leere, die mich ausfüllt, klafft eine Lücke, wo ihr einmal wart. Ihr fehlt mir, auch wenn ich das besser nicht sagen sollte. Und ich fehle mir auch.

Aber keine Sorge. Wenn ich vom Helfen geheilt bin, werde ich wieder für euch da sein, besonders für dich, Bea, und das tote Mädchen, das dich begleitet, weil bekanntlich jeder Selbstmordversuch irgendwo gelingt. Insofern hoffe ich, ich fehle euch nicht zu sehr. Und ich hoffe, ich fehle euch nicht gar nicht, sondern habe auch eine Lücke hinterlassen, irgendwo, eine kleine, vielleicht zwanzig Prozent ☹? ☺!

Bis bald, alles Liebe @ alle, auch Lenny

Eure E.

¶

Engelke, Beatrice

Die Jungs und ich sind partyreif. Der Pegel stimmt, die Luft ist rein. Paps muss länger arbeiten, Mam lässt sich nicht blicken. Dabei schleicht sie den ganzen Tag um mein Zimmer und lauscht. Ich rufe Tschüs Richtung Küche, ohne eine Antwort zu erwarten. Wir sind spät dran, der Wodka treibt. Cem muss noch mal pinkeln, biegt ab ins Gäste-WC. Tarek nimmt seinen Edding und malt einen Ständer quer über die Klo-Ampel, ein Riesending, Sprechblase neben der Eichel: *Alles muss man selber machen!* Seine Art von Humor. Als ich nicht lache, schmollt er und kriegt einen Kuss – aufs Ohr, weil er sich wegdreht. Cem kommt vom Klo, sieht Tareks Werk und kann auch nicht lachen. Er hat es eilig, knöpft sich die Hose zu und sagt nur: Los geht's!

Wir wollen ins JuZe, Clubnacht.

Ich hake mich bei den Jungs unter, allen beiden, auf dem Weg zum Bus. Dann fällt mir ein, dass ich pleite bin, noch von gestern. Heute ist für Frauen Eintritt frei, brummt Tarek, der Bär, noch immer beleidigt, weil wir seine Witze nicht witzig finden. Ich renne trotzdem zurück nach Hause, um mir von Mam Geld zu leihen. Als ich ins Esszimmer komme, steht das Abendbrot auf dem Tisch. Ich kriege plötzlich Lust auf Schinkenbrot, auf Sattsein und früh Schlafen, aber Mam hat nur für zwei gedeckt. Auf Papas Platz liegt der Brief. Ich erkenne das Schul-Logo auf dem Umschlag und kann mir denken, was drinsteht, lese ihn aber doch.

Es ist eine Einladung zum Elterngespräch, »aus gegebenem Anlass«, immerhin war ich seit den Ferien nicht mehr in der Schule. Der Termin ist schon morgen 15 h. Unterschrieben hat Tretner, und weil der Wodka so dröhnt, brauche ich einen Moment, bis ich den Zusammenhang sehe zwischen den Gerüchten über Frau Höppners Umzug nach Australien oder Italien und Herrn Tretner im Deutschunterricht. Ich wüsste gern, was er mit meinen Eltern besprechen will. Wir kennen uns gar nicht.

Meine erste Idee ist, den Brief verschwinden zu lassen. Doch Mam weiß ja Bescheid. Womöglich hat sie das Kuvert genau deshalb so auf den Tisch gelegt: gar nicht für Paps oder eben nicht nur, sondern damit ich ihn finde und mich dafür schäme. Vielleicht ist das ganze Hinter-dem-Rücken-Getue nur ein Trick, um mich zum Lesen zu bringen und mir etwas zu sagen, was sie mir nicht ins Gesicht sagen kann. Und ich finde das derart erbärmlich, dass ich den Brief genau so wieder hinlege und mir aus Mams Portmonee fünfzig Euro nehme.

Ich schäme mich für gar nichts.

Die Clubnacht im JuZe fängt damit an, dass ich beinahe nicht reinkomme – von wegen Eintritt frei! Zum ersten Mal will die Tür meine Tasche sehen. Ich gerate an Hildburg, den grauen Panther, mit einer Security-Weste überm Schlabberpulli und Latex-Handschuhen. Am Ende der Schlange stehen die Jungs. Tarek dreht sich weg, Cem flucht ohne Ton. Klar, dass ich nur kontrolliert werde, weil wir zusammen sind. Ich versuche, Hildburg bei ihrer Sozialarbeiter-Ehre zu packen, und sage: Das ist Rassismus. – Das sind die Regeln, sagt sie, keine alkoholischen Getränke im JuZe, schon gar nicht in Glasflaschen. Sie senkt den Blick, als würde sie sich für mich schämen, und kramt aus meiner Handtasche den nagelneuen 0,7er-Wodka hervor. Ich frage, ob ihr das reicht oder ob sie mit ihren Handschuhen noch eine Leibesvisitation bei mir vornehmen will. Cem hinter mir kocht vor Wut. Doch Hildburg guckt mich nur traurig an und flüstert: Mädchen, Mädchen … Dann lässt sie mich durch. Wenigstens den Flachmann in meinem Stiefel konnte ich retten.

Auf Mitleid kann ich verzichten.

Cem flucht noch immer, als wir uns hinter dem Boxenturm treffen, wo keine Kameras sind. Tarek bringt O-Saft für drei. Wir teilen uns den Wodka, trinken und knutschen, aber der Sprit wird nicht reichen, und das macht uns nervös. Die Frage ist, wer am besten zur Tanke geht, Nachschub holen. Cem ist noch immer sauer, weil ich die Flasche nicht besser versteckt habe. Soll ich sie mir etwa in den Arsch schieben?, frage ich. Tarek nickt begeistert, wir lachen. Aber das bringt uns nicht weiter.

Das Einfachste wäre, wenn wir uns was zu rauchen besorgen würden, aber dafür habe ich eigentlich schon zu viel getrunken. Tarek setzt ein Kiffergrinsen auf. Wenn es nach ihm ginge, würden wir zusammenlegen, was wir haben, und zusammen rauchen, was es dafür gibt. Doch Cem ist das zu teuer. In dem Moment sehe ich am Rand der Tanzfläche Vanessa, im Netz besser bekannt als »Catkiller-Nina«, die ihren Opfern die Ohren abtrennt. Sie versteckt sich hinter einer Säule, ihr Kopf guckt nur halb hervor, Pfannkuchen-Profil mit Stupsnase und Doppelkinn.

Ich trinke mein Glas auf ex und gebe den Jungs ein Zeichen. Die beiden starren in Vanessas Richtung, können sich aber nicht an sie erinnern, obwohl sie das Katzen-Massaker-Video mehrmals gesehen haben. Offline wird Vanessa selten erkannt, weil sie eine Drohne mit Photoshop hat, die ihr Gewicht reduziert und zu Muskeln formt. Man muss schon in ihre Klasse gehen, um ihre wahre Identität zu kennen. Außerdem hat sie nach dem letzten Massen-

Mobbing noch einmal tüchtig zugenommen. Ständig zupft sie an ihrer Walle-Walle-Bluse, damit der Stoff nicht auf ihren Speckrollen aufliegt – ein Tick, mit dem sie nur noch mehr Aufmerksamkeit darauf lenkt. Natürlich ist sie schwarz, die Bluse, weil Schwarz »schlank« macht, wie alle sagen. Offensichtlich hat ihr niemand gesagt, dass das nicht für Zirkuszelte gilt.

Was willst du denn mit der Dicken?, wundert sich Tarek und schüttelt den Kopf. Cem guckt durch sie hindurch. Er sieht immer noch aus wie jemand, dem man seinen Wodka weggenommen hat, keine Veränderung. Lasst mich nur machen, sage ich und bin meiner Sache ganz sicher. Vanessa ist der perfekte Kurier: Spätzünder über 18, absolut unverdächtig und genügend Platz unter der Bluse für zwei Wodka 0,7. Außerdem ist sie so allein, wie man nur sein kann. Für Freunde oder etwas in der Art würde sie alles tun. Ich gehe direkt auf sie zu und lächle so lieb wie möglich.

Vanessa wird rot, als ich sie anpeile, hektische Flecken am Hals und auf den Wangen. Offenbar bin ich in dem Gewimmel der erste Mensch, der sie überhaupt beachtet. Das freut sie und ist ihr peinlich, weil sie Angst hat, als »Nina« erkannt zu werden. Im Näherkommen versuche ich, ihr in die Augen zu sehen, nur in die Augen, weil ich weiß, dass sie sich schämt, für alles, aber am meisten für ihren Körper. Ich weiß, wie sie sich fühlt. Zum Glück bin ich nicht halb so dick wie sie. Es kommt immer darauf an, mit wem man sich vergleicht.

Wir sagen Hallo, und mein Lächeln wird irgendwie echt. In ihrem Blick liegt die Bitte, sie nicht auf Katzen-Videos anzusprechen. Was mir recht ist. Ich frage nicht einmal, wie es ihr geht. Die Musik ist sehr laut, irgendwas Wummerndes von den Spunks, das direkt in den Körper geht. Vanessa und ich wippen mit.

Neben den Boxen stehen die Jungs und starren zu uns herüber. Tarek feixt, Cem zieht die Augenbrauen hoch und sieht zum ersten Mal an diesem Abend interessiert aus.

Bist du allein hier?, schreit Vanessa tapfer gegen die Beats und Bässe an. Dabei kennt sie die Antwort. Ihr Angstradar hat Tarek und Cem längst erfasst. Sie will nur wissen, ob ich gleich wieder zu ihnen zurückgehe und sie stehen lasse.

Männer, winke ich ab und trete ganz nah an sie heran, beachte die beiden gar nicht! Demonstrativ zeige ich ihnen den Stinkefinger. Tarek grüßt zurück, Cem starrt weiter. Zärtlich lege ich Vanessa eine Hand auf die Schulter, mein Unterarm streift ihre Bluse, ihren Bauch.

Aber ihr seid doch zusammen, ihr drei, oder nicht? Vanessas Stimme klingt ängstlich, ihr Blick wandert hin und her. Unschlüssig versucht sie, in meinem Gesicht zu lesen, was sie von dem Ganzen halten soll. Ich beuge mich hinein in ihre Fülle und tuschle hinter vorgehaltener Hand: Zwischendurch muss ich auch mal mit jemandem reden, der nicht bei jedem Satz nur daran denkt, wie er am schnellsten zum Schuss kommt.

Sie zuckt mit dem Kopf zurück und schaut mich erschrocken an – schwer zu sagen, ob wegen der Lautstärke oder weil der Text sie schockiert. Behutsam streiche ich ihr Haar zur Seite und lege ihre Ohrmuschel frei, eine kleine, wohlgeformte Schnecke mit Ringellöckchen links und rechts.

Vergiss es, flüstere ich, ich bin einfach nur froh, dass du da bist.

Vanessa löst sich ein Stück und wendet mir ihr Gesicht zu, um sich zu vergewissern, dass ich keine Witze mache. Doch es ist mein Ernst, ich freue mich wirklich über sie. Ihr Blick wird ruhiger, wärmer irgendwie. Dann sagt sie halblaut und kaum hörbar bei der Musik: Willst du denn gar nicht mehr in die Schule kommen, Bea, nie wieder?

Für einen Moment ist der Gedanke an den Brief wieder da, an Herrn Tretner und das drohende Elterngespräch. Höchste Zeit für den Wodka!

Es gibt Wichtigeres, sage ich. Dabei komme ich Vanessas winzigem strassgespickten Ohrläppchen zum Reinbeißen nah. Aus den Augenwinkeln sehe ich hinüber zu Cem. Und er sieht zu mir.

Tarek, neben ihm, albert herum, wirft gespielt schmachtende Blicke, umarmt und küsst die Luft. Der Unterschied ist, ich küsse Vanessa wirklich. Erst links und rechts wie zur Begrüßung, dann auf den Mund. Ihre Lippen schmecken nach Lipgloss und Kaugummi, ihr Atem riecht schokoladig. Sie fühlt sich so weich an und widerstandslos. Ihr Blick, als ich die Augen wieder öffne, ist fragend, aber auch dankbar. Sehr sogar.

Komm, wir reden draußen weiter, sage ich und schnappe mir Vanessa, die sich bereitwillig abführen lässt. Im Weggehen werfe ich einen letzten Blick über die Schulter. Jetzt zieht Tarek keine Show mehr ab, sondern steht nur da, sprachlos, mit halb offenem Mund. Ich hoffe, er hat endlich verstanden, dass ich immer einen Schritt weitergehen werde als er. Doch Tarek ist Nebensache. Cem ist der Chef, und an der Art, wie er uns nachschaut, kann ich erkennen, dass ich es geschafft habe. Er ist interessiert.

Die Clubnacht ist total überlaufen. Mit Gewalt bahne ich uns einen Weg durch die Körper im Discobereich. Auch die Gänge sind brechend voll. Ich grüße ein paar von Cems Freunden und die Kleindealer vom Schulhof. Aus unserer Klasse sehe ich keinen, keiner stoppt uns. Vanessa folgt mir überallhin. Bei den Garderoben ist das Gedränge vorbei. Erst jetzt merke ich, dass ich die ganze Zeit ihre Hand gehalten habe, und ich halte noch ein bisschen weiter Händchen mit Vanessa und fühle ihre weichen Finger, während ich ihr erkläre, dass ich jetzt vorgehen werde und wir uns draußen hinter der Litfaßsäule treffen, damit uns die Tür nicht zusammen sieht.

Vanessa nickt, ohne nachzufragen. Sie ist sichtlich beeindruckt, weil ich so viele Leute kenne – und Spielregeln, von denen sie keine Ahnung hat. Ich gebe ihr noch einen Kuss auf die Wange. Dann zücke ich mein Handy und tauche ab ins Display, um mich unauffällig an Hildburg vorbei durch den Einlass zu schlängeln. Die SMS an Cem ist schnell geschrieben. *Alles läuft nach Plan. Wir treffen uns in einer halben Stunde im Kicker-Raum zum Tischfußball. Tarek soll für die Softdrinks sorgen. Ich bringe zwei 0,7er-Wodka mit – und die Dicke. Love …*

Draußen an der frischen Luft haut der Flachmann plötzlich rein. Mir wird schwindelig, aber nicht schlecht. Ich muss nur die Augen aufsperren, damit die Umdrehungen nicht noch schneller werden. Im Seemannsgang komme ich die Treppe runter, lehne mich an die vom JuZe abgewandte Seite der Litfaßsäule und rutsche in die Hocke. Mein Magen ist eine wohlige Wolke, mein Gesicht fühlt sich taub und verrutscht an, aber ich lächle. Ich bin so gut drauf, ich könnte jetzt auch was rauchen und mir den Stress mit dem Wodka-Schmuggeln ersparen. Die Nacht ist nicht kalt, nicht nass, nicht windig, gerade richtig zum Kiffen und In-den-Himmel-Gucken. Aber Cem hat etwas gegen Junkies, auch wenn er sicher nichts dagegen hätte, wenn Vanessa abheben und ihm in die Hände fallen würde, zwei Zentner Lebendgewicht, völlig losgelöst.

Als sie kommt, bin ich vollkommen klar und schwanke fast gar nicht beim Aufstehen.

Alles in Ordnung?, fragt Vanessa.

Alles in Ordnung, sage ich und lächle noch breiter über mein betäubtes Gesicht. Sie ist so süß, wenn sie sich Sorgen macht.

Wir gehen ein Stückchen zusammen. Ich lege ihr meinen Arm um die Schultern und dränge sie Richtung Aral. Vanessa lässt es sich gefallen. Bei jedem Schritt beulen ihre Pobacken aus und streifen meine Hüften. Es sieht bestimmt scheiße aus, fühlt sich aber schön an. Ich schmiege mich immer enger an sie, es tut so gut, sich anlehnen zu können. Vanessa erlaubt auch das. Wacker schleppt sie meine Zusatzpfunde und hält meine Hand, die über ihrem Busen baumelt, hält mich, damit ich nicht absacke. Auf dem geraden Teil der Strecke lasse ich meinen Kopf auf ihre Schulter sinken, in ihre unglaubliche Weichheit. Der Pelzkragen ihrer Jacke kitzelt im Gesicht, und ich wundere mich, dass ausgerechnet Vanessa mit ihrer miserablen PETA-Bilanz eine Jacke mit Pelzbesatz trägt. Doch vermutlich ist das Fell Kunstfaser und kein Fall für den Tierschutz. Es riecht nach ihr. Ich hebe den Kopf erst wieder, als ein Auto hupend an uns vorbeifährt, Deutsch-Rap in voller Lautstärke. Typen johlen und gestikulieren aus heruntergekurbelten Fenstern. Ich winke stinkefingernd mit der freien Hand. Offenbar geben wir ein schräges Bild ab, Vanessa und ich: zwei Vollschlanke, eine dicker als die andere, die am Straßenrand entlangtorkeln, abgefüllt und eng umschlungen. Ich wünschte, ich könnte ein Foto von uns machen. Ich würde es Cem schicken. From Bea with love.

Wichser, rufe ich dem Wagen hinterher. Vanessa wirkt ziemlich beeindruckt.

Sie weiß nicht recht, wie sie fragen soll, aber sie will natürlich alles wissen, die ganze Geschichte über Cem, Tarek und mich. Und wie ist das so zu dritt?, tastet sie sich vor. Hattest du gar keine Angst? Gleich zwei Kerle auf einmal, und dann auch noch Tarek und Cem …

Ich zucke mit den Achseln, was Vanessa nicht sehen kann, doch vielleicht spürt sie es. Das Schunkeln ihres Körpers lullt mich ein, ihr süßer Duft.

Und wen von beiden liebst du mehr? Oder geht es gar nicht um Liebe, sondern rein um –

Sex, wolltest du sagen?

Vanessa schaut an sich hinunter.

Es geht vor allem darum, sich nicht zu schämen, sage ich. Bis zu dem Tag, an dem wir zusammengekommen sind – bis zu der Nacht, in der ich das erste Mal Sex mit ihnen hatte, wusste ich nicht, dass ich am Leben bin. Ich hätte mich am liebsten aus der Welt geschämt, in Grund und Boden, ins Grab. Jetzt schäme ich mich für nichts.

Und deine Eltern? Vanessa wagt es nicht aufzuschauen.

Die waren im Urlaub. Eigentlich hatten sie die Reise mir zuliebe gebucht, Tapetenwechsel blabla. Doch kurz vor der Abfahrt wurde Emi eingeliefert, und Cem machte stattdessen mit mir rum und Tarek natürlich auch. Da konnte ich nicht weg. Also sind meine Eltern alleine los, nach langen Diskussionen, mit dem Nebeneffekt, dass wir sturmfreie Bude hatten und Party machen konnten, so viel wir wollten. Na ja, und weil die beiden eh bei mir geschlafen haben, sind sie eingezogen. Insofern war es schon nichts Besonderes mehr, als Mama und Papa aus dem Urlaub zurückkamen, sondern Normalität, nicht nur der Sex, auch das Wohnen. Und nachdem meine Eltern erst mal rückwärts umgefallen waren, fanden sie es gut, dass die Familie enger zusammenrückt, das sei schließlich der Sinn der Reise gewesen, und Mam schläft jetzt wieder bei Paps.

Ich glaube, mir käme das komisch vor: in einer Wohnung mit Eltern und Partner …

Es ist nicht komisch, es ist total verlogen, jedes Lächeln auf dem Flur, jedes Klinke-in-die-Hand-Geben am Klo. Die Lügen haben nicht aufgehört, aber ich schäme mich nicht mehr dafür. Und das verdanke ich Tarek und Cem. Wenn du mit ihnen unterwegs bist, merkst du erst, wie sehr die anderen lügen, unsere Eltern, unsere Lehrer, die Leute vom JuZe, einfach alle. Sie ziehen überall Grenzen um dich, aber nicht zu deinem Schutz, sie beschützen nur ihr Bild von dir. In Wahrheit haben sie Angst vor dem, was du wirklich bist. Sie wollen, dass du es unterdrückst, dass du dich dafür schämst. Und solange du das tust, bist und bleibst du ihr Opfer.

Bin ich ein Opfer in deinen Augen?

Vanessa bleibt stehen und starrt mich an. Wir stehen Bauch an Bauch, mein Arm liegt lose um ihre Schultern. Ich hole tief Luft, atme, flüstere wie in sie hinein: Merkst du nicht, wie du die ganze Zeit versuchst, dich unsichtbar zu machen? Du versteckst dich, Vanessa. Und damit meine ich nicht, dass du ein neues Profil brauchst oder so. Selbstdarstellung ist die größte Lüge von allen, Selbstdarstellung ist das Schamspiel und im Grunde Selbstzensur. Deine Netzidentität ist eine Maske, und du glaubst, du kannst sie alle damit täuschen, doch die Einzige, die du täuschst und die dich nicht sieht, bist du selbst. Oder willst du, dass ich »Nina« zu dir sage?

Ich streiche ihr eine Haarsträhne aus der Stirn und nehme ihr Gesicht in meine Hände. Die Angst in ihrem Blick ist plötzlich wieder da, was mir leid tut, denn eigentlich will ich sie nur küssen.

Nina, sage ich zu ihren Lippen, ich habe ein bisschen in deinem Digitagebuch herumgescrollt und deine u&i-Homestory gesehen, ein paar Episoden. Mein ehrlicher Kommentar? Ganz ehrlich? Das hast du nicht nötig, diese ganze pferdeschwanzwippende Sportlichkeit. Vergiss es. Du musst deinen Körper nicht abschaffen. Du musst nur aufhören, dich zu schämen.

Ich bin ihrem Mund jetzt ganz nah und hoffe, dass der Wodka keine Fahne macht. Doch sie senkt den Kopf, und anstatt sie zu küssen, mache ich nur einmal die Augen zu und wieder auf. Ihr Haar glänzt und schimmert im Streulicht der Aral-Reklame. Wir sind ein Stück zu weit gelaufen, stelle ich fest, und stehen schon hinter dem Ausfahrtsschild. Aber wir können auch noch eine Tanke weiter gehen, wo Tarek und Cem Stammkunden sind und es den Aldi-Wodka gibt zu einem fairen Preis.

Als ich mit Vanessa den Mini-Markt betrete, kann sie schon wieder lächeln. Es gibt Halloween-Hexenhüte im Angebot, schwarz mit Bändern an der Spitze. Ich setze probehalber einen auf und grinse in die Überwachungskamera. Der Typ an der Kasse guckt weg. Durch die schmalen Gänge zwischen den Regalen komme ich, ohne anzuecken. Meine Betrunkenheit ist auf null, aber ich weiß, wo der Wodka steht. Als ich zwei 0,7er nehme, legt Vanessa mir eine Hand auf den Arm.

Meinst du nicht, eine reicht? Oder trinken Tarek und Cem so viel …

Du willst den Jungs was abgeben? Das ist doch der Damen-Wodka, sage ich so laut, dass auch der Kassierer es hören kann. Dann packe ich noch eine Handvoll Schokoriegel auf den Verkaufstresen und klimpere mit den Wimpern: Aber natürlich brauchen wir eine vernünftige Grundlage.

Teilnahmslos scannt der Kassenfuzzi die Strichcodes, bucht die fünfzig Euro von meiner Mam ein und gibt das Wechselgeld heraus. Offenbar interessiert er sich wirklich nur für Autos.

Ach, Schätzchen, wende ich mich wieder Vanessa zu, bitte sei so gut und steck mir das Geld in die Gesäßtasche, die engste, die du finden kannst, damit ich es am Hintern spüre, wenn ich nachher besoffen im Frauentaxi sitze.

Vanessa nimmt das Restgeld, während ich die Schokoriegel einsacke. Der eine Wodka landet in meiner Tasche, der andere ist »to go«. In der Tür drehe ich mich noch einmal um, schraube den Verschluss auf und trinke der Überwachungskamera zu. Dann reiche ich die Flasche Vanessa, die nach dem ersten Schluck den üblichen Alkhusten bekommt oder simuliert oder beides. Dann trinkt sie einen zweiten hinterher, lächelt tapfer in die Kamera und sagt: Die Klügere kippt nach.

Nicht schlecht, sage ich, für den Anfang.

Zurück auf der Straße spazieren wir Schulter an Schulter wieder Richtung JuZe und lassen die Flasche wortlos hin und her gehen. Beim Trinken, wenn ich den Kopf nach hinten lehne, merke ich meinen Vorsprung, so einen Taumel im Nacken, und brauche danach eine Sekunde, um mich zu fangen. Aber Vanessa ist neben mir. Nachdem sie erst nur genippt hat, ist sie jetzt ganz schön im Zug und holt auf. Wir lassen die Aral-Tankstelle hinter uns. Eine Laterne, die ich fixiere, flackert und geht aus. Auf der Straße ist nichts los. Vanessa setzt die Flasche an, trinkt und trinkt noch mal. Dann drückt sie den Wodka mit beiden Armen an sich, drückt ihn an ihre Brust, als wollte sie ihn nicht wieder hergeben. Und ich muss lachen, weil es so aussieht, als würde sie frieren.

Dir kann unmöglich kalt sein, sage ich und höre erfreut, dass ich fast gar nicht lalle, das ist Russensprit, der wärmt bei minus dreißig Grad!

Ich strecke die Hand nach der Flasche aus, aber Vanessa gibt sie nicht her. Ich muss mit dir reden, sagt sie auf einmal todernst und stoppt. Ich taumle ein, zwei Schritte in ihre Fülle. Verzeihung, sage ich.

Die Sache ist die, Bea, ich mag dich, aber ich bin nicht – verstehst du?

Ich mag dich auch, Vanessa, antworte ich.

Ja, aber ich bin nicht … Sie beißt sich kurz auf die Lippen, dann spricht sie es aus: Ich stehe nicht auf Frauen.

Ich auch nicht, sage ich, ich mag dich einfach, alles an dir.

Vanessa weiß nicht, was sie davon halten soll. Es gibt ein Aber in ihr, das spüre ich. Es ist ihr unangenehm, dass ich ihren Bauch berühre. Sie hätte gerne etwas Abstand, das verstehe ich gut. Ich kann nur nicht anders. Ich bin jetzt echt betrunken und falle immerzu in sie hinein.

Bist du traurig?, frage ich. Der Satz kommt schneller, als ich denken kann.

Vanessa schüttelt den Kopf und stützt das Kinn auf den Flaschenhals vor ihrer Brust. Sie sieht jetzt wirklich traurig aus.

Ich sage: Hey. Sie schaut hoch zu mir, schaut mich an.

Wir küssen uns.

Als ich die Augen wieder aufmache, küssen wir uns noch immer. Die Welt dreht sich komplett. Alle Lichter fahren Karussell. Ich kann das Gleichgewicht nicht mehr halten, torkle fast auf die Straße. Aber Vanessa hält mich fest. Sie ist so unglaublich stark, ich wusste das gar nicht, aber sie ist stark genug für zwei. Und ich würde ihr so gerne sagen, wie toll ich sie finde, ich finde sie wirklich gigantisch. Aber der Satz kommt mir zu kompliziert vor. Meine Lippen kribbeln vom Kuss und vom Wodka. Ich kann nichts mehr sagen. Aber es ist auch egal, weil Vanessa weiß, was ich sagen will. Sie weiß alles, ich liebe sie.

Und wir schämen uns nicht, für nichts.

In der Flasche ist nur noch ein Rest, zu schade zum Wegschmeißen, meint Vanessa. Ich nicke zu ihrem Satz, mein Kopf nickt, ich höre ihr so gerne zu. Wir teilen uns den Zu-schade-Rest, ein Schluck für sie, einer für mich. Trinken geht noch, aber Geradeauslaufen ist schwierig. Ich muss mich an Vanessa anlehnen, ich bin froh, dass sie da ist, Fels in der Brandung, mein lieber, süßer Kuschelfels. Die leere Flasche fällt mir runter und zerbricht nicht, aber Bücken ist keine gute Idee. Dafür geht Vanessa in die Knie und angelt danach, während ich versuche, allein zu stehen, und mich frage, ob es »angeln« heißt.

Das JuZe ist in Sicht, die Litfaßsäule und die Eingangstreppe, aber alles wie auf hoher See und im Laternennebel. Vanessa fischt die Flasche, hebt sie auf und wirft sie in einen Mülleimer. Dann ist sie wieder bei mir und nimmt mich in ihre starken Arme. Ich will küssen, sie will weiter, am besten wäre Nichtbewegen. Doch Vanessa gibt mir einen Ruck, schiebt und schubst mich vorwärts, und ich lache, obwohl mir schwindelig ist. Der Weg scheint endlos, aber ich lache die ganze Zeit und suche dringend was in meiner Tasche, irgendwas.

Und plötzlich sind wir schon da. Auf der Treppe vor uns steht ein Haufen Leute, alle rauchen und reden und hüllen das JuZe in eine Wolke aus Stimmen und Dope. Es ist wie Passivkiffen, was ich in meinem Zustand nicht so gut vertrage. Mir fällt Cem wieder ein und wie er das hasst, und dass ich den 0,7er-Wodka zu ihm reinschmuggeln wollte, ihm und Tarek – ich wusste, dass ich etwas vergessen hatte. Aber dann sehe ich die Treppe, die vielen Stufen, das Gedränge und denke, da komme ich nie hoch, nie durch und an Hildburg vorbei, breit, wie ich bin, auch wenn sie nichts machen kann gegen den Wodka, den ich intus habe. Aber wenn sie noch einmal »Mädchen, Mädchen …« zu mir sagt, weiß ich nicht, was passiert.

Mir ist ein bisschen schlecht vor Hunger. Ich kriege immer

Heißhunger vom Saufen und vom Dope, das kenne ich schon. Wo haben wir die Schokoriegel?, will ich Vanessa fragen, komme aber über das W nicht hinweg und sehe sie suchend an. Ihr Gesicht ist ein Mond, ganz nah und verschwommen. Es schwimmt so lieb und fahl im gelben Licht. Ich konzentriere mich auf das Wort »Schokoriegel«. In der Zeit angeln/fischen meine Finger zwei Bountys aus meiner Tasche. Wasamwanhier?, höre ich mich rufen und brauche einen Moment, um zu kapieren, was ich meine. Ich sollte den Mund nicht mehr aufmachen, denke ich noch. Da kommt schon die Kotze, Wodka hauptsächlich, so viel und so plötzlich, dass ich meine Hände nicht schnell genug wegziehen kann und auch nicht die Bountys. Vanessa ist sofort bei mir und hält mir die Haare, hält mich, damit ich nicht umfalle, auch wenn ich mich lieber hinlegen würde, so flach wie möglich auf den Boden, weil das Kotzen echt anstrengt und in den Kotzpausen der Schluckauf. Aus den Augenwinkeln sehe ich, wie auf der Treppe immer mehr Lichter angehen. Alle haben sie ihre Handys gezückt, schwenken die Kameralichter wie Feuerzeuge in der Nacht und halten auf mich. Schön sieht das aus, dieses Lichtermeer, wenn es nicht so ein beschissenes Publikum wäre, das jedes Mal kichert, wenn mein Schluckauf bellt.

Aber Vanessa ist da und wischt mir den Mund ab. Vanessa ist toll! Und ich versuche, den Kopf zu heben, ein Stück wenigstens, um zu sehen, ob das Publikum sieht, wie toll sie ist und dass sie sich nicht mehr versteckt, nicht mehr verstellt, nicht mehr schämt. Sie ist so mutig, meine Vanessa, sie traut sich und schiebt eine Hand unter meinen Pulli und legt sie mir auf den Bauch. Warm ist sie und weich, ihre Hand. Und wie sie mich streichelt, so gut. Sogar der Schluckauf beruhigt sich, wird weniger, leiser und still. Es ist ein Wunder, ein gottverdammtes Wunder, scheiß auf das Publikum! Du hast den Schluckauf gezähmt und zum Schweigen gebracht, bravo, Vanessa! Und ich sehe sie an, dankbar, zutiefst, in der Kotzfeuerpause – sie hat auch das Kotzen gezähmt –, und nichts kann mich daran hindern, in ihre Arme zu sinken, die starken. Sie ist so stark und so groß, viel größer und stärker als ich. So gigantisch! Und ich lasse mich einfach fallen, lasse los.

Am nächsten Morgen weckt mich die Katze. Es ist nicht meine, nicht mein Bett, nicht mein Zimmer. Ich bin bei Vanessa, im Geisterhaus. Ihre Drohne lässt sich nicht blicken, aber Marylin ist nicht zu übersehen und live noch unsympathischer als im Blog. Vanessa hat Recht: Diese Katze ist feist, missgünstig und fremdenfeindlich. Die halbe Nacht hat sie sich auf meiner Blase gewälzt. Meine Hände, Handgelenke sind von Krallen zerkratzt und sehen aus, als hätte ich mich selbst mit wachsender Begeisterung geritzt. Die Blutspuren auf der Bettdecke und an der Wand lassen auf Kämpfe schließen, die jeden Tatortreiniger vor Rätsel stellen. Ich weiß nichts mehr davon, völliger Filmriss, aber es muss ein Horrorfilm gewesen sein.

Oder war das Vanessa mit ihren Fingernägeln und das Ganze ist beim Sex passiert?

Das Bett, in dem ich liege, scheint Marylins Körbchen zu sein. Das erklärt ihren Hass auf mich. Es ist ein Menschenbett, Kingsize. Neben mir hätte eine ganze Katzenfamilie Platz. Aber Marylin kann offensichtlich nicht teilen. Noch ehe ich richtig wach bin, springt sie mir mit allen vier Pfoten auf den Bauch, klettert über meine Oberschenkel und meine nackten Füße hoch bis auf den linken Bettpfosten. Dort thront sie mit gesträubtem Fell und schaut mich aus ihren giftgrünen Augen an, die größer sind als im Video, die Pupillen nicht geschlitzt, sondern oval, fast schon rund, was keineswegs freundlicher wirkt – eher wie der dämonische Blick eines Uhus.

Ich starre an die Decke. Mein Hals tut weh, alles rau und verätzt. Der Geschmack in meinem Mund wäre Grund genug zum Weiterkotzen. Ich habe einen Mordsdurst, der nur von meinem Blasendruck übertroffen wird. Doch ich warte mit dem Gang auf die Toilette, bis Vanessa wiederkommt. Ihr Bett an der Wand gegenüber ist leer.

Vorsichtig richte ich mich auf und nehme das Kopfkissen wie einen Schild in beide Hände. Marylin versteht augenblicklich, dass ich jetzt bewaffnet bin. Sobald ich mich bewege, faucht sie raubtierhaft, aber tonlos, so als hätte man ihr die Stimmbänder durchtrennt. Ein eigenartiges Brummen liegt in der Luft, ein Hass-Schnurren oder Wut-Knurren wie von einem Wachhund. Doch vielleicht kommt das Geräusch auch von der Drohne, die man nicht sieht.

Kopfschmerzen habe ich keine, noch nicht, nur die schlimme Ahnung, dass unter dem Pegel von Restalkohol ein grausamer Kater lauert. Der 0,7er-Wodka in meiner Handtasche fällt mir wieder ein, vielleicht ist die Flasche noch irgendwo. Hinter den Wänden höre ich Wasserplätschern. Vermutlich ist Vanessa duschen. Auf einmal fängt sie an zu singen, und es klingt, als würde sie neben mir stehen. Die Wände müssen aus Papier sein oder die Steckdosen ein Soundsystem. Ihre Stimme klingt seltsam verschoben, wie wenn in einem synchronisierten Film plötzlich Original-Englisch gesungen wird.

Vanessa singt *Strumming My Pain.* Sie duscht definitiv, eine andere Entschuldigung gibt es nicht. Marylin auf ihrem Thron verdreht die Ohren, maunzt gequält und springt auf den Bettvorleger, wo sie sich kurz schüttelt und weiter durchs Zimmer tigert.

Zum ersten Mal habe ich so etwas wie Mitgefühl mit ihr. Dann setzt sie sich auf einen Kleiderhaufen, die Hinterbeine leicht angehockt, und verrichtet mit zusammengekniffenen Augen ihr Geschäft. Erst bei näherem Hinsehen erkenne ich meine Hose, meinen Pulli, meine Klamotten. Das macht sie mit Absicht.

Der Gesang nebenan verhallt, das Duschgeräusch auch. Marylin riecht an ihren Ausscheidungen, beschnuppert meine Wäsche und scharrt dann mit den Pfoten, wie um ihre Pipi-Pfütze zu verbuddeln, zumindest hoffe ich, dass es nur das ist, und muss mit ansehen, wie ihre Krallen aus meinem Pulli Fäden ziehen.

Das Teil war neu, du Biest!

Ich werfe das Kopfkissen nach ihr, aber es ist viel zu leicht. Lässig weicht sie aus, wackelt wie zum Hohn mit dem Schwanzbusch und hüpft dann auf Vanessas Bett, um sich genüsslich das Po-Loch zu lecken.

Bevor ich mir ausmalen kann, wie ich mich räche, kommt Vanessa, Badehandtuch über der Brust, Handtuchturban um den Kopf, frisch geduscht und duftend. Ihre fülligen Schultern sind rosig und glänzen von irgendeiner Creme, Gesicht und Wangen ebenso. Ungeschminkt sieht sie nicht so viel hässlicher aus. Trotzdem kriege ich einen Schreck, wie reizlos ich sie plötzlich finde.

Guten Morgen, trällert sie fröhlich und erkundigt sich im selben Atemzug, ob ich gut geschlafen habe. Als wäre das eine Frage. Ich werfe einen vorwurfsvollen Blick auf Marylin. Doch die putzt sich seelenruhig weiter und beachtet mich gar nicht.

Vanessa reicht mir ein Glas Wasser, das ich gierig austrinke. Dann erst sehe ich das Alka-Seltzer, das sie mir mitgebracht hat. Ich hol dir noch mehr, sagt sie schnell und schnappt sich das Glas. Durch die offene Tür erzählt sie frohgemut weiter, dass sie meinen Eltern gestern Nacht noch eine SMS von meinem Handy aus geschrieben hat, damit sie sich keine Sorgen machen. Sie wüssten, dass ich hier bin und dass es mir gut geht, alles klar.

Bis auf die Frage, ob wir Sex hatten, denke ich, verkneife mir aber den Satz. Das Brummen im Luftraum kommt näher, ein Propeller-Surren – ihre Drohne, eindeutig.

Vanessa reißt die Verpackung mit den Zähnen auf und schnippt den Inhalt ins Glas. Als ich trinken will, hält sie mein Handgelenk fest. Warte, bis es sich aufgelöst hat, sagt sie und meint das Pulver. Ich starre auf meine geschnetzelten Unterarme und Vanessas dicke Finger. Nägel hat sie keine, sie sind bis auf die Fingerkuppen abgenagt.

Und du, frage ich, wie war deine Nacht?

Vanessa antwortet nicht, sondern lächelt nur vielsagend. Was auch immer wir miteinander hatten, ihr scheint nicht klar zu sein, dass es vorbei ist.

Ich gebe ihr das leere Glas zurück. Sie lächelt ungebrochen.

Hast du Tarek und Cem auch eine SMS geschrieben?, erkundige ich mich so nebenbei wie möglich. Ich muss unbedingt wissen, ob die Jungs über meinen Absturz im Bilde sind. Gegen einen lesbischen Flirt hat Cem sicher nichts, aber wehe, jemand trinkt ihm den Wodka weg! In dem Punkt versteht er keinen Spaß.

Du hast doch mit ihnen gesprochen, weißt du das nicht mehr? Vanessa starrt mich an, als hätte sie noch nie einen Blackout gehabt, und wahrscheinlich ist dem auch so. Dann erzählt sie mir, dass Tarek und Cem draußen hinter der Litfaßsäule gewartet hätten, weil sie sich dem JuZe bis auf fünfzig Meter nicht mehr nähern durften, obwohl es nicht ihre Schuld gewesen war und sie provoziert wurden. Jedenfalls hatten die beiden beim Tischfußball verloren, den Kickern der gegnerischen Mannschaft die Köpfe abgebrochen und einen Platzverweis erhalten. Es heißt übrigens wirklich »Platzverweis«, fügt Vanessa hinzu, nicht nur beim Fußball, auch im Polizeirecht. Aber sonst waren Tarek und Cem eigentlich ganz nett.

Das heißt, sie haben den Wodka, seufze ich. Doch Vanessa geht gar nicht darauf ein, sondern lobt die beiden weiter: wie gut sie damit umgegangen seien, dass ich nicht mit ihnen nach Hause wollte, wie sie mich sogar zum Taxi gebracht und auf die Rückbank gesetzt hätten und dass man ihnen wirklich seine Schlüssel anvertrauen könne.

Meine Schlüssel?

Ja, du hast sie ihnen gegeben, genauer gesagt, sie sind dir runtergefallen, beim Einsteigen ins Taxi, Cem hat sie aufgehoben und gemeint, es sei besser, wenn er darauf aufpasst.

War er allein?, frage ich, obwohl ich die Antwort weiß. Ich erinnere mich an nichts, aber ich kann es mir vorstellen.

Cem – allein? Natürlich nicht, Tarek war ja da.

Ich meine, hatte er irgendwelche Mädels dabei, die er ins Bett kriegen wollte – in mein Bett?

Vanessa guckt oder tut entsetzt.

Vergiss es, sage ich achselzuckend.

Ohne ein weiteres Wort stehe ich auf und gehe pullern hinter den Papierwänden. Als ich zurückkomme, steckt Vanessa in einem Adidas-All-Seasons, der ihrer Figur nicht gerade schmeichelt. Es hat ihr viel Häme eingebracht, dass sie bei ihrem Gewicht in Sportklamotten rumläuft, weil sie dick machen, wenn man dick ist. Andererseits sind Trainingsanzüge nicht nur bequem, sie lassen sich auch am besten photoshoppen.

Dieser hier ist aus der Zeit meiner Olympia-Diät, der müsste dir eigentlich passen … Sie hält mir einen Nike-Every-Weather hin, der fast genauso aussieht, bloß eine Nummer kleiner.

Hast du nichts anderes anzuziehen?, frage ich. Ich bin nicht sonderlich scharf darauf, mit Vanessa im Partnerlook herumzulaufen.

Nur Schwarz, sagt sie und zeigt auf einen Schrank in der Ecke, vor dem zwei große Sporttaschen stehen.

Darf ich mal schauen oder sind da die toten Katzen drin? – Entschuldige, das geht nicht gegen dich, aber vielleicht solltest du Marylin mal mit der Nase da reinstupsen, beeile ich mich hinzuzufügen und deute mit der Fußspitze auf meinen aufgeribbelten Pulli.

Hat sie etwa schon wieder …? Ach, Marylin, du bist wirklich unmöglich, regt sich Vanessa ein bisschen künstlich auf. Entschuldige, Bea, aber wenn sie fremden Urin riecht, hat sie immer diesen Drang und meint, sie müsse ihr Revier markieren wie ein Kater!

Fremden Urin? Was ist denn passiert?

Vanessa sieht mich kurz von der Seite an. Mach dir keine Sorgen, Cem und ich hatten so was befürchtet und beim Einsteigen eine Decke über die Rückbank gelegt, eigentlich damit du die Sitzpolster nicht vollkotzt, aber gegen das Pipi hat es auch geholfen.

Ich habe ins Taxi gepinkelt?, frage ich fassungslos.

Hey, sagt Vanessa, ich kann schweigen.

Ich nicke, obwohl ich lieber den Kopf schütteln würde. Das Summen oder Surren scheint stärker geworden zu sein, aber die Drohne hält sich im Luftraum versteckt. Marylin thront jetzt auf Vanessas Kissen, leckt sich die Innenseite ihrer Pfote und streicht sich damit vom Ohr abwärts übers Gesicht – eine Demonstration ihrer Reinlichkeit, die Saubershow. Sie hat nichts mehr zu befürchten, und das weiß sie auch. Die wahre Pinkelsünderin bin ich. Mir bleibt nichts anderes übrig, als mir aus dem Schrank mit den schwarzen Sachen etwas rauszusuchen, das einigermaßen passt. Vanessa hat den Raum diskret verlassen und putzt sich hörbar die Zähne.

Willst du zu einer Beerdigung?, fragt sie munter, als sie wieder zur Tür hereinkommt. Sie hat die Haare zu einem Pferdeschwanz zurückgebunden und lächelt zahnpastafrisch. Mir fällt kein kluger Spruch ein. Ich hoffe nur, dass ich nicht zu sehr aussehe wie Vanessa bei Nacht. Das Oberteil ist um Brust und Bauch ein bisschen schlabberig. Aber die Hose sitzt erschreckend gut. Vielleicht sollte ich es auch einmal mit der »Olympia-Diät« versuchen. Erst jetzt fällt mir auf, dass es im ganzen Zimmer keinen Spiegel gibt. Vanessa drückt mir ein Haargummi in die Hand und fordert mich mit einer Ruckzuck-Geste auf, mir auch so einen Zopf zu binden wie sie. Wegen der Kotze, erklärt sie, ich weiß nicht, ob ich es jedes Mal geschafft habe, deine Haare wegzuhalten.

Also verwandle ich mich in Vanessa II.

Unterdessen packt sie die Sporttaschen voll, alle beide, in einem verblüffenden Tempo. So aktiv kenne ich sie gar nicht. Doch vermutlich ist sie im Moment gar nicht Vanessa, sondern »Nina«.

Kommst du?, fragt sie flötend und nimmt die eine Sporttasche huckepack, die andere am Tragegriff.

Ich bleibe in der Tür stehen. Was – mal ehrlich – willst du mit zwei Taschen?

Wir haben Sport die ersten beiden Stunden, ruft sie mir über die Schulter zu. Hopphopp, ich bringe dich, das habe ich deinen Eltern versprochen!

Ich will protestieren, aber gegen »Nina« und ihren Elan bin ich machtlos. Sie ist schon aus der Haustür und läuft auf einen Geländewagen mit extrabreiten Reifen zu, einen richtigen Panzer.

Ich würde ja lieber was Sportlicheres fahren, meint sie halb entschuldigend und betätigt das Schlüsselsignal, aber der Wagen gehört meiner Mutter und sie braucht ihn nicht mehr.

Hat sie einen anderen? Ich schaue mich um. Garage und Einfahrt sind leer.

Einen anderen Mann, ja. Meine Eltern haben sich getrennt.

Nina-Vanessa wirft die Sporttaschen auf die Rückbank und schwingt sich auf den Fahrersitz. Ich habe die Beifahrertür noch nicht richtig zu, da lässt sie schon den Motor an und setzt zurück. Kaum sind wir auf der Straße, zeigt der Tacho siebzig km/h. Ich kralle mich in die Ledersitze.

Und deine Mutter ist ausgezogen?, frage ich, ohne den Blick von der Straße zu lösen. Ich dachte, du hättest sie wegretuschiert!

Nicht sie, meinen Vater, sofern er nicht auf Geschäftsreise ist. Mit meiner Mutter habe ich seit Langem keinen Kontakt.

Oh, sage ich und halte den Atem an, als Nina einen ausparkenden Wagen in seine Lücke zurückdrängt. Noch bei Dunkelorange rast sie über die Ampel, vor der ich mit meinem Vater so oft gestanden habe. Ich halte unwillkürlich nach ihm Ausschau. Es ist dieselbe Strecke, sein Weg ins Büro. Doch wir haben ihn sicher längst abgehängt. Der Tunnel unter der Eisenbahnbrücke ist nur ein kurzer Blackout, von einer Leuchtspur durchzogen.

Du bist die Einzige, die ich kenne, die noch Eltern hat, sagt Nina plötzlich.

Ich? Wie kommst du darauf? – In der rechten Spur neben uns steht ein Auto wie Papas. Ich will nicht wissen, wer drin sitzt.

Du hast noch Eltern, die sich Sorgen machen. Weißt du, wie viele sich das wünschen? Nina sieht mich an, ich starre weiter geradeaus, um sie dazu zu bringen, dass sie sich auf die Fahrbahn konzentriert.

Man will immer das, was man nicht hat, sage ich gegen die Windschutzscheibe.

Jeder, glaub mir, Bea, wirklich jeder wünscht sich ein Zuhause.

Aber du hast doch eins …

Nina schüttelt den Kopf. Ich bin nur ein Mädchen mit einer Katze in einem großen, leeren Doppelhaus.

Sie hebt das Kinn und guckt in den Rückspiegel, als könnte sie mich darin sehen. Manchmal beneide ich dich so sehr, Bea, vor allem um deine Mam. Immer, wenn ich mit ihr zu tun habe, selbst wenn wir nur telefonieren, merke ich, was mir fehlt. Und, ehrlich gesagt, seit Frau Höppner weg ist, ist es noch schlimmer. Dabei war ja klar, dass sie bald selbst Mutter wird.

Frau Höppner ist schwanger? Seit wann?

Schon lange, fünfter Monat, fast sechster.

Jetzt starre ich Nina an, und sie guckt auf die Straße.

Es gab Komplikationen, und die Ärzte haben gesagt, sie muss liegen, hauptsächlich, einfach nur liegen. Vorgezogener Mutterschutz.

Und, frage ich, weiß man, von wem?

Lass uns das Thema wechseln. Sie steigt auf die Bremse. Ich kneife die Augen zusammen. Doch wir biegen nur ein in die Dreißiger-Zone direkt vor der Schule. Radfahrer in Zweier- und Dreier-Grüppchen eiern vor uns her, die meisten aus den unteren Klassen. Auf dem Bürgersteig ein paar bekannte Gesichter aus der Raucherecke, die schnell noch eine durchziehen. Die letzte Ampel ist grün. Nina findet eine Parklücke, die für zwei Kleinwagen reichen würde, und stellt den Motor ab.

Jetzt habe ich ganz vergessen, beim Bäcker zu halten, sagt sie und lächelt mich an. Das sind zehn Aktivitätspunkte laut Olympia-Diät.

Lass uns nicht von Diäten reden, sonst kriege ich Hunger, lächle ich zurück. Dann schließt sich die Autostille um uns.

Bevor wir da reingehen, muss ich dir noch etwas sagen … Es fühlt sich an, als würde sie flüstern, doch Nina redet auf einmal nur langsam. Eigentlich habe ich es dir schon gesagt, aber falls du dich nicht daran erinnerst: Bea, ich mag dich wirklich sehr, aber ich bin nicht lesbisch, wie gesagt. Letzte Nacht war nur ein Ausrutscher. Es tut mir leid.

Haben wir gepoppt?

Nein, nein, wehrt sie ab, natürlich nicht.

Und wer war das, Marylin oder du? Ich zeige ihr meine Handgelenke.

Das war – mehr oder weniger – auch ein Ausrutscher.

Ach ja?, frage ich spöttisch. Ninas Verlegenheit ist eine gewisse Genugtuung dafür, dass sie mir mit dem Schlussmachen zuvorgekommen ist.

Du hast …, sucht sie nach Worten, du bist ins Badezimmer gegangen, Zähne putzen, dachte ich, ich hatte dir extra noch eine Zahnbürste rausgelegt. Aber als du nicht zurückkamst, habe ich irgendwann die Tür aufgemacht und gesehen, wie du versucht hast, dir die Pulsadern aufzuschneiden, mit dem Ladyshave.

Ich sage nichts. Die Stille ist wieder da, und diesmal ist sie richtig tief, so als würde sie nie mehr aufhören. Im Seitenfenster die anderen Schüler mit ihren Ranzen und Rucksäcken über der Schulter, sie treiben vorbei Richtung Schuleingang, lautlos, wie hinter der Glaswand eines Aquariums, hinter Panzerglas.

Die Scheiben sind übrigens so getönt wie eine Sonnenbrille, höre ich Nina sagen, wir können rausgucken, aber niemand zu uns rein. Du brauchst also keine Angst zu haben, dass man dich weinen sieht.

Etwas in mir will widersprechen, aber mein Gesicht ist nass.

Du brauchst dich nicht dafür zu schämen, Bea, nicht vor mir.

Ich spüre Ninas Hand auf meiner Schulter, sie streicht meinen Arm auf und ab bis hinunter zur Beuge. Bea …, wiederholt sie meinen Namen.

Draußen in der Welt ohne Ton fährt Malte vorbei, auf Annikas altem Klapprad. Ich kann sehen, wie er absteigt und die letzten Meter zum Fahrradständer neben dem Eingang schiebt.

Es wird Zeit, sagt Nina, macht aber keine Anstalten aufzustehen. Meinen Namen sagt sie nicht noch mal.

Dann hat Mam dir von dem Brief erzählt, von der Vorladung zum Elterngespräch, die Tretner geschickt hat, und jetzt soll ich ein bisschen guten Willen zeigen?, frage ich, ohne mich in Bewegung zu setzen. Ohne das Gefühl, es zu können. Das zweite Klingeln ist im Wagen nicht zu hören. Aber von allen Seiten strömen Schüler zusammen und drängen die Treppe hinauf durch die Eingangstür, ein lärmender Pulk, von dem ich genau weiß, wie er klingt.

Du fehlst, Bea, und du bist nicht die Einzige, sagt Nina zögerlich. Du warst die Erste in der Reihe, mit dir hat alles angefangen, aber die Einzige bist du schon lange nicht mehr. Die ganze Klasse löst sich auf. Nicht nur, dass Emi in die Klinik musste, auch Stanko ist geflohen, nach Bosnien, laut Snapchat, in seine »Heimat«, dabei war er noch nie dort. Und Rick hat ein Attest und kommt nicht mehr.

Wegen Gewichtsproblemen?

Weil er ein »Elf« ist.

Rick, der dickste von allen?

Ich brauche einen Moment, um das zu schlucken, dann schüttle ich den Kopf. Und was für ein Attest kriegen Suizidkandidaten?

Bea, bitte … Nina sieht mich an, flehentlich und gleichzeitig vorwurfsvoll. Du musst ja nicht mitmachen beim Sport, es reicht, wenn du zuguckst.

Ich schaue nach draußen auf die Treppe. Das Gedränge vor dem Eingang hat sich aufgelöst. Die letzten Raucher schnippen ihre Zigaretten weg und trotten ins Gebäude, gefolgt von einem Siebtklässler, dessen riesiger Ranzen hin und her wackelt, während er die Stufen hinaufhastet. Dann fällt mein Blick auf Malte, der immer noch dasteht, neben dem lila Klapprad, als würde er auf ein Wunder warten.

Ich stoße die Autotür auf und steige aus. Maltes Blick klickt auf mich. Irgendetwas stimmt mit ihm nicht, das spüre ich sofort.

Nina holt die Sporttaschen von der Rückbank und kommt auf meine Seite. Hallo, Malte, ruft sie und winkt zum Fahrradständer hinüber. Der Kleine schaut erschrocken, aber nicht auf Nina, sondern auf mich.

Wo ist Annika?, frage ich erst leise, dann laut. Wo ist sie?

Malte schüttelt den Kopf, sein starrer Blick rückt ein Stück weit ins Leere.

Ist ihr was passiert? – Ich befürchte das Schlimmste und drehe mich zu Nina um.

Auch sie antwortet mit einem Kopfschütteln. Dann sagt sie so, dass Malte es nicht hören kann: Annika ist weggelaufen, vor ein paar Tagen schon, keiner weiß, wohin.

Und warum? Warum ist sie weg?

Komm jetzt! Nina packt meinen Arm, um mich wegzuziehen. Doch ich reiße mich los. Ich will mit ihm reden!

Das hat keinen Zweck, Bea. Du kannst dir doch denken, wie es ihm geht, was er schon alles gefragt worden ist, von wie vielen –

Ich will mit ihm reden, sage ich noch einmal. Geh du schon vor. Bitte, füge ich hinzu.

Nina lässt nur zögernd von mir ab. Aber du kommst, vergewissert sie sich, du kommst wirklich?

Ich lasse dich nicht im Stich, das verspreche ich dir.

Nina wiegt noch einmal den Kopf. Es ist nur, weil ich glaube, wenn du zurückkommst, Bea, kommen sie alle wieder …

Sie spricht ganz leise, ganz nah an meinem Ohr, und ich erschrecke, weil sie wirklich glaubt, was sie sagt. Dann nimmt Nina die Sporttaschen, beide, und geht. Sie dreht sich nicht einmal um, so fest glaubt sie daran, so voller Vertrauen. Fast tut sie mir leid.

Als ich mich um Malte kümmern will, ist er verschwunden. Ich laufe ein paar Schritte Richtung Fahrradständer. Von der Feuerwehreinfahrt aus kann ich den Schulhof überblicken – niemand, nur ein Rascheln im Gebüsch hinter dem alten Mauerstück, das ich immer meide, weil es mich an einen Friedhof erinnert. Vielleicht ist der Kleine hinter dieser Friedhofsmauer und versteckt sich dort. Doch ich beschließe, so zu tun, als hätte ich nichts bemerkt. Wenn Malte nicht einfach weggelaufen ist, heißt das, er wartet auf etwas, auf Annika, und wenn sie nicht schon in der Nähe ist, wird sie bald kommen. Ich glaube, ich weiß, wohin.

Wie unverrichteter Dinge kehre ich zum Schulgebäude zurück, biege aber nicht in die Turnhalle ab, sondern husche durch den Pausenhofeingang und die verwaiste Schulkantine in den Seitentrakt. Beim Treppensteigen merke ich die Nacht und die Kopfschmerzen ungepuffert. Ich bin total dehydriert und muss zweimal kurz Pause machen. Vor der Brettertür vom Speicher baumelt wie immer das Vorhängeschloss, aber der Bolzen steckt nicht in der Halterung und lässt sich mit einem Ruck aufschieben. Ich betrete den Dachboden und taste mich vorwärts durch die Regalreihen mit alten Mappen und Ordnern. Über allem hängt der Geruch von Staub und muffigem Papier. Durch die Dachluken fällt das Licht in schrägen, milchgrauen Bahnen. Annikas Nische an der Rückseite des Schornsteingemäuers entdecke ich erst auf den zweiten Blick. Aus Tüchern hat sie sich ein kleines Zelt gebaut, einen Baldachin, vermutlich, um beim Schlafen gegen Staub geschützt zu sein. Drinnen liegen Kissen, Decken, eine Trinkflasche, halbvoll. Ich schraube sie auf, nippe ganz vorsichtig: Wasser, mit einem Rest von Kohlensäure. Sie wurde vor Kurzem erst aufgefüllt. Gierig trinke ich weiter, trinke aus und setze mich dann in Annikas Zelt, um mir vorzustellen, wie sie hier sitzt. Eine schöne Vorstellung, irgendwie.

Es ist erstaunlich still hier oben. Von der Schule, den Hunderten von Schülern unter mir höre ich nichts.

In einer Reihe unterhalb der Dachschräge stehen mehrere Schuhkartons in genau gleichen Abständen. Je näher ich sie mir ansehe, je weiter ich mich über sie beuge, desto eigenartiger riecht es nach Wodka und Chemie-Labor. Sie gehören sicher nicht hierher. Ich kann mir nur nicht erklären, was Annika darin aufbewahrt.

Als ich den Deckel öffne, kommt mir eine Spirituswolke entgegen. Die Taube in der Schachtel ist tot. Ihr Blick ist starr, die schwarze Pupille sendet nicht mehr. Der grau gefiederte, grünlichlila geschuppte Hals hängt schlaff und in einem unmöglichen Winkel über die Brust. Das Genick ist gebrochen. Ich öffne einen zweiten Schuhkarton – derselbe Geruch, dasselbe Bild. Nur jemand, der Annika und ihre Konsequenz nicht kennt, würde sich fragen, ob die nächste Schachtel auch ein Taubensarg ist. Sie hat hier oben einen Friedhof angelegt.

Woher die Kadaver stammen, ist nicht schwer zu erraten. Der Hausmeister führt seit Jahren Krieg gegen die Tauben auf dem Schulhof, den Traufen und Fenstersimsen. Vermutlich hat er sie vergiftet oder mit irgendeiner chemischen Keule betäubt und ihnen dann den Hals umgedreht. Oder der Geruch kommt daher, dass Annika die Tierleichen einbalsamiert hat, um ihnen ein Denkmal zu setzen.

Die Särge sind nicht mit Namen beschriftet. Doch auf den Deckeln liegt eine feine Schicht von Sand oder Asche, in die geschwungene, wellenförmige Ornamente gezeichnet wurden wie Hieroglyphen. Sie kommen mir seltsam bekannt vor. Doch ich muss zwei, drei Schritte zurücktreten, um erkennen zu können, dass es Teile eines Ganzen sind. Zusammen ergeben sie genau das Wort, das auf der Brettertür geschrieben steht: Maluna-Me. Annika muss viele Stunden hier oben zugebracht haben, um dieses Ritual zu vollziehen und die Totenmesse abzuhalten. Allmählich wird mir klar, dass der Speicher nicht ihr Versteck ist, sondern ihre Kirche, eine Kathedrale der toten Tiere. Und dass sie diesen Ort wegen des Lichts ausgesucht hat, das diesen Staub- und Ascheraum mit Kreuzbahnen durchzieht wie einen Dom.

In diesem Moment verstehe ich Annika vollkommen.

Dass sie dasteht und mir zusieht, bemerke ich erst, als ich mich umdrehe und wieder in ihre Nische setzen will. Schwer zu sagen, wie lange sie mich schon beobachtet. Annika bewegt sich kein bisschen, so als wäre sie selbst zu einem Altarbild oder einer Ikone erstarrt. Sie ist ganz in Schwarz gekleidet wie ich, aber bleich und abgemagert, soweit ich ihr Gesicht sehen kann. Das Licht kreuzt sich über ihrer Brust und den Ausbeulungen ihrer Hände, die sie in der Bauchtasche ihres Hoodies vergraben hat. Ihre Gesichtszüge liegen im Halbdunkel, von Schatten gezeichnet. Hohläugig schaut sie unter der Kapuze hervor. Sie sieht aus wie ein Mönch, ein Geist, wie ein Wesen, das lieber unsichtbar wäre. Ich weiß, dass es für sie eine Qual ist, angeschaut zu werden, aber sie ist das tote Mädchen, und ich kann den Blick nicht von ihr abwenden. Sie ist dem Tod näher, als ich es je war. Ein schwarzer Engel. Zum ersten Mal habe ich Angst vor ihr.

Von ihrem Lächeln, ihrer Güte – keine Spur.

Eine Weile stehen wir beide reglos da, stehen so voreinander, das tote Mädchen und ich, wobei mir klar ist, dass ich die Erste sein werde, die zuckt. Ich bin die verletzliche Seite des Spiegels. Doch es sind Annikas Hände, die anfangen, sich zu rühren. Ich muss mich versehen haben, denke ich zunächst noch, aber ihre Fäuste in der Vordertasche lockern sich tatsächlich. Einzelne Fingerglieder zeichnen sich hier und da unter dem Stoff ab, so als würden sie eine Streichholzschachtel öffnen oder ein Feuerzeug in Anschlag bringen. Erst jetzt kommt mir der Gedanke, dass die mit Spiritus vollgesogenen toten Tauben in ihren Kartons vielleicht gar nicht zur Mahnung und Warnung gedacht sind, sondern als Zünder für ihre Rache, für den Plan, die ganze Schule abzufackeln.

Ich will einen Schritt auf Annika zugehen, doch sie duckt sich unter zwei, drei Lichtbahnen hindurch und taucht ins Dunkel. Reflexartig stolpere ich hinter ihr her. Ich will sie gar nicht verjagen oder verfolgen, sondern eigentlich nur bei der Hand nehmen. Doch sie läuft vor mir weg, als wäre ich das tote Mädchen und nicht sie. Ich höre ihre Schritte auf der Treppe, so leichtfüßig und schnell, als würde sie kaum noch etwas wiegen und sich Stufe für Stufe in Luft auflösen. Sie macht fast kein Geräusch. Dann ist es ganz still.

Natürlich hat sie meine Gedanken gelesen, und dafür schäme ich mich – Annika ist die einzige Person, vor der ich mich schäme, selbst wenn ich recht haben sollte mit meinem Verdacht und sie die Schule in Brand stecken will.

Ich warte ein paar Minuten – Annika soll nicht denken, dass ich ihr nachspioniere. Dann taste ich mich vorsichtig durch die Regalreihen zum Ausgang, ziehe die Brettertür hinter mir zu und schiebe den Riegel so vor, dass er aussieht, als wäre er eingerastet. Einen Moment bleibe ich noch in der Hocke und schwöre mir und Annika, Annika und mir, niemandem etwas davon zu verraten, keiner Menschenseele. Auf Tod.

Langsam, eine Hand am Geländer, steige ich die Treppen im Seitentrakt hinab mit dem Gefühl, dass es brennen wird – das Holz, die Tapeten, Lampen, Kabel, alles. Wie schwer die Schule einmal gewesen ist, wie leicht sie sich auf einmal anfühlt im Angesicht des Endes. Rückblickend ist es fast ein bisschen schade um sie, aber rückblickend ist es um so ziemlich alles schade. Sogar die Schulkantine erscheint beim Abschied schön, auch wenn ich es kaum erwarten kann, sie brennen zu sehen, im Feuer der toten Tauben. Wie schön wird es erst, wenn die Gasflaschen unter dem Herd explodieren, der Plastikkanister neben der Fritteuse zerplatzt und das brodelnde Fett in der Hitze verzischt. Ich muss meine Eltern davor warnen, zu dem Gespräch zu gehen, durchzuckt es mich. Doch wie soll ich ihnen erklären, dass ich damit nicht mich retten will, sondern sie?

Die Luft auf dem Schulhof riecht anders in der Erwartung von Rauch. Zum ersten Mal nehme ich die Feuerwehr- und Rettungswege zur Kenntnis. Es sind zwei. Ohne jede Eile gehe ich noch einmal an der Turnhalle vorbei und umrunde die ganze Schule, ohne mich zu verstecken. Sie kann mir nichts, ist schon Geschichte, schon fast nicht mehr wahr. Ich will bloß noch Tschüs sagen, Tschüs zu allem und auch ein bisschen Lebewohl zu mir selbst und dem Mädchen, das ich einmal war.

Vor dem Haupteingang bleibe ich stehen und halte nach Malte Ausschau. Das lila Klapprad ist nicht mehr da. Aus irgendeinem Grund beruhigt mich das. Ich warte auf niemanden mehr, ich werde bei niemandem mitfahren, sondern die ganze Strecke zu Fuß gehen. Zum ersten Mal freue ich mich auf den Nachhauseweg und dass er so lang ist. Hinter mir beginnt die Vergangenheit.

Am Gehwegrand parkt ein Auto nach dem anderen, ein endlos langer, stiller Stau. Ich spiegele mich in den Scheiben, den Hochglanzkarosserien und habe das Gefühl, von Wagen zu Wagen eine andere zu werden. Mal bin ich Nina, mal Annika, mal jemand, den ich nicht kenne, aber nie ich. Sogar die Kopfschmerzen von gestern Nacht haben nichts mehr mit mir zu tun. Nichts tut mir weh.

Irgendwann erreiche ich die FuZo und lasse mich treiben. Es sind nicht viele Leute unterwegs, keine Ströme von Menschen. Doch leicht, wie ich bin, reicht die kleinste Bewegung, um mich weiterzuziehen, vorbei an Läden, Schaufenstern, Passagen. Mich wundert, dass ich nicht anhalten kann. In der Welt der analogen Probleme habe ich kein Geld dabei, keinen Ausweis, gar nichts. Meine Handtasche muss irgendwo bei Nina sein, bei ihr zu Hause oder im Auto. In ihren weiten Klamotten finde ich keinen Cent. Wenn ich zusammenbrechen würde, aus Mangel an Wasser und Elektrolyten, wäre ich namenlos. Niemand würde wissen, wer ich bin und wohin ich gehöre. Doch ich schlendere immer weiter, an dem Brunnen vorbei, an dem normalerweise die Alkis sitzen, mit denen Henk dealt. Die Bänke sind leer, Wasser ist abgestellt. Auch das Jahr geht dem Ende zu. Es sind die letzten Tage ohne Weihnachtsdekoration, die schöne tote Zeit.

Ich stoppe erst, als ich Tarek sehe – wenigstens glaube ich, dass er es ist, und Cem schräg hinter ihm. Sie stehen in einer kleinen Seitenstraße vor einem noch kleineren Laden, der aussieht wie ein

Computer-Shop oder Zocker-Hotspot – keine Ahnung, wie ich hierhergekommen bin, keine Ahnung, wie spät es ist. Ich weiß nur, dass ich den beiden nicht begegnen will, weil auch das vorbei ist. Cem verschwindet schnell wie ein Schatten im Ladeninneren. Tarek gibt den Aufpasser, bleibt auf der Schwelle stehen und guckt nach beiden Seiten, guckt in meine Richtung. Doch er erkennt mich nicht und schließt die Tür hinter sich.

Auf einmal habe ich es eilig, nach Hause zu kommen. Zwar verlaufe ich mich im Gewirr der Seitenstraßen und Hofeinfahrten. Doch auf Umwegen gelange ich zum Stadtring und von da aus zum ZOB. Die ersten zwei Stationen gehe ich zu Fuß – es nieselt und die Nässe macht die Straße laut. Dann steige ich in den Neuner und gehe an dem Busfahrer vorbei nach hinten. Niemand will eine Fahrkarte sehen. Ich bin ein schwarzer Engel und komme von einer Beerdigung. Das werde ich sagen, falls man mich fragt. Ich komme wirklich von einer Beerdigung.

Beim vorletzten Halt steige ich aus und setze mich auf die überdachte Wartebank mit der Tchibo-Werbung, schräg gegenüber von unserem Block. Als der Bus abfährt, habe ich freie Sicht auf die Haustür unten und die vorderen Fenster unserer Wohnung im vierten Stock, ganz außen ist das von Tarek und Cem. Nirgends brennt Licht, aber dafür dürfte es noch zu früh sein, auch wenn es sich anfühlt wie Abend und der Himmel verhangen ist und dunkel wie Rauch.

Natürlich könnte es sein, dass Tarek und Cem wieder zurück sind. Paps Auto kann ich nirgends entdecken, wahrscheinlich fährt er vom Büro direkt zum Elterngespräch in die Schule. Einen Moment frage ich mich, ob Nina-Vanessa mit Mam telefoniert und was die beiden wohl dazu sagen, dass ich verschwunden bin. Doch ich glaube nicht, dass sie mich suchen oder suchen lassen. Der

Siebener kommt und hält nur für mich. Ich könnte weiterfahren, raus aus der Stadt, und schlafen oder mich schlafend stellen während der Fahrt, winke aber ab.

Auf der anderen Straßenseite steht Frau Jablonsky, die Mieterin unter uns. Sie stellt ihre Einkäufe ab, kramt nach ihrem Schlüsselbund. Ich überquere die Fahrbahn und biete ihr meine Hilfe an. Im ersten Moment schaut sie erschrocken, als würde auch sie mich nicht erkennen. Doch ich lächle so lange, bis sie mir den Schlüssel gibt und sich entschuldigt, weil sie ihre Brille vergessen hat. Ich schließe die Haustür auf, nehme die Einkaufstaschen und trage ihr die Sachen in die Wohnung. Bei uns oben, im vierten Stock, scheint alles ruhig, keine Schritte, kein Fernsehen, keine Musik. Frau Jablonsky bedankt sich und öffnet ihr Portmonee, um mir Geld zu geben. Ich lehne dankend ab, ich bin kein Kind mehr. Im Zimmer nebenan höre ich ihren kranken Mann nach ihr rufen, seine klagende Stimme, er will wissen, mit wem sie spricht. Mit dem Engel über uns, sagt sie, der kleinen Bea Engelke.

Ich sage Auf Wiedersehen.

Kaum stehe ich wieder im Treppenhaus, fällt mir ein, dass die Jablonskys vielleicht einen Ersatzschlüssel für unsere Wohnung haben. Früher war dort immer einer deponiert. Doch gerade als ich noch einmal klopfen will, höre ich durch die Tür, wie Frau Jablonsky ihrem Mann zuruft, was für einen Schreck sie bekommen habe, weil ich so schlecht aussähe, so elend, ein so nettes Mädchen, und dann diese furchtbaren Jungs mit ihren Drogen, ihrem Getrampel nachts, ihrer lauten Musik! Und ich weiß auch nicht, aber anstatt mich über Frau Jablonsky aufzuregen oder sie auszulachen, gebe ich ihr plötzlich recht. Es ist wahr. Ich wünschte, ich hätte Tarek und Cem nie kennengelernt, nie in unsere Wohnung gelassen. Ich wünschte, ich könnte nach Hause kommen, zu mir.

Ohne mich bemerkbar zu machen, lasse ich den Arm wieder sinken und steige ein Stockwerk höher. Hinter unserer Tür ist es still, absolut still, kein Schweige-Geräusch, Ausgestorbenheit. Ich kenne diese Stille und weiß, wie sie sich anfühlt für das tote Mädchen auf der anderen Seite. Ich weiß, dass es da ist, ganz allein, und auf mich wartet, sehnsüchtig. Ich wünschte, ich wäre bei ihm.

Vielleicht ist es noch nicht zu spät.

Drinnen klingelt das Telefon, ein Mal, zwei Mal. Jetzt sitzt das Mädchen davor, schaut auf das Display und nimmt nicht ab, ich weiß es genau. Es klingelt sieben Mal. Dann höre ich mich, meine Kinderstimme, die Ansage auf dem Anrufbeantworter, die schon seit Jahren auf Band ist und die wir so lange vergessen haben zu erneuern, bis ich nicht mehr das Kind war, das spricht: Hallo, wir sind gerade nicht zu Hause, bitte hinterlasst uns eine Nachricht nach dem Piep. Tschü-hüs! – Es bleibt die einzige Stimme. Darauf folgt das Besetztzeichen. Doch ich brauche die Nummer auf dem Display nicht zu sehen, um zu wissen, dass es Nina-Vanessa war, auf der Suche nach meiner Mam.

Jeder, wirklich jeder wünscht sich ein Zuhause, wiederhole ich leise ihren Satz. Er kommt mir auf einmal so wahr vor, weil es fehlt: mir und dem toten Mädchen hinter der Tür. Endlich weiß ich, warum ich sterben will – was der eigentliche Grund ist. Ein Kindergrund, kinderleicht. Es gibt auf der Welt keinen Ort, an dem ich beschützt bin, und auch das tote Mädchen nicht. Es gibt keinen Frieden. Das ist es, was ich meinen Eltern vorwerfe. Sie haben zugelassen, dass Tarek und Cem bei uns eingezogen sind, sie haben mir nichts verboten und die beiden nicht einmal rausgeschmissen, als wir es immer wilder trieben. Wir konnten machen, was wir wollten. Das verzeihe ich ihnen nie.

Jetzt ist es zu spät. Ich denke an Annika, an Nina-Vanessa, an die Schule, Frau Höppner, Herrn Tretner, meine Eltern und das Gespräch, und ich weiß, dass es zu spät ist. Die Stille weiß es. Und das tote Mädchen weiß es auch.

Es gibt kein Zuhause, es wird nie mehr eins geben. Das Beste ist Erinnerung. Und alles, was dann kommt, soll brennen.

Ich kratze den Dreck von meinen Schuhsohlen und schreibe mit den Fingerspitzen auf die Wohnungstür: *Maluna-Me*.

¶

Fischer, Lennart

hi! hier ist leider nur auto-reply. dieser account war das ziel zahlreicher hassattacken und hackerangriffe und ist vorübergehend tot. weitere kontaktversuche werden nicht mehr bearbeitet. ich bitte um verständnis. in dringenden fällen wendet euch an den rest der welt. nach einer kleinen identitätspause bin ich wieder für euch da. bitte löscht diese nachricht after reading und stellt sicher, dass eure firewall auf dem neuesten stand ist und garantiert hass-proof, falls ihr noch an die liebe firewall glaubt. und vergesst nicht, leute, was auch immer passiert, nerdfighter never gives up!

bot bless u

Marylin (Netzname)

und was bist du? ich hoffe, kein hund. ich mag hunde an und für sich, weil sie töten können, aber sie stinken. und irgendwie habe ich nach jedem hundeklick das dringende bedürfnis, mich zu putzen. was ich ausgiebig tue, an meinen lieblingsstellen, aber manchmal habe ich auch was besseres vor. jedenfalls, wenn du kein hund bist und bitte kein kater mit amtierenden eiern und pinkelaroma: herzlich willkommen bei net-cat! willkommen in meinem blog, dem einzigen, in dem meinesgleichen nicht als »stubentiger« und »fellbällchen« diffamiert wird.

kurzer bericht der letzten 24 stunden (bringen wir's hinter uns): ich hatte eine grauenvolle nacht, was nichts besonderes ist, aber diese war besonders grauenvoll. entsprechend ist meine laune. ich bin zwar grundsätzlich nicht »gut drauf«, aber so schlecht zu sprechen wie heute bin sogar ich selten. aus verschiedenen gründen. zum einen fehlt mir von meinen sechzehn stunden schönheitsschlaf mehr als die hälfte, zum anderen habe ich dermaßen schlecht geträumt, dass schlafen noch anstrengender war als wachliegen. hinzu kommt, dass ich vergewaltigt wurde, von vorne bis hinten, was das anstrengendste war. aber der reihe nach.

eigentlich hatte ich mich gestern so richtig auf einen menschenfreien abend gefreut. nina, meine bessere hälfte, wollte ausgehen, was sie viel zu selten macht. sie hat dann immer ein schlechtes gewissen und stellt mir genug futter für drei tage hin, weshalb mein herz bei jedem abschied höher schlägt. sobald sie zur tür raus ist, fresse ich alles auf und habe dann so eine murmel, dass ich nicht mehr auf dem bauch liegen kann, sondern ihn seitlich ablegen muss, als hätte ich einen ganzen wurf kitten in der röhre. zum glück bin ich single und kastriert.

normalerweise gehe ich dann nahtlos in den schlummer-modus über. zwei stunden dösen vor dem einschlafen und zwei nach dem aufwachen gehören für mich einfach dazu. das verstehe ich unter lebensqualität, auch wenn nina mich für depressiv hält, weil ich unterm strich nur vier stunden pro tag bei vollem bewusstsein bin, meistens in der dämmerung. dabei kann ich nur sagen: wer die welt, wie sie ist, wach länger als vier stunden am stück erträgt, ist entweder innerlich abgestumpft oder wahrnehmungsgestört. beides trifft auf nina und ihre freundinnen zu (ich möchte nicht mit ihnen tauschen, nicht für alles futter der welt). sie sehen, hören, riechen, schmecken praktisch nichts und haben fast gar kein gefühl in den haaren. doch auf die idee, dass zwischen der intensität meiner wachheit und meinem schlafbedürfnis ein zusammenhang bestehen könnte, kommt nina nicht. stattdessen schleift sie mich zum katzen-analytiker.

gestern war ich nach dem überfressen eher unmüde (der magendruck war zu groß). also habe ich das dösen ein bisschen hinausgeschoben und erst noch meine mails gecheckt. (wenn ich vollgefressen bin, nehme ich immer meine buddha-identität an und rege mich über gar nichts auf.) die meisten persönlichen nachrichten lösche ich oder schicke mysteriöse emojis zurück mit uneindeutigen botschaften: dog face ohne augen, onanierende ameisen, aus eierschalen schlüpfende vogelleichen. auf diese weise bleibt man im gespräch. nicht dass ich großen wert darauf legen würde (die webcam an meinem laptop habe ich zugeklebt, ich brauche keine bühne). ich finde nur, das netz ist die möglichkeit für alle, ob tier, ob mensch, der welt ein bisschen was von dem müll zurückzugeben, mit dem sie uns auf die nerven geht.

eine weile habe ich charity gemacht und die neuesten kampagnen durchgescrollt, bis fast ganz nach unten. richtige burner waren nicht dabei. ich bin mehr zufällig hängen geblieben bei einer online-petition für straßenkatzen in kairo (»opfer des arabischen frühlings, von denen niemand spricht«) und hab einen halben pfotenabdruck zur unterstützung geschickt, fand das aber gleich nach dem absenden schäbig von mir und den organisatoren, dass sie den vorfahrenbonus ausbeuten für diesen cheesy one-world-appeal nach dem motto: alle katzen sind schwestern. mal im ernst, was habe ich, katze in deutschland, mit einer ägyptischen mau, black-smoke, zu tun, früher heilig, heute ohne obdach, wenn sie sowieso von einer model-agentur aus london-paris-mailand gecastet wurde, weil sie mit ihrer magersucht so schön verhungert aussieht zwischen den perfekt ausgeleuchteten studio-mülltonnen. im grunde kann man nur hoffen, dass die macher mit ihrem eiskalt berechneten solidaritäts-phishing nicht durchkommen und meinen halben pfotenabdruck gar nicht verwenden dürfen. falls sie es doch tun, verklage ich sie bei google oder so.

um auf andere gedanken zu kommen, bin ich noch ein bisschen durchs netz gesurft und auf den diät-seiten von healthy-cat-ltd. gelandet – ein echter freudscher versurfer. diäten lehne ich ab. diäten sind der tod! im gegensatz zu nina, meiner fitness-app, finde ich mich überhaupt nicht zu fett und verachte jede art von sport. ich brauche keine bewegung, um müde zu werden. und wenn nina nicht will, dass ich völlig verblöde, sollte sie mich damit in ruhe lassen. aber nein! sie glaubt, mir ein vorbild zu sein, und will mich regelmäßig zu aerobicartigen verrenkungen animieren, begleitet von 80er-jahre-musik und paramilitärischen kommandorufen. dabei muss ihr doch klar sein, dass es meiner intelligenz schadet, wenn ich die wenigen wachen minuten am tag damit verbringe, auf einem laufband vor mich hin zu traben, kratzbäume rauf- und runterzuklettern und mir im ballettspiegel beim transpirieren zuzugucken. sport ist hungern fürs gehirn.

trotzdem habe ich mich ein bisschen auf der healthy-cat-homepage umgesehen, wohl wissend, dass die mich fütternde hand von beständiger sorge geleitet wird, meine wirbelsäule könnte sich wegen dickbäuchigkeit so biegen, dass ich eines tages in zwei teile zerbreche oder mich mit den pfoten in meinem am boden schleifenden bauchfell verfange und selbst überrolle – mit tödlichen folgen. ich finde, es gibt schlimmere arten, aus dem leben zu scheiden (siehe ägypten). aber nina sieht das anders und ist dauergast bei allerlei ratgeberforen, wo selbsternannte katzenmamas zu schlagzeilen chatten wie: »hilfe, meine katze verdoppelt einmal im monat ihr körpergewicht!« sie kann gar nicht mehr normal einkaufen vor lauter panik, das falsche zu tun.

also habe ich haufenweise light-produkte in ihren warenkorb gepackt, alles eigentlich, was einigermaßen lecker aussah (wenn »light« draufsteht, fällt nina das kaufen leichter, und mir ist kalorienreduziertes katzenfutter auch recht, hauptsache, die menge stimmt): 40 x 50 gramm garnelen mit zucchini und traubenkernöl, 30 stangen halbfett-gänseleber-cream mit thymian und 25 x 25 gramm 100 % bio-chicken, skim-breast, luftgetrocknet, vakuumverpackt, alles zusammen im wert von 81,95 euro. so geht beute heute! und da es für bestellungen über 50 flocken ein gratis giveaway obendrauf gibt, bin ich noch kurz auf die präsent-seite und habe mir den räucherschinken schwarzwälderart mit speckrand ausgesucht, in der original geschenkbox, damit nina nicht sieht, was drin ist.

wir haben nämlich so ein ding am laufen, was schweinefleisch angeht, sie und ich. am liebsten würde nina eine vegetarierin aus mir machen (hauptmahlzeit: katzengras). aber da ich eigentlich nichts mag, was nicht blutet, beschränkt sie sich auf schweinefleisch als fresstabu. ich kann es wirklich nicht mehr hören! bei allem, was ich mir bestelle, die ständige frage: ist da schwein drin? ihr totschlag-argument lautet: in der natur essen katzen auch kein schwein. – was für ein vorwand ist das denn? erstens fehlt es nina offenbar an jeglicher fantasie für besondere jagdszenen, und zweitens reißen katzen in der natur auch keine hühner oder bringen gänse zur strecke, um sie bis auf die leber auszuweiden, ganz zu schweigen davon, dass wir nicht nach garnelen tauchen oder zucchini ernten.

mein analytiker glaubt übrigens, dass es sich um eine vorgeschobene diskussion handelt. für ihn geht es wie immer um sex. als überzeugter anhänger von dirty old freud kann er sich nicht vorstellen, dass es etwas wichtigeres gibt als das alte rein-raus-spielchen. aber er ist auch noch nie nachts in einer garage von einem stachelförmigen katerpenis penetriert worden, um am nächsten morgen mit schwerwiegenden äußeren wie inneren blutungen wieder aufzuwachen und sich zu fragen, ob das jetzt das erste Mal war, von dem alle reden.

es geht nicht um sex (hier irrte siggi), es geht um fortpflanzung. alles andere ist nur der werbeblock, und das schlimmste daran sind die gesichter. hast du dich schon mal gefragt, warum das dosenfutter aus fischabfällen genauso wie meine lieblingsleckerlis aus bedrohten tuna-beständen mit fake-faces von zufrieden grinsenden katzen verkauft werden statt mit dem fisch, der angeblich drin ist? man denkt erst, dass man glauben soll: du wirst diese schöne, elegante schwarze muschi und ein sexsymbol, indem du mich konsumierst. – aber das ist nebensächlich. jedes gesicht wirbt für sich selbst. jahrmillionen vor der erfindung des kapitalismus, am anfang der arten steht die idee des gesichts als primärer werbefläche. es ist die produktinfo zu deinen genen. mit unseren gesichtern laufen wir reklame für unser erbgut und versenden die botschaft: na, wie wär's mit uns beiden? möchtest du deine dna mit meiner kreuzen? schau mich an: so schöne katzenohren, augen und schnurrhaare könnte dein nachwuchs bekommen!

wer einmal erkannt hat, wie gesichter wirklich funktionieren, dem erscheint das ganze gelächel, geblinzel und schöngetue

1.) verlogen
2.) obszön
3.) austauschbar!

gesichter sind sexmasken, die uns die natur zu werbezwecken vor die seele schnallt. verglichen damit ist jeder rectalshot auf u-porn ein muster an wahrhaftigkeit. seinen hintern kann man nicht verstellen. von sämtlichen körperöffnungen ist der analbereich mit abstand der ehrlichste. insofern möchte ich all den hart arbeitenden katzendamen danken, die ihre hochgereckte rückseite in die kamera halten. bei ihnen weiß man wenigstens, woran man ist. (so bald wie möglich wechsle ich von facebook zu arsebook. leider hat es noch keiner erfunden.) nicht, dass ich an hinterteilen sonderlich interessiert wäre oder eins von ihnen näher kennenlernen möchte, außer vielleicht das von der kleinen glückskatze mit dem schildpattmuster, den rotbraunen tupfern an den flanken und dem kopf, der nicht zu sehen war. doch auch sie will ich nicht haben, ich *wäre* sie gern.

im grunde wollte ich nie sex, ich wollte immer nur jemand anders sein.

doch der abend war mittlerweile weit fortgeschritten und meine bettschwere auch. zum abschluss wollte ich noch mal zurückklicken auf das hübsche foto vom schwarzwälder schinken, um etwas zu haben, wovon ich träumen kann (auch wenn ich meinen analytiker schon hören konnte, von wegen orale befriedigung und dass essen und sex im grunde dasselbe sind, was absolut nicht stimmt, weil wenn essen sex wäre, würde mir abnehmen leichtfallen). aber meine pfoten waren so schwer, ich habe sie nicht mehr auf maushöhe hochbekommen und bin weggedriftet, kopf auf dem keyboard. dummerweise habe ich mir die schnurrhaare in der returntaste geklemmt. und noch dümmererweise war ich zu faul, aufzustehen und mich richtig ins bett zu legen, sonst hätte ich sicher besser geschlafen und vielleicht gar nicht geträumt. doch komatös, wie ich war, bin ich auf der tastatur liegen geblieben und habe den klemm-schmerz meiner schnurrhaare in traumbilder umgewandelt, um bloß nicht aufwachen zu müssen (wobei ich gleich wusste, dass es ein albtraum werden würde – schöne träume fangen eigentlich immer ganz freudianisch damit an, dass ich jemanden zerstückele). allerdings ist meinem u-bewusstsein auch nichts originelleres eingefallen, als mich zum tausendsten mal meine geburt durchleben zu lassen.

los ging es wie immer im mutterbauch mit verschwommenen hell-dunkel-kontrasten, fruchtblasenblass und gebärmutterschwarz. dann wurde ich mittels dickdarmartiger kontraktionen durch eine astlochgroße öffnung gepresst – es war ein verdammt kleines astloch, und das ziepen meiner schnurrhaare beim austritt war noch das geringste problem. anschließend wurde ich von unten bis oben abgeleckt, und obwohl meine augen fest verklebt und verschlossen waren, sah ich es genau vor mir: die zunge meiner mutter auf meinem fell, diesen warmen, rauen rosa lappen, wie er mir im nacken herumfuhr, im gesicht, wieder und wieder. es konnte sich nur um die zunge meiner mutter handeln, mein vater war bei der geburt nicht dabei (kein kater wäre auf die idee gekommen damals, zu meiner zeit). doch die zunge war erstaunlich lang und phallisch irgendwie, so schwengelartig schwung- und machtvoll. und ich weiß noch, wie ich beim träumen dachte: jetzt bitte keine inzestszene, freud, ehrlich, du nervst! doch zum glück ging der traum nicht weiter richtung penetration. der zungenpenis hörte zwar nicht auf, über mein fell zu reiben und zu rubbeln, rauf und runter, hin und her, aber er drang nicht in mich ein, sondern machte vielmehr einen launischen bogen um meine löcher. und obwohl ich noch keine viertelstunde auf der welt war, entspannte und erleichterte mich das, vor allen dingen meinen darm, wie ich zu spät bemerkte, also eigentlich erst, als er sich ohne vorwarnung entleerte und einen – im verhältnis zu meiner körpergröße – riesigen haufen machte (ich war ja noch ein halber embryo). und ich dachte im träumen: vielleicht ist das die nachgeburt, so kurz nach der geburt, womit ich danebenlag. die nachgeburt ist der mutterkuchen, und ein kuchen war das, was ich da hervorgebracht hatte, nun leider überhaupt nicht, sondern, vornehm ausgedrückt, katzendreck, oder wie man in deinem fall sagen würde, falls du ein mensch bist: kindspech – »pech«, schätze ich, weil es so schwarz ist und flüssig, und nicht etwa, weil es das gegenteil von glück wäre. vielleicht hätte ich mich dafür weniger geschämt. aber ich schämte mich furchtbar für die verunreinigung, katzen sind reinliche tiere, die idee ist uns angeboren. doch als wäre das nicht schlimm genug, hörte ich wieder diese leck- und schleckgeräusche, nur weiter hinter mir. und ohne mich umzudrehen, wusste ich auf einmal: die zunge meiner mutter macht sich jetzt über den haufen her! immer lauter und deutlicher verwandelte sich das lecken und schlecken in ein schlürfen, was nicht nur auf einen vergleichsweise flüssigen stuhl hindeutete, sondern auch darauf, dass mama den letzten rest meiner ausscheidungen förmlich einsaugte.

darüber konnte ich mich nicht beruhigen, auch wenn ich (vermutlich aufgrund der unbequemen lage) wie neben mir schlief und meinem schäm-ich gut zuredete, dass so etwas für katzenmamas völlig normal ist. sie lecken den kot ihrer kitten auf, kein ding, alle katzenmamas tun das. im übrigen handelt es sich um stillstuhl, also für mama eigentlich kein fremder shit. alles in dir, deinem baby-darm, ist aus ihr gekommen und kehrt auf diesem wege wieder in sie zurück, ein geschlossener kreislauf, saubere sache, sagte ich mir, wobei ich meinen analytiker schon hören konnte: mutter-tochter-symbiose, fehlende abnabelung, regression!

an meinem schäm-ich ging das spurlos vorüber, beides, trost und analyse. es (mein ich) schämte sich weiter und wäre am liebsten im erdboden oder einer anderen identität versunken, während meine mutter still und tapfer meinen haufen aß. es war furchtbar. mama tat mir so leid, weil sie mich bekommen hatte. ich verstand einfach nicht, warum ausgerechnet ich die geburt überleben musste, warum ich auf der welt war und die anderen nicht – meine geschwister waren alle tot und lagen leblos im körbchen verteilt (kein schöner traum, trotzdem). auch sie wurden nach und nach abgeleckt, aber sie schissen nicht. und ich wünschte, ich wäre wie sie gestorben, noch vor dem ersten atemzug. ich hätte so gern mit meinen toten geschwistern die körper getauscht, weil klar war: mama würde mir das nie verzeihen.

doch auch im traum half alles wünschen nichts. ich blieb am leben und schlug als einziges von vier kitten die augen auf (daran erkannte ich den unrealistischen teil, weil meine lider ja völlig verklebt waren und ich in dem alter hätte blind sein müssen). was ich sah, war ein riesiges zimmer in einem – im verhältnis zu meiner körpergroße – riesigen haus, in dem außer mir niemand lebte. ich war allein, mutterseelenallein, dafür hat jedes neugeborene einen sechsten sinn. und ich wusste auch, dass es meine schuld war und mama recht hatte, mich zu verlassen, anstatt sich um meinen dreck zu kümmern. und ich dachte nur, dass es gelogen ist, so eine lüge, wenn man sagt: mutter natur. die natur ist keine mutter, sondern ein mütterfeindliches programm, von fortpflanzungsfaschisten geschrieben, mit nichts als vermehrung im sinn. weil wenn die natur eine mutter wäre, würde sie mama niemals zwingen, meine scheiße zu fressen. kein wunder, dass sie weg ist und nicht wiederkommt. schließlich hat sie nur dieses eine leben, und was soll sie mich großziehen und immer noch größere scheißeberge fressen, nur damit ich sie lebenslänglich an meine toten geschwister erinnere?

im grunde war mit der geburt schon alles verpfuscht, mein leben und das meiner mutter. ihr blieb nichts anderes übrig, als zu gehen, und mir nichts anderes, als zu weinen. kaum zu glauben, dass ich es schon konnte, so kurz nach der geburt, aber weinen, glaube ich, gehört zu den wenigen dingen, die man nicht lernen muss. das hat die natur so eingerichtet in ihrer weitblickenden grausamkeit. also weinte ich – im traum, aber auch wirklich – nicht meinetwegen, sondern weil meine mama es so schwer haben würde mit mir und ohne mich, nachdem es mich nun einmal gab. ich saß da und ließ den tränen freien lauf, auch wenn ich schon wieder etwas fallen gelassen hatte, aber das war mir egal. ich blieb in meinem kindspech sitzen (das vielleicht doch das gegenteil von glück war) und weinte mit geschlossenen augen, bis der kleber sich gelöst hatte und ich sie öffnen konnte, ganz leicht, aber diesmal real, total realistisch. ich hätte schwören können, dass ich wach war und sehen konnte, was ich sah.

auf einmal lag ich im bett und war überhaupt nicht allein. es war auch kein im verhältnis zu meiner körpergröße riesiger raum, sondern ziemlich eng. es war furchtbar. das bett war voll, und ich lag eingequetscht zwischen fetten schenkeln und dachte nur (mein traum-ich und mein wach-ich dachten es beide): verdammt, das darf doch nicht wahr sein! jetzt geht das alles wieder von vorne los!

ich machte einen ersten vergeblichen versuch, mich aus der umklammerung dieser fettschenkel zu befreien, und hörte ein schreckliches lachen. ich machte noch einen zweiten versuch und einen dritten. doch je heftiger ich strampelte, desto tiefer versank ich im schenkelfett. gleichzeitig wurde das lachen immer lauter, durchdringender. die schenkel, zwischen denen ich feststeckte, bebten. alles vibrierte vor lachen, und ich vibrierte mit, sodass mir hören und sehen vergingen. das einzige, was mir in den ohren klang – außer dem lachen –, war mein analytiker, der sich in einer art voiceover über meine fixierungen aufregte und sagte, dass es ihm endgültig reiche, weil ich in diesem leben wohl nicht mehr über meine geburt hinwegkäme und meine mutterbindung mit ins grab nehmen würde! dabei war mama gar nicht da. sie hatte mich schon lang verlassen. ich war ja im realismus angekommen, und das, was in diesem bett vor sich ging, hatte mit geburt nichts zu tun – ich musste es wissen, schließlich hatte ich sie schon tausendundeinmal durchlebt. insofern verspürte ich das dringende bedürfnis, nein zu sagen und den kopf zu schütteln (was zwischen den schenkeln schwierig war): nein, mr. shrink, fehldiagnose, das hier ist nicht meine geburt, es ist der letzte sex meines lebens, sehen sie das denn nicht? und was für ein analytiker sind sie, wenn sie nicht mal eine vergewaltigung (+ strangulation + sextod) von einer geburtsfantasie unterscheiden können?!

leider brachte ich keinen ton hervor. ich kämpfte ja zur selben zeit gegen die mächtigkeit dieser schenkel. das fett quoll mir in bindegewebsschwacher fülle entgegen, sodass ich es nicht wagte, meine schnauze mehr als einen spaltbreit zu öffnen, aus angst zu ersticken. und wie um meinen schlimmsten befürchtungen recht zu geben, kitzelten mich auf einmal haare an der nase, drahtige, spirallockige, krisselige härchen. ich sah mich einem gewaltigen schambusch gegenüber, einer urwaldartigen schambehaarung, und musste der tatsache ins auge sehen, dass ich mich die ganze zeit in die falsche richtung vorgearbeitet hatte: rein, nicht raus.

das gelächter ruckte und zuckte gewaltig, zog meinen kopf immer weiter in sich hinein und drohte, mich vollends zu verschlingen. hektisch versuchte ich zurückzurudern und sträubte mich mit letzter kraft. doch das kitzelte den fettberg nur noch mehr. ja, das beben tat das unvorstellbare und nahm zu, steigerte sich zu hemmungslosen lachschreien, lustschluchzern, seufzsalven. ich wollte mich schon in mein schicksal ergeben und jede gegenwehr einstellen, da wurde es auf einmal warm. eine unwahrscheinlich wohlige wärme breitete sich aus, überall um mich herum, drang durch mein fell, kribbelte auf und unter der haut. ein bisschen fühlte es sich an wie der orgasmus, den ich nie gehabt habe. nur kam diese prickelnde wärme nicht aus mir, aus meiner mitte, sondern von oben, von außen, aus derselben richtung wie die stimme, die auf einmal aufkreischte, in einem kiekser wilder belustigung: natursekt! worauf das fetteste gelächter ever folgte, befeuert von diesem wort oder wortwitz, den ich nicht ganz verstand: natursekt, natursekt, kreisch, kreisch! fast hätte ich mitgelacht vor lauter wärme und wackelei. doch es kühlte merklich ab. mein fell wurde kalt, nasskalt. ich spürte eine gewisse schärfe oder säure auf der haut, und endlich ging mir ein licht auf. der fettberg hatte mich vollgepisst.

der rest der geschichte ist schnell erzählt. klitschnass von oben bis unten gelang mir eine drehung um 180 grad – vielleicht war ich durch die natursekt-dusche glitschig genug, vielleicht hatte der schenkeldruck auch nachgelassen. jedenfalls kehrte ich dem delta des schreckens den steiß, paddelte und flutschte ins freie und kam auf dem flokati-bettvorleger in ninas mädchenzimmer zum stehen, wo ich mich immerzu schüttelte, hauptsächlich vor ekel. effektiv flogen nur wenige tropfen von mir ab. mein fell hatte sich vollgesogen mit »russen-urin«, wie ich es labelte wegen der wodkanote und den hochprozentigen alkoholrückständen. einmal mehr verfluchte ich die reinlichkeit meiner art, die mich nötigen wollte, mein fell abzulecken. es kostete viel überwindung, zumal eine erste geschmacksinspektion erhöhte zucker- und insulin-werte ergab sowie große mengen von fettschwitze, was mir nicht gut bekommt, da ich selbst diabetisch bin.

nach dem willen meiner peinigerin (laut urin- und gesichtscheck: nicht nina!) war der albtraum dieser nacht keineswegs zu ende. ich hatte gerade die gröbsten pinkelflecken aus meinem fell entfernt, da packten mich zwei speckige hände (nicht ninas), umklammerten meinen unterleib und wollten mich offensichtlich wieder ins fett-bett zurückstopfen. ich wehrte mich mit klauen und zähnen, streckte alle viere von mir und schlug nach nicht-ninas händen, handgelenken, unterarmen. leider waren auch sie gut gepolstert. ich erwischte nur hautfetzen und fettgewebe, aber kaum fleisch und blut. viel zu früh wurde ich wieder fallen gelassen (dabei wollte ich mich gar nicht befreien, sondern nur größtmöglichen schaden anrichten). ich landete auf meinen pfoten an ziemlich genau derselben stelle auf dem flokati wie vorher und wusste mir nach diesem rache-interruptus nicht anders zu helfen, als auf den am boden liegenden kleiderhaufen zu klettern. oben angekommen verrichtete ich meine notdurft, hinterließ aber nur ein – im verhältnis zu meiner körpergröße – kümmerliches häufchen.

dann ging ich duschen. ich duschte sehr lange.

später suchte ich mir ein plätzchen in sicherem abstand von der schenkelfrau und putzte mich im detail zwischen den krallen – dort, wo kein duschkopf hinkommt. wie zum trost stieß ich doch noch auf spuren von blut. im mix damit gingen sogar die rückstände von russen-urin gut runter, wobei mit blut eigentlich alles geht. was mich zu dem diätthema vom vorabend zurückbrachte und der frage: ist das schweinefleischtabu nicht letzten endes ein verkapptes menschenfleischverzehrverbot? und wenn ja (also mit an sicherheit grenzender wahrscheinlichkeit): ist das der grund, warum ich schwein so liebe?

doch ich hatte gesagt, dass der rest schnell erzählt sei, und das ist er auch. es passierte nicht mehr viel. ich blinzelte ein paarmal in zeitlupe, döste für eine sekunde – pling! –, da waren nina und die schweineblutfrau von der bildfläche verschwunden. die futterlieferung ließ weiter auf sich warten, weshalb ich in den nächsten stunden ein paarmal unruhig mein gewicht verlagerte. anschließend ging ich ins netz und vertrieb mir die zeit damit, unter verschiedenen identitäten (auch ninas) vernichtend miese bewertungen für healthy-cat und seine logistikpartner zu schreiben. ich war gerade fertig und machte ein nickerchen auf der returntaste, da wurde ich unsanft vom dhl-mann geweckt – oder war es hermes? jedenfalls gab ich kein trinkgeld und nur einen anfechtbaren halben pfotenabdruck als unterschrift. an schlaf war nicht mehr zu denken. aber immerhin hatte ich das paket.

es war seltsam. eigentlich schien die welt jetzt in ordnung. ich war wie immer allein zu haus, voll versorgt und ohne feinde. doch kaum war die tür ins schloss gefallen, fühlte ich mich verloren –

wie auf dem grund von etwas ganz tiefem. das zimmer, mein bett, alles kam mir riesig vor. und ich kann gar nicht sagen, was ich eigentlich wollte, ob es nun darum ging, die leere um mich herum zu füllen oder lieber gar keinen körper mehr zu haben, keine rundungen, geschlechtsmerkmale und vor allem kein gesicht. jedenfalls beschloss ich, mich nicht mehr vom fleck zu rühren und einfach immer weiter zu fressen, während meine u&i-drohne mich filmt und filtert und in eine andere oberfläche verwandelt, eine glückskatze mit schildpattmuster und rotbraunem fell an den flanken. wenn du willst, darfst du jetzt gucken. klick *mich* hier. oder lass es. ich finde jedenfalls, ich sehe gut aus (ohne face). für meinen hintern habe ich sogar einen like mit vier herzchen bekommen und um 18.13 h ein kompliment auf twitter:

glückskater, red cats sind gut gegen feuer

was stimmt. ich hab das gegoogelt. das rote glücksfell hält feuer vom haus fern. nur dass es keine »glückskater« gibt. bloß weibchen bekommen diese dreifarbige zeichnung, genetisch bedingt. aber ich glaube, ich weiß schon, wer mir das geschickt hat. oder ist es von dir?

¶

Messkamp, Annika

Bitte entschuldigen Sie, dass ich nicht weiß, wie man Abschiedsbriefe schreibt. Es ist mein erster. Und er ist an Sie.

Liebe Frau Höppner,

ich hoffe, es geht Ihnen – den Umständen entsprechend – gut, aber Sie hätten uns das sagen müssen mit dem Krebs. Ich dachte, das lernt man in der Krebstherapie, dass man offen und ehrlich mit seiner Krankheit umgeht. Natürlich können wir nicht wirklich etwas für Sie tun, und auf unser Mitgefühl verzichten Sie anscheinend lieber. Das ist Ihre Entscheidung. Aber ich finde, wir als Ihre Klasse haben ein Recht zu wissen, dass Sie krank sind. So viel hätten Sie uns zutrauen können, dass wir darauf Rücksicht nehmen und Sie in Ruhe lassen, wenn Sie das wünschen. Wir sind Ihre Schüler. Ein bisschen was haben Sie uns beigebracht. Vielleicht wissen Sie das gar nicht. Das ist ein Grund, warum ich Ihnen schreibe, auch wenn Sie im Moment vermutlich andere Probleme haben. Sie sind der einzige Mensch, dem ich vertraue, sonst vertraue ich nur Tieren. Aber Sie sind meine Vertrauenslehrerin, immer gewesen, und Sie bleiben es, auch wenn Sie uns verlassen. Von Ihnen habe ich Vertrauen gelernt.

Wer weiß, was sein wird, wenn Sie diesen Brief erhalten. Wenn Sie diese Zeilen lesen. Vielleicht ist dann alles ganz anders, vielleicht ist dann schon vieles wieder gut.

Ich bete für Sie, jeden Morgen, jeden Mittag, jeden Abend, und bitte den Gott der Tiere und Menschen, dass er Ihnen hilft, den Krebs zu besiegen. (Typisch, dass wir von »Krebs« sprechen! Als wären Tiere die Täter und wir die Opfer.) Ich hoffe, der Tumor wurde rechtzeitig erkannt und hat nicht gestreut und Sie können Ihre Brust behalten, einen Teil davon. Das hoffe ich sehr. Vielleicht hilft es, das zu wissen. Ich vermisse Sie.

Der andere Grund, warum ich Ihnen schreibe, ist mein kleiner Bruder. Er hatte einen Unfall. Wir haben es niemandem gesagt, unseren Eltern nicht, nicht einmal unserem Hausarzt. Das war kein Entschluss oder »Schwur«, es war klar in dem Moment, als es passierte – kein Sterbenswort! Sie verstehen das sicher, Frau Höppner, wer, wenn nicht Sie? Aber jetzt geht es nicht mehr.

Es war auf dem Schulweg an keinem besonderen Tag im November. Wir nennen das »die Zeit der Igel«. Es gibt viele Igel dieses Jahr. Wenn die Nächte kühler werden, gehen sie ein letztes Mal auf Futtersuche, fressen sich noch etwas Winterspeck an und ziehen sich dann in ihr Quartier zurück, in die Laubhügel unter den Hecken, die Komposthaufen und Feuerholzstapel. Viele werden überfahren. Am Tag davor hatten wir zwei beerdigt, Jules und Jim. Wie in dem Film. Ich habe ihn nie gesehen und Malte, mein Bruder, erst recht nicht. Keine Ahnung, woher er die Namen kennt. Sie lagen bei der Totentaufe plötzlich in der Luft. Ich finde, es klingt nach Freundschaft: Jules und Jim. So heißen Freunde fürs Leben – auch wenn sie an ganz verschiedenen Stellen getötet wurden, auf ganz verschiedenen Straßen. Vermutlich kannten sie sich gar nicht. Aber sie haben ihren Tod gemeinsam.

Was nicht erklärt, warum Malte vors Auto gerannt ist, am nächsten Morgen auf dem Schulweg.

Es war alles ganz normal. Wir sind rechtzeitig losgefahren, eher zu früh als zu spät, er mit meinem alten lila Klapprad brav hinter mir her, wie immer. Die Nacht war kühl und feucht gewesen, es hatte ein bisschen geregnet. Doch es gab keinen Nebel, nur einen feinen Dunstschleier. Die Sicht war deswegen nicht schlechter. Man konnte sogar die Luft sehen, die Zwischenräume zwischen den Häusern und Dingen.

Auf halbem Weg etwa kam die Stelle, an der Jules gestorben war – an Jims Unfallort waren wir schon vorbei. Plötzlich hörte ich hinter mir die Klingel meines alten Klapprads, mehr ein Dengeln als Klingeln, so ein schwingender Ton. Irgendwie muss es sehr still gewesen sein, trotz der Straße. Ich bremste sofort und sah mich um. Doch mein Bruder war nicht gestürzt. Nur der Lenker war unten aufgeschlagen und die Klingelhaube schwang hin und her, während Malte dastand, das Fahrrad zu seinen Füßen. Er starrte auf die Straße, als wäre dieser hohe Glockenton gar nicht wirklich, sondern nur in seinem Kopf. Und er sagte ganz leise: Ich habe den Hund gesehen.

Dann ging er. Er lief nicht schnell, gar nicht, sondern ging Schritt für Schritt über den linken Fahrbahnstreifen bis zu den weißen Strichen in der Mitte. Ich dachte, er würde stehen bleiben und das Auto abwarten, das aus der Gegenrichtung kam. Und der Fahrer des Autos – die Fahrerin – dachte das auch.

Natürlich war da kein Hund, auch nicht der Geist eines Hundes oder sonst irgendein Nebeltier. Dafür gab es nicht Nebel genug.

Das Auto, das einzige in diesem Moment, verlangsamte, als es näher kam. Die Fahrerin war vom Gas gegangen. Ich konnte sie hinter den Scheiben nicht genau erkennen, aber ich spürte ihre Angst, so eine Art Angstwiderstand. Deswegen fuhr sie Zeitlupe, auch wenn es aussah, als würde er stehen bleiben, dieser schmächtige Junge mit den hängenden Schultern, mein Bruder. Er stand tatsächlich still, mitten auf der Straße, aber so, als würde er warten. Und er wartete ja auch. Dann, als sie fast auf seiner Höhe war, machte er den nächsten Schritt.

Malte ist nicht vors Auto gerannt, sondern gegangen. Der Aufprall war lautlos. Stoßstange und Kühler trafen ihn am Bein, das einknickte, und weiter oben an der Hüfte. Sein Körper wankte vor und zurück. Er fiel, ohne die Hände vorzustrecken, seine Arme wirbelten nur so herum. Ich konnte sein Gesicht nicht sehen, aber ich wusste, er hatte die Augen auf. Malte lag da vor dem Auto mit dem Hinterkopf auf dem nassen Asphalt, die Augen offen, und guckte in den Himmel, als wäre der Hund in den Wolken.

Seinen Helm hatte er vorher abgenommen und auf den Gepäckträger geklemmt.

Die Frau saß regungslos hinterm Steuer. Sie stieg erst aus, als Malte wieder aufgestanden war und zu seinem Fahrrad zurückging, von dem sie nicht wissen konnte, dass es eigentlich meins war, mein altes lila Klapprad. Totenbleich erschien ihr Gesicht über der halb offenen Autotür, an der sie sich festhielt. Was ihm denn einfiele und ob er verletzt sei, rief sie ihm nach, mehr verwundert als wütend. Doch Malte sagte nichts. Er setzte seinen Helm wieder auf und fuhr weiter zur Schule, als wäre nichts gewesen.

Er fuhr jetzt vor mir, sonst war alles wie immer. Vielleicht schlingerte Malte etwas mehr, wenn er in die Pedalen trat, aber das lag auch an dem zu kleinen Fahrrad. Er hielt vor der roten Ampel und streckte die Hand aus, um anzuzeigen, dass er abbiegen wollte, ganz korrekt – ihm war wirklich nichts anzumerken. Nur dass er ziemlich schnell fuhr. Ich musste mich ranhalten, um den Anschluss nicht zu verlieren, und ermahnte ihn immer wieder, nicht so zu hetzen, wir waren gut in der Zeit. Doch Malte beeilte sich nicht, er floh. In einer sehr wahren Bedeutung des Wortes begingen wir beide Fahrerflucht. Etwas saß uns im Nacken, eine Angst oder Schuld, die uns jagte. Erst nachdem wir einigermaßen Strecke gemacht hatten, wurde mir klar, dass wir uns um das eigentliche Opfer nicht gekümmert hatten, anders als bei allen Tieren auf dem Weg. Wir hatten die Frau sich selbst überlassen.

Ich beschloss, umzukehren und nach ihr zu sehen. Meinem Bruder rief ich zu, er solle nicht auf mich warten, sondern sein Fahrrad abstellen und sich gleich in den Klassenraum setzen. Ob er zugehört hat, weiß ich nicht. Ich dachte an die Frau, ihren Schrecken, ihre Totenblässe, und ich fühlte, dass ich nichts für sie getan hatte. Irgendwie erinnerte mich das an Sie.

Auf dem Weg zurück kamen die Bilder wieder. Ich sah alles noch einmal vor mir, den ganzen Unfall, der kein Unfall war: Malte, wie er den Schritt vor das Auto machte, wie er mit den Armen schlenkerte und seine Hände so seltsam bewegte, statt sich abzustützen. Vielleicht stand ich unter Schock, ziemlich sicher sogar. Doch in der Erinnerung schien es mir, als wenn er mit den Fingern Zeichen machte. Und plötzlich wusste ich, bei wem ich das schon mal gesehen hatte – Stanko! Sie erinnern sich doch an Stanko? Erst jetzt verstand ich, wen Malte gemeint hatte, als er auf die Straße lief: nicht unseren Studentenhund, der sich selbst zu Grabe getragen hatte und schon lange fort war, sondern Stankos Hund.

Davon haben Sie gehört, oder, Frau Höppner? Dass Stanko seinen Hund suchen gegangen ist in Bosnien?

An der Unfallstelle lief der Berufsverkehr wie immer, keine Spur von der Frau oder der Polizei, nicht der geringste Hinweis, dass sie dort gewesen war. Ich weiß nicht, was ich erwartet hatte, Blaulicht, Absperrbänder, Kreidemarkierungen auf der Fahrbahn – ich war fast ein bisschen enttäuscht, dass sich alles in Luft aufgelöst hatte. Doch es wollte sich kein Gefühl der Erleichterung einstellen.

Was hatte Malte mit Stanko zu tun?

Die Fingerzeichen brachten mich auf die Idee mit Stankos Speicher. Diesmal hatte ich es wirklich eilig, zur Schule zu kommen. Der Unterricht war schon in vollem Gange, als ich mein Fahrrad abstellte. (Sie müssen denken, dass ich ständig zu spät komme, aber das geht Sie jetzt ja nichts mehr an.) Malte saß natürlich nicht auf seinem Platz – das hatte ich im Vorbeigehen durchs Fenster gesehen. Auch auf dem Schulhof war er nicht. Doch das bestätigte nur meinen Verdacht. Oben unter dem Dach befand sich Stankos Reich und das von seinen Tauben oder »Malunas«, wie er sie nannte. Das war ein offenes Geheimnis, auch wenn sich niemand weiter hinaufwagte als bis zu der Brettertür mit ihren Flüchen und Formeln. Aber Stanko war weg, und vermutlich versteckte sich Malte dort schon seit einiger Zeit. Seitdem wir beide Igel waren.

An dieser Stelle muss ich, glaube ich, eine kurze Erklärung einschieben, Frau Höppner. Wir konnten leider nicht länger bei unseren Eltern bleiben. Das wird Sie kaum überraschen. Sie wissen ja, wie schwierig es bei uns zu Hause war (ich will Sie damit nicht weiter belasten), aber ich sage »war«, weil es zuletzt nicht mehr ging und Malte und ich abgehauen sind. So gesehen, stimmt es nicht ganz, dass dies hier mein erster Abschiedsbrief ist. Ich habe meinem Vater geschrieben, dass ich der Polizei und dem Jugendamt die Wahrheit sagen werde, wenn er uns als vermisst meldet und suchen lässt. Den Brief habe ich auf den Küchentisch gelegt, Blickrichtung Friedhof. Drohungen sind die einzige Sprache, die er versteht. Das klingt nach einem gewaltigen Schritt, aber so ist es nicht. Ich habe die ganze Zeit schon für Malte gesorgt. Bloß, dass wir jetzt keine Küche mehr haben, keine Waschmaschine und all das. Deswegen muss ich manchmal während der Schulzeit Dinge erledigen, Einkaufen oder Geldverdienen, nur das Nötigste. Wir brauchen nicht viel. Wir sind in den Wald gezogen, Malte und ich. Wir sind Igel, wie gesagt.

Ich hätte früher darauf kommen müssen, dass sich mein Bruder in Stankos Speicher eine Nische sucht, jetzt, wo die Nächte kälter werden. Da oben ist es warm und trocken, was man vom Wald nicht gerade behaupten kann. Ein paarmal schon hatte ich Malte nicht in seiner Klasse angetroffen (natürlich achte ich darauf, dass er so viel wie möglich am Unterricht teilnimmt). Aber ein bisschen Einigeln schadet nicht. Der Igel ist eines der ältesten Säugetiere der Welt, wussten Sie das? Seine Überlebensstrategie hat sich über Millionen von Jahren bewährt. Und er wird auch noch da sein, wenn es schon lange keine Autos und Menschen mehr gibt. Das gilt natürlich nicht für Jules und Jim.

Als Nächstes bin ich die Treppe vom Seitentrakt hochgestiegen. Die Brettertür mit Stankos Fluchzeichen stand halb offen. Der Bann hatte seine Kraft verloren. Ich huschte über die Schwelle. Auf dem Speicher war es dunkel bis auf die Lichtbalken, die sich unter den Dachluken links und rechts kreuzten. Malte war nicht zu sehen, aber er musste hier irgendwo sein. Der ganze Dachboden roch nach dem Brennspiritus, den wir zum Feueranzünden brauchten. Das Holz im Wald war feucht, und wir konnten nicht riskieren, dass es lange qualmte. Rauch war ein Verräter.

Ich tastete mich vorwärts, die Regalreihen voller Akten entlang. Vermutlich waren auch hier oben Überwachungskameras installiert, sodass es klüger war, kein Licht anzuschalten. Doch es war nicht leicht, im Dunkeln jemanden zu finden, der sich versteckte, vor allem, wenn er wie Malte von oben bis unten schwarz war.

Schwarz ist unsere Farbe, das haben Sie nicht mehr mitbekommen, oder? An dem Tag, als unsere Mutter ins Krankenhaus kam – es war ein Sonntagmorgen, ganz früh, Malte und ich waren noch im Schlafanzug –, beschlossen wir beide, nur noch schwarze Sachen anzuziehen. Keine Sorge, Frau Höppner, unsere Mutter liegt nicht im Sterben, sie hat auch keine schwere Krankheit, es sind hauptsächlich äußere Verletzungen. Ein »Unfall«, behauptet mein Vater. Ich bezweifle, dass ihm noch irgendjemand glaubt, doch alle schweigen. An dem Tag haben Malte und ich uns geschworen, Schwarz zu tragen, so als würden wir um sie trauern. Dafür müssen wir uns gar nicht verstellen.

Außerdem ist Schwarz eine gute Tarnfarbe im Wald und bei Überwachungskameras. Eigentlich ist es gar keine Farbe, das ist das Gute.

Ich senkte den Kopf und zog meine Kapuze noch ein bisschen tiefer ins Gesicht. Hinter der Schornsteinwand guckte die Ecke eines Wurfzelts hervor. So ein ähnliches hatte Malte zum Geburtstag bekommen, aber ich konnte nicht erkennen, ob es seins war. In dem Dachlukenlicht wirkte alles neblig grau, auch aus der Nähe – inzwischen war ich sehr nah dran. Der Spiritusgeruch war stärker geworden, eine richtige Wolke, ich hielt die Luft an. Von irgendwoher hörte ich Atemgeräusche, schwere, schwerfällige. Ich gab mir einen Ruck, trat aus der Deckung des Schornsteingemäuers und sah auf einmal Bea da hocken unter der Dachschräge, mit dem Rücken zu mir.

Wussten Sie, dass sie sich nicht umgebracht hat?

Als Bea nach den Herbstferien nicht wieder auftauchte, ging das Gerücht um, sie habe es endlich geschafft, beim zweiten oder dritten Versuch. Jedenfalls hatte ich mit ihr am allerwenigsten gerechnet. Doch Bea saß da zwischen lauter toten Tauben in Schuhkartons und zog mit ihren Fingerspitzen das Maluna-Zeichen nach, das in den Staub gemalt war. Verstehen Sie, warum ich im ersten Moment das Gefühl hatte, sie sei tot und alles nur ein Traum?

Bea erschrak, als sie sich umdrehte. Vermutlich hatte sie auch gedacht, sie würde mich nie wiedersehen. Schnell kam sie aus der Hocke hoch und hielt mich mit ihrem Blick auf Distanz. So standen wir uns gegenüber. Es war offensichtlich, dass sie sich ertappt fühlte, »auf frischer Tat«, wie man so sagt, obwohl sie noch zu tun hatte. Das Gerücht von ihrem Tod war nicht falsch, ich war zu früh. Bea wollte sterben. Alles, was ihr fehlte, war ein Funke, um sich und die ganze Schule in Brand zu stecken. Und ich bekam auf einmal solche Angst, sie könnte mich zwingen, ihr das Feuerzeug zu geben, das ich immer bei mir hatte, seit Maltes und meine Wohnung der Wald war. Reflexartig umschloss ich es fest mit der Faust. Als Bea näher kam und die Hand danach ausstreckte, lief ich weg, die Treppen vom Seitentrakt hinunter, durch den Notausgang, hinaus ins Freie.

Ich lief schneller als sie, viel schneller, das wusste ich vom Sport. Trotzdem hatte ich das Gefühl, dass Bea mir folgte und auf den Fersen blieb. Es war die zweite Flucht an diesem Tag. Ziellos rannte ich durch die Straßen und dachte nur daran, ihr zu entwischen, bis mir bewusst wurde, dass Malte womöglich noch auf dem Dachboden war oder sonst irgendwo in der Schule und sich alle dort in großer Gefahr befanden. Erst dann kam ich auf die Idee, zur Polizei zu gehen. Nur dass man mir dort viele Fragen stellen würde, die ich nicht beantworten konnte.

Eine Zeit lang schlich ich um die Polizeiwache herum. Bea war nirgends zu sehen. Vielleicht hätte ich sie ansprechen sollen, dachte ich, mit ihr reden, ihr meine Hilfe anbieten. Stattdessen war ich wieder weggelaufen. Etwas schien mit mir ganz und gar nicht in

Ordnung zu sein. Wenn Tiere die Opfer waren, hatte ich Mitleid. Bei Menschen hatte ich Angst.

Genauso war es mit meiner Mutter.

Die ganze Zeit hatte ich mir eingeredet, dass es um Malte ging, um seine Sicherheit, und dass ich mich deshalb mit ihm im Wald versteckte, um ihn zu beschützen. Doch es war genau andersherum: Ich war nicht vor unserem Vater geflohen, sondern vor meiner Mutter und davor, dass ich sie nicht beschützen konnte. Die Wahrheit ist, ich habe sie im Stich gelassen. Das wurde mir durch Bea endlich klar. Ich war auf Opferflucht vor meiner Mutter, nicht erst seit Neuestem, sondern immer schon. All die Jahre hatte ich sie gemieden und versucht, ihr zu entkommen, obwohl es gleichzeitig niemanden auf der Welt gab, bei dem ich so sehr sein wollte. Ich musste ins Krankenhaus und sie besuchen. Ob ich ihr helfen konnte oder nicht. Ich musste diese Flucht beenden, die dauert, seit ich denken kann.

Ich weiß nicht, ob es dieselbe Klinik ist, in der auch Sie behandelt werden, Frau Höppner. Aber ich kann mich noch genau daran erinnern, wie meine Mutter voriges Mal bei ihrer Entlassung jedem erzählte, sie habe eine Bestrahlung bekommen, obwohl alle sahen, dass man ihr nur die Haare abrasiert hatte, weil einige Kopfverletzungen genäht werden mussten. (Meist trug sie eine schlechte Perücke.) Doch ich gehe mal davon aus, dass die Klinik auch eine onkologische Abteilung hat, sonst wäre Mamas Lüge völlig haltlos gewesen. Wobei ich Ihnen selbstverständlich wünsche, dass Ihnen Ihre Haare erhalten bleiben. Ich finde sie sehr schön.

Als ich zum Empfang kam und nach meiner Mutter fragte, wurden weder mein Perso noch meine Adresse verlangt. Die Krankenschwester war ausgesprochen freundlich und meinte, gerade mal vor einer Stunde sei mein Bruder da gewesen. Sie wusste noch seinen Namen. Ich war auf einmal so erleichtert, so froh. Denn das hieß ja, dass ich Malte nicht verloren hatte, sondern auf demselben Weg war wie er, dass wir dasselbe suchten und versuchten. Und womöglich hatte sogar sein Unfall genau diesen Sinn gehabt, zu Mama ins Krankenhaus zu kommen, in ihre Nähe – Kopfverletzungen, dachte ich nur, deswegen hat er sich nicht abgestützt. Für einen Moment schien alles klar.

Sie habe sehr gute Nachrichten, fuhr die Krankenschwester nach einem kurzen Kontrollblick auf ihren Monitor fort, lächelnd, weil sie mich lächeln sah: Meiner Mutter gehe es wieder besser, mein Vater habe sie heute früh abgeholt. Ich könne getrost wieder in die Schule und dann nach Hause gehen. Dasselbe habe sie Malte schon gesagt.

Sie sagte wirklich »getrost«. Und ich fragte mich, ob sie das auch zu Malte gesagt hatte.

Ich weiß, Frau Höppner, Sie können mir nicht helfen, keiner kann das. Aber vielleicht verstehen Sie jetzt, warum ich Ihnen schreiben musste. Bitte seien Sie mir nicht böse, ich habe alles versucht, für Malte und für mich. Aber es ist wie mit Jules und Jim. Die Igelstrategie sichert das Überleben der Spezies seit Jahrmillionen, auch in schwierigsten Zeiten. Nur in Einzelfällen funktioniert sie nicht.

Leben Sie wohl, aber vor allem leben Sie!

¶

Park, Li

Abschlussprotokoll zur Aufnahmeprüfung der Kandidatin Li Park für den Studiengang Gesang/Musiktheater

Nach einem beeindruckenden Vortrag im Koloraturfach mit Belcanto-Schwerpunkt und der Einreichung einer schriftlichen Hausarbeit von hohem wissenschaftlichem Standard wurde die Kandidatin Li Park von der Zulassungskommission zum mündlichen Eignungsgespräch eingeladen. An ihrem Gesangstalent bestehen keinerlei Zweifel. Insofern erfüllt sie das Hauptkriterium zur Aufnahme in den betreffenden Studiengang, namentlich das Vorliegen einer »besondere(n) künstlerische(n) Begabung« (lt. Studienordnung § 2, Abs. 1). Selbige rechtfertigt auch Ausnahmetatbestände wie die noch nicht erreichte Volljährigkeit – zum Zeitpunkt ihrer möglichen Aufnahme im Sommersemester wäre die Kandidatin erst 17 –, desgleichen ihr (noch) nicht abgelegtes Abitur. Der fehlende Nachweis einer Hochschulreife stellt gemäß Studienordnung keinen Ablehnungsgrund dar, sofern die Kommission zu dem Schluss kommt, dass eine Spitzenförderung angesichts der Hochbegabung der/des Kandidatin/ten zu diesem frühen Zeitpunkt »entwicklungsdienlich« ist (nach § 2, Abs. 4). Selbst für den erfolgreichen Abschluss des Studiums wäre ein Abitur nicht zwingend erforderlich (§ 4, Abs. 4), da sich die Hochschulreife bei einem positiven Studienverlauf selbst erweist. Dennoch ist der Kandidatin ein entsprechender Schulabschluss hinsichtlich einer gewissen Allgemeinbildung und späteren Berufsalternativen zu empfehlen. Auf spezielle Förderangebote (Abendschule, VHS, Intensivprogramme in der vorlesungsfreien Zeit) wurde bereits bei der Einladung zur Aufnahmeprüfung hingewiesen. Da jedoch die von der Bewerberin eingereichte Hausarbeit in Form und Inhalt das Niveau nicht nur der übrigen Einreichungen, sondern auch so mancher Abschlussarbeit deutlich übersteigt, bleibt abzuwägen, wie viel zusätzlicher Kompetenzerwerb im Verhältnis zu dem hohen zeitlichen Aufwand von einem fortgeführten Schulbesuch zu erwarten wäre.

Die Kandidatin beherrscht die deutsche Sprache. Sprachqualifikationsnachweise der Schwierigkeitsstufen B 2/C 1 wurden nicht verlangt.

Im Fokus des Eignungsgesprächs stand somit nicht primär die künstlerische Begabung und/oder Intelligenz der Kandidatin, sondern vor allem ihre Ausbildbarkeit im Rahmen des Studiengangs nach Maßgabe ihrer persönlichen Entwicklung. Das Gutachten von Prof. Elisabeth Degner (KS) warf diesbezüglich erhebliche Fragen auf. Bei allem Lob über die Qualität der eingereichten Hausarbeit als solcher legte sie der Zulassungskommission nahe zu prüfen, ob bei der Bewerberin »dissoziative Persönlichkeitsstörungen und traumatische Vorbelastungen« zu erkennen seien, und erinnerte dabei an die Verantwortung des Gremiums, auch und gerade extreme Hochbegabungen, zu denen Li Park zweifellos gehöre, vor sich selbst zu schützen und im Falle einer seelisch-körperlichen Selbstgefährdung abzulehnen.

Als Grund für ihre »Sorge« um die Kandidatin führte Prof. Degner an, dass die vorliegende Hausarbeit nicht eine Rollen-Analyse im eigentlichen und verlangten Sinne darstelle, sondern vielmehr eine Diagnose. Li Park behandle ihre Figuren wie Patienten, vermutlich weil sie selbst als Patientin behandelt werde. Der gesamte Text lese sich wie eine Krankenakte und sei in seiner Annäherung an Donizetti von einer klinisch-psychiatrischen Perspektive geprägt. Eine andere stehe der Verfasserin offenbar nicht zur Verfügung. Jedenfalls weise ihre Hausarbeit eine solche Detailkenntnis der jeweiligen Krankheitsbilder auf, dass eine direkte Betroffenheit mehr als wahrscheinlich sei. Die Schilderung der schweren Psychosen und schizophrenen Wahnvorstellungen trage deutlich autobiografische Züge. Auch sei die Rollenwahl offensichtlich durch eine tiefe Leidensverwandtschaft motiviert, sofern von »Wahl« überhaupt die Rede sein könne bzw. von »Rolle«. Im Grunde sei Filippa-Costanza nur ein Umweg der Verfasserin, um über sich selbst zu schreiben.

Die Originalität der eingereichten Hausarbeit über Donizettis Schattenwerk sei unbestritten, allerdings überwiege als Fazit des Gutachtens die Skepsis. Denn rein durch Einfühlung oder »Einbildung« sei ein solcher Bezug und Zugang zur dunklen Seite der opera buffa kaum vorstellbar, und selbst wenn, müsse man der Kandidatin eine krankhaft-morbide Fantasie bescheinigen, was wiederum einem Befund gleichkäme. Die Qual- und Angsträume, Alb- und Spaltträume, die Li Park in ihrem Belcanto-Charakter aufsuche, seien höchstwahrscheinlich das Ergebnis einer Psychose, zumindest aber deren Beginn. Alles in allem könne man der Kandidatin daher, in ihrem eigenen Interesse, nur eine gründliche Psychotherapie empfehlen, nicht aber ein künstlerisches Hochschulstudium. (Siehe Anlage schriftl. GA, Prof. E. Degner, Seite 3 ff.)

Bei der internen Erörterung ihres Gutachtens im Prüfungsvorfeld betonte Prof. Degner gegenüber der übrigen Kommission, dass es ihr keineswegs darum gehe, die Kandidatin vorschnell zu pathologisieren. Als Kommissionsmitglied mit der langjährigsten Bühnenerfahrung obliege ihr aber auch das Wohl der Bewerberinnen und Bewerber. Sie habe im Laufe ihrer Karriere links und rechts von sich zu viele Gesangstalente an den hohen Ansprüchen und Belastungen der Studien- und Berufspraxis zerbrechen sehen. Insofern könne sie nur davor warnen, Kunst und Therapie zu verwechseln. Zweifellos könne Gesang heilen, aber eine Laufbahn im Musiktheater- und Konzertbusiness sei keine Langzeittherapie, sondern ein auf Leistung und Erfolg geeichter Härtetest, bei dem man Tag für Tag, Abend für Abend mehr geben müsse, als man bekomme. Als Mensch und Künstlerin sehe sie sich somit in der Pflicht, an die großen Herausforderungen zu erinnern, vor denen sämtliche Studierende stünden. Die nötige Stressresistenz, Frustrationstoleranz und Kritikfähigkeit könne man von einer labilen, ungefestigten und destruktiv veranlagten Persönlichkeit nicht erwarten. Unter dem Druck der vielfältigen Proben- und Auftrittssituationen würden latente psychische Probleme früher oder später zum Ausbruch gelangen und dissoziative Kräfte wirksam werden. Mit ihrer Aufnahme in den Studiengang Gesang/Musiktheater tue man der Kandidatin Li Park also keinen Gefallen, sondern betreibe statt Talentförderung vielmehr Talentzerstörung. Dies sei als Prognose zu verstehen, nicht als Vorurteil, so Prof. Degner abschließend. In das Eignungsgespräch mit der Bewerberin gehe sie wie stets unvoreingenommen und ergebnisoffen, das bitte sie im Protokoll ausdrücklich festzuhalten.

Der Kommissionsvorsitzende und stellv. Dekan Prof. Giorgis Patakis dankte Prof. Degner für die gewohnt engagierten Ausführungen und ihren eindringlichen Appell an die Sorgfaltspflicht des Gremiums. Die übrigen Kommissionsmitglieder forderte er auf, die mündlich wie schriftlich von der Gutachterin genannten Fragestellungen im Gespräch mit der Bewerberin zu berücksichtigen. Er wies aber auch darauf hin, dass es sich bei der hier versammelten Zulassungskommission nicht um eine psychologische Expertenrunde handle. Insofern könne es bei dieser Aufnahmeprüfung – ganz im Sinne von Prof. Degner – nur darum gehen, sich nach bestem Wissen und Gewissen eine Meinung zu bilden, ob und inwieweit die Bewerberin in der persönlichen Verfassung sei, aktiv am Studium teilzunehmen und ihr künstlerisches Potenzial zu entfalten.

Protokollgemäß erkundigte sich der Vorsitzende nach Rückfragen und Kommentaren, bevor die Kandidatin hereingebeten werde. Den entsprechenden Wortmeldungen wurde der Reihe nach stattgegeben.

Zunächst erklärte Prof. Dr. Jason B. Meyer, dass er sich kurzfassen wolle, um die Kandidatin nicht noch länger warten zu lassen, er habe lediglich eine Anmerkung. Es gehe ihm um ein einziges Wort, das die Gutachterin und geschätzte Kollegin eher beiläufig habe fallen lassen, das aber wohl das entscheidende sei: »Originalität«. Er frage sich, ob die in Rede stehende Hausarbeit tatsächlich eine originelle und originäre Leistung der Bewerberin darstelle und nicht vielmehr ein Plagiat. Es sei doch recht auffällig, in welchem Umfang und wie substanziell ein gewisser, in musikwissenschaftlichen Kreisen nicht gerade als Koryphäe bekannter »Alessandro Falorni« zitiert und als Argumentationsstütze verwendet werde. Erste oberflächliche Recherchen hätten ergeben, dass dieser Fußnoten füllende Donizetti-Forscher mit Verlagssitz in Venedig identisch sei mit dem Kollegen Dr. Alexander Faller, bei dem es sich zufällig um den Gesangs- und Musiklehrer der Bewerberin handle, den er, Prof. Dr. Meyer, wiederum zufällig auf einer Podiumsdiskussion zum Thema »Belcanto zwischen Aktualität und Virtuosität« habe erleben dürfen. [...][1] Es gehe hier freilich nicht um die Einschätzung der intellektuellen Qualitäten Dr. Fallers alias Alessandro Falorni. Doch es sei zu befürchten, dass die Kandidatin auf ganz und gar unoriginelle und unkritische Weise die Ansichten eines Hobbymusikwissenschaftlers und gefährlichen Dilettanten übernommen habe.

Nun sei es nicht an ihm, so Prof. Dr. J. B. Meyer, als Spezialist für Musik- und Instrumentengeschichte Detektiv zu spielen und zu ermitteln, ob besagte Hausarbeit als arglistiger Täuschungsversuch zu werten sei oder als das Produkt einer erbarmenswürdigen Naivität und Gutgläubigkeit. Doch um mit den Worten der Kollegin Kammersängerin zu sprechen: Seine »Sorge« gelte nicht allein der ungewissen Zukunft der Bewerberin Li Park, sondern auch deren Vergangenheit. Sie sei als Minderjährige ganz offensichtlich von ihrem Musik- und Gesangslehrer Dr. Faller musikwissenschaftlich missbraucht und abhängig gemacht worden, wobei man nur hoffen könne, dass es bei einer rein intellektuellen Hörigkeit geblieben sei. Er jedenfalls hoffe das sehr. Alles, was darüber hinaus zu befürchten sei, lasse er aus Anstandsgründen offen.

Die Kommission nehme das mit Bestürzung zur Kenntnis und ernst, versicherte der Vorsitzende stellv. Dekan Prof. Patakis, er-

1 Kurze anekdotische Schilderung der Podiumsdiskussion mit Dr. Faller außerhalb des Protokolls.

teilte aber mit Blick auf die Uhr kommentarlos der nebenberuflichen Frauenbeauftragten Carmen Becker-Lopez (MA) auf ihren Wunsch hin das Wort.

Auch Frau Becker-Lopez wies darauf hin, dass die Zeit nun schon beträchtlich fortgeschritten sei und noch zahlreiche andere Bewerber*innen warten würden, denen ebenfalls die volle Aufmerksamkeit der Kommission zustehe, mahnte aber gleichwohl eine eingehende Prüfung des Falles Li Park an. In ihrer Funktion als Frauen- und Gleichstellungsbeauftragte habe sie angesichts der im Raum stehenden Vorwürfe und Verdachtsmomente die Richtlinien für Verfahrensfairness gemäß § 3 und 4 der Antidiskriminierungsagenda der Hochschulen in Erinnerung zu bringen. Dementsprechend müsse sie noch einmal ausdrücklich erwähnen, dass im Rahmen von Aufnahmeprüfungen gemäß § 4, Abs. 3, jegliche Erkundigungen nach den privaten Belangen der Bewerber*innen verfahrens- und frauenrechtlich unzulässig seien. Das gelte insbesondere für Fragen nach einer etwaigen vergangenen, gegenwärtigen oder zu erwartenden Schwangerschaft und/oder Abtreibung, aber auch nach den persönlichen Lebensumständen sowie Missbrauchs- und Vergewaltigungserfahrungen. Insofern fordere sie alle Beteiligten auf, im Sinne der selbstverpflichtenden Ethik-Charta für Hochschullehrende sensibel vorzugehen und auf die Anwendung von Täter-Opfer-Schemata sowie auf Zuschreibungen und fremdbestimmende Identitätszuweisungen in jeglicher Form zu verzichten.

Der Kommissionsvors. stv. Dek. Prof. Patakis dankte Fr. Becker-L. für die klärenden Worte bzw. Erörterungen der Rechtslage und erkundigte sich bei PD M.-M. Winkler, ob er u. U. bereit sei, angesichts des schon überschrittenen Zeitbudgets, seine Wortmeldung zugunsten des eigentlichen Prüfungsgesprächs zurückzustellen, was dieser bejahte[2]. Der KVors. erklärte daraufhin die interne Vorabdiskussion für beendet. Die Bewerberin wurde hereingebeten.

Nach einer kurzen Begrüßung stellte die Kommission einvernehmlich die Identität der Kandidatin fest. Im Namen sämtlicher Mitglieder entschuldigte sich der KV bei L. Park (im Folgenden LP) für die entstandene Verzögerung und bat darum, dies nicht als negatives oder positives Zeichen zu deuten. Auch seien alle Anwesenden professionell genug, um den Zeitdruck und die lange Liste der noch wartenden Prüflinge für die Dauer des Gesprächs auszuklammern. Insofern könne er LP in seiner Eigenschaft als V versichern, dass die K sich freue, sie kennenzulernen. Die Sitzung sei damit eröffnet. Das Wort habe Prof. E. Degner (im Folgenden ED) als GA der schriftl. HA.

ED erkundigte sich nach LPs Befinden und ging zunächst auf das Problem der Nervosität aus künstlerischer Sicht ein. Sie selbst wisse aufgrund ihrer langjährigen Bühnenerfahrung nur zu gut, wie Prüfungssituationen sich anfühlten. Schließlich gleiche jeder Auftritt einer Prüfung und jedes Publikum einer Kommission. Diese Aufnahmeprüfung sei nur der Beginn einer lebenslangen Kette von Prüfungen, für den Fall, dass LP tatsächlich eine Gesangskarriere im Konzert- und Musiktheaterbetrieb einschlagen könne und wolle – falls sie wisse, was das heiße.

LP sagte, sie wisse es.

2 Mit Vorbehalt und im Hinblick auf eine nachträglich zu gewährende angemessene und gleichumfängliche Redezeit.

Womit es freilich nicht getan sei, so ED weiter. Sie selbst habe im Zuge ihrer Laufbahn eine ganze Reihe großer Gesangstalente links und rechts von sich zerbrechen sehen, die dem ständigen Leistungsdruck und der Versagens auf und hinter der Bühne psychisch nicht gewachsen gewesen seien. Gemeinhin spreche man von »Lampenfieber«. Ob LP das auch kenne, Lampenfieber?

LP sagte, sie kenne es.

Und sie habe nie befürchtet, daran zu zerbrechen? Nie Angst gehabt, ihr Können und Wollen seien womöglich nicht groß genug, um den Schritt ins Rampenlicht – man spreche gemeinhin von »Rampenlicht« – zu wagen? Nie gezweifelt, ob sie stark genug sei für die vielen Blicke, tausend Augen, tausend Ohren, die jede Unsicherheit bemerken, jeden Fehler bestrafen? Doch genau das sei die Prüfung, der sie sich – im Falle einer Aufnahme in den Studiengang – zu unterziehen habe, nicht nur ein Mal, immer wieder, an guten wie an schlechten Tagen. Begabung reiche da nicht aus, man brauche Disziplin, einen buchstäblich eisernen Willen und vor allem eine sehr robuste Seele, das sei ihr hoffentlich klar.

LP sagte, das sei es.

Wobei der Vergleich hinke, stellte ED richtig. Diese Aufnahmeprüfung sei mit dem Rampenlicht der Opern- oder Konzertbühnen eben nicht vergleichbar, denn zwischen dem Sitzen vor der Kommission und dem Stehen auf der Bühne gebe es einen fundamentalen Unterschied: Hinter Worten könne sie sich verstecken, beim Singen sei sie nackt bis in die letzte Falte ihres Herzens. Doch das habe sie sicher auch schon gewusst. Gesang sei beides, Leib und Seele, Sinn und Sinnlichkeit, Größe und Blöße, weshalb Singen in Wahrheit nur einem einzigen psycho-physischen Phänomen auf der Welt gleiche, mit Verlaub, sie wisse schon, »Sex«. Nicht wahr? Das klinge wie ein weiterer hinkender Vergleich, sei aber keiner, sondern eine Gleichung. Singen sei nicht *wie* Sex, es *sei* Sex, und Singen auf der Bühne sei öffentlicher Sex, an guten wie an schlechten Tagen, mit guten wie mit schlechten Dirigenten, guter oder schlechter Sex, weshalb die legendäre Callas-Metapher von der Koloratur als Orgasmus gleichzeitig zu hoch und zu tief gegriffen sei. Denn im Gegensatz zum Orgasmus im Bett könne man beim Singen im Rampenlicht nichts vortäuschen oder verbergen, und deswegen kämen die Menschen, all die Zuschauer und Zuhörer, um echten, unverhüllten Sex zu sehen und zu hören, oder sei ihr das etwa neu?

Sie habe kein Problem damit, sagte LP.

Mit Sex?, fragte ED.

Mit ihrer Stimme, antwortete LP.

Obwohl sie wisse, dass sie nackt sei, vergewisserte sich ED.

Vielleicht wechselten sie jetzt besser das Thema, warf die nebenber. Frauenbeauftr. B-L ein.[3]

Selbstverständlich. In Aufnahmeprüfungen könne man jederzeit das Thema wechseln, so ED. Aber vielleicht wäre LP bereit, noch einmal kurz die Vöglein-Arie einer der beiden Töchter des Sizilianers aus Donizettis gleichnamiger Oper anzustimmen, a capella. Natürlich nur, sofern sich ihr »Lampenfieber« in Grenzen halte, sie psychisch stabil genug sei und mit Nacktheit im künstlerischen Sinne, wie behauptet, kein Problem habe …

In den Protest der FrauBA hinein begann LP, auf ihrem Stuhl sitzend, zu singen.[4] Anschließend war es eine Minute lang still.

Der V dankte LP für die neuerliche Gesangsdarbietung und

3 Im Folgenden FrauBA.

4 »Lasciatemi in pace« im ital. Origin., molto andante.

bat ED, abschließend auf den Punkt ihres GA und damit zum Ende zu kommen. ED erwiderte, sie habe im Prinzip keine weiteren Fragen an die Kand., außer vielleicht, ob sie eigentlich immer so blass sei – oder wisse sie das gar nicht, dass sie kein bisschen Farbe mehr im Gesicht habe und so weiß sei wie die Wand?

LP zuckte die Achseln.

Ihr sei also nicht schlecht – »schlecht« im Sinne von übel oder auch u. U. speiübel?

LP schüttelte den Kopf.

Dann sei es nur das Lampenfieber, erkundigte sich ED, nichts im Magen, Bauch oder Unterleib?

Gar nichts, sagte LP.

Oder vielleicht Schwindelgefühle, Kreislaufschwäche, Hormonschwankungen, was nur zu verständlich wäre vor oder nach einer solchen Partie …

Kopfschütteln.

Und dennoch sei sie totenbleich, betonte ED und entschuldigte sich bei allen Beteiligten, dass sie so darauf herumreite. Es gehe ihr keineswegs um die privaten Belange von LP, sondern vielmehr um das Verhältnis von Rolle und Person bei der Verkörperung der minderjährig schwangeren, mehrfach missbrauchten Filippa-Costanza (im Folgenden FC). Denn wenn es keine Krankheits- oder sonstigen nichtkünstlerischen Gründe für LPs Blässe gebe, müsse man sich fragen, ob es an der Rolle liege und wessen Blässe es dann eigentlich sei? Wer sei überhaupt blass? LP? FC? Oder beide? Und dieselbe Frage stelle sich auch bei allen anderen seelisch-körperlichen Zuständen des munter-klagenden Vögleins: Wer sei eigentlich fröhlich und wer traurig? Wer sei mehrfach missbraucht worden, schwanger und zur Abtreibung entschlossen? Wer psychisch krank bis zur Persönlichkeitsspaltung, LP, FC oder alle zusammen?

Jetzt sollten sie definitiv das Thema wechseln, stellte die FrauBA fest.

Sie sei fertig, fuhr ED fort, und weise lediglich noch einmal darauf hin, dass keine Rolle reine Fantasie sei. Keine große Sängerin gehe durch ihre Partien unversehrt. Von dem, was sie verkörpere, bleibe immer eine Spur zurück. Und das, was in und aus ihr singe, sei ein Stück ihrer selbst. Wenn sie nach über fünfundzwanzig Jahren auf der Opernbühne irgendetwas wisse, dann das. Jedes Mal, wenn ihre Figur geliebt habe, habe sie mitgeliebt. Jedes Mal, wenn ihre Figur gestorben sei, sei ein Teil von ihr mitgestorben. Und jedes Mal, wenn ihre Figur wahnsinnig geworden sei vor Verzweiflung, sei ein Teil von ihr mitverzweifelt und in den Wahnsinn gegangen. Nur schwanger sei sie nie gewesen. Sie sei keine Mutter, das habe sie bereits in jungen, sehr jungen Jahren so empfunden und sich nie für Mutterrollen interessiert, auch jetzt nicht, im allmählich mittleren Alter. Doch das sei die Frage, die sich jede angehende Sängerin stellen müsse: Entscheide ich mich für oder gegen die Kunst, für Kinder oder dagegen?

Das sei weder die Frage, schränkte die FrauBA ein, noch gleichstellungsrechtlich korrekt.

Korrekt hin oder her, es sei die einzige Frage von Bedeutung. Im Zuge ihrer fast dreißigjährigen Karriere habe sie, ED, viele Frauen links und rechts von sich Mutter werden sehen, große Talente, von deren Stimme man nichts mehr höre. Zum Glück sei sie selbst nie in Gefahr gewesen. Die Entscheidung für die Kunst und Kinderlosigkeit sei ihr leichtgefallen, weil keine Mutter- oder Schwangerenrolle etwas in ihr zum Klingen gebracht habe. Sie sei, Gott sei Dank, zutiefst unmütterlich. Aus ganzem Herzen habe sie dem Leben außerhalb der Kunst eine Absage erteilt und jede Arie, jeden Auftritt gefeiert als einen Abschied von der Welt und ihrem

Gewimmel. Denn nur wenn man sich dafür entscheide, werde der Sex des Gesangs auf der Bühne als das erlebbar, was er wirklich sei, kein Werben, kein Balzen, keine Biologie, sondern ein Exzess der Künstlichkeit. Aber auch das sei LP, trotz ihrer jungen Jahre, sicher klar.

Klar sei, dass sich die Kollegin mit ihrer Meinung außerhalb der Prüfungsordnung stelle, erklärte die FrauBA und wandte sich dann an LP, um sie darüber aufzuklären, dass sie weder ED noch der K oder sonst irgendwem Rechenschaft schulde, ob sie Kinder wolle und/oder das Mutterfach anstrebe oder nicht. Es gehe auch niemanden der hier Versammelten etwas an, ob sie blass sei infolge einer Schwangerschaft oder schwanger infolge von Missbrauch, Inzest etc. Jegliche Rückschlüsse von der Rolle auf LP als Privatperson und ihren körperlichen bzw. geistigen Gesundheitszustand seien unzulässig. Insofern sage sie dazu am besten gar nichts.

Dem könne er in seiner Eigenschaft als V der K nur beipflichten, schloss sich der KV an, Reden sei in solchen Fällen Silber[5], zumal diese Prüfung ihr Zeitbudget bereits um das Doppelte überzogen habe. Daher bitte er den Kollegen JBM (zuvor: Prof. Dr. Jason B. Meyer), die Befragung hinsichtlich der von ihm erhobenen Plagiatsvorwürfe und Verdächtigungen bez. Betrug, Diebstahl geistigen Eigentums und Leistungserschleichung zügig fortzusetzen, damit die K endlich eine Entscheidung treffen könne.[6]

5 In Anspielung auf das berühmte Sprichwort, nach welchem Schweigen Gold sei.

6 Aus demselben Grund wurde der Kollege PD M.-M. Winkler (Abkürzung entfällt) dazu angehalten, seine zweifellos drängenden Fragen, wenn irgend möglich, zurückzustellen, im vollumfänglichen Ausgleich für das Redevorrecht bei dem/der nächsten Kand.*in.

JBM bedankte sich für das Vertrauen und versprach, sich kurzzufassen. »Plagiatsvorwurf«, sagte er an LP gewandt, klinge schlimmer, als es sei. Im Grunde handle es sich um eine routinemäßige Nachfrage, wobei sie sich darüber im Klaren sein müsse, dass alles, was sie sage, gegen sie verwendet werden könne. Demnach[7] würde er jetzt mit der offiziellen »Vernehmung«[8] beginnen, was wiederum schlimm klinge, aber keine Angst, er werde zwar hier und da ein wenig bohren, aber er sei kein Zahnarzt. Habe sie Vorbilder?

Nicht direkt, sagte LP.

Sie möge doch bitte mit Ja oder Nein antworten, mahnte JBM (im Folgenden ausgespart). Vorbilder?

Nein, sagte LP.

Und was sei mit ihren Eltern?

Sie habe keine Eltern, sagte LP.

Das sei dann ein Nein?

Ja, sagte LP (im Folgenden ebenfalls ausgespart).

Und ihre Lehrer?

Nein.

Sie habe keinen einzigen Lehrer mit Vorbildcharakter?

Nur Frau Höppner, ihre ehemalige Klassenlehrerin, doch die sei leider tot.

Das hieße dann auch Nein.

Nicken.

Sonst habe ihr niemand aus dem Lehrkörper gezeigt, wo es langgehe?

7 Durch eine als Nicken zu interpretierende Kopfbewegung gab LP ihr Einverständnis zu erkennen und verzichtete somit auf ihr Recht zu schweigen.

8 Nach § 163b StPO.

Kopfschütteln.

Auch nicht Dr. Faller? Dass sie ihn nicht nenne, sei ein wenig überraschend. Schließlich handle es sich doch seit Jahren um den Musik- und Gesangslehrer ihres Vertrauens …

Achselzucken.

Trotzdem sei Dr. Faller für sie kein Vorbild?

Nein.

Warum nicht?

Darauf könne sie nicht mit Ja oder Nein antworten.

Und was würde sie antworten?

Es sei vorbei.

Was sei vorbei?

Er könne ihr nichts mehr beibringen.

Auch nicht als Alessandro Falorni?

Dr. Faller und Alessandro Falorni seien ein und dieselbe Person.

Aber verschiedene Rollen, nicht wahr? Alessandro Falorni sei eher der italophile Intellektuelle und Theoretiker, Dr. Faller der Praktiker, sozusagen. Von wem habe sie eigentlich mehr gelernt?

Sie verstehe die Frage nicht.

Ob sie mehr musikwissenschaftlich oder gesangspraktisch von ihm profitiert habe, mehr von Falorni oder von Faller?

Was mache das für einen Unterschied?

Gesangspraktisch handle es sich um Kompetenzerwerb, musikwissenschaftlich um geistigen Diebstahl.

Aber Dr. Faller und Alessandro Falorni seien ein und dieselbe Person.

Und diese Person habe zweifellos einen großen Einfluss auf sie und ihre HA ausgeübt. Nicht wahr, es sei doch ihre?

Ihre was?

Hausarbeit.

Ja.

Zu der Dr. Faller alias Alessandro Falorni allerhand beigesteuert habe, sodass man ihn mit Fug und Recht als ihren geistigen Vater bezeichnen könne …

Dr. Faller sei kein Vater.

Sondern was? Ein väterlicher Freund?

Sie habe keine Freunde. Sie sei ganz allein auf der Welt. Nur nicht, wenn sie singe.

Nur wenn sie singe, sei sie nicht allein?

Nein, wenn sie singe, sei sie nicht auf der Welt.

Aber beim Schreiben ihrer Hausarbeit sei sie auf der Welt gewesen – und einsam.

Sie habe nie gesagt, dass sie einsam sei.

»Einsam«, »allein« – was mache das für einen Unterschied?

Wer einsam sei, dem fehle jemand. Wer allein sei, brauche keinen Menschen.

Dafür, dass sie ihn nicht brauche, habe sie Faller aber viel zitiert …

Das gehöre sich doch, bei seinem Lehrer.

Sicher, wenn sie einfach bei ihm abgeschrieben hätte, wäre ihre HA ein offensichtliches Plagiat. Doch man könne auch so viel zitieren, dass nach Abzug aller Zitate kein eigener Gedanke mehr übrig bleibe und die HA nichts weiter sei als ein Plagiat zweiter Ordnung.

Bei wissenschaftlichen Arbeiten müsse alles belegt werden, habe man ihr gesagt.

Wer habe das gesagt?

Dr. Faller.

Alias Alessandro Falorni.

Ja.

Er habe gesagt: Zitiere mich, wo immer du kannst!?

Sinngemäß.

Und habe er ihr auch gesagt, welche Zitate sie in welcher Reihenfolge unter welchen inhaltlichen Vorwänden zusammenstelle solle?[9] Habe er die dünne, wenig tragfähige Wäscheleine der Argumentation gespannt, an der all seine Selbstzitate aufgehängt seien? Und sei es nicht von vornherein seine Intention gewesen, ihre Bewerbung an einer künstlerisch-wissenschaftlichen Hochschule für seine Suche und Sucht nach Anerkennung zu nutzen? Sie brauche darauf nicht zu antworten. Das seien rhetorische Fragen. Denn es liege auf der Hand, dass Faller ein junges, ahnungsloses Mädchen vorschicke mit dieser nie und nimmer von einer Jugendlichen allein verfassten und verbrochenen HA, die bei näherer Betrachtung nichts anderes sei als die eitle Hommage eines Hobbywissenschaftlers an sich selbst, eine Festschrift von Falorni auf Falorni, die geistige Onanie eines dubiosen Donizetti-Dilettanten und Möchtegern-Akademikers. […][10]

Nein.

Doch.

Nein.

Doch.[11]

So sei es nicht gewesen!

Wie denn sonst?

9 Wiederum begleitet von anhaltendem Kopfschütteln der Kand.*in.

10 Weitere kollegiale Auslassungen über AF alias Alessandro Falorni, für das Protokoll leicht gekürzt.

11 Im Original noch mehrmals wiederholt.

Sie sei selbst auf diese Gedanken gekommen, unabhängig von ihm!

»Unabhängig von ihm?« Dass er nicht lache![12] Als Nächstes würde sie noch behaupten, sie und AF seien kongenial. Glaube sie allen Ernstes, die K hier würde nicht merken, dass AF aka Dr. Faller ihr jedes Wort in den Mund gelegt habe, dass sie nichts anderes sei als eine wandelnde Dr.-Faller-Kopie? Niemand sonst sei zu einer solchen Schändung der opera buffa fähig, einer Belcanto-Besudelung und Donizetti-Fledderung ohne Beispiel!

Sie sei keine Kopie, erhob LP ihre Stimme in der darauffolgenden Stille.[13]

Das würde jede Kopie von sich behaupten.

Sie sei keine Kopie.

Und das sei ihr letztes Wort?

Sie habe jeden einzelnen Gedanken selbst gedacht und denke ihn noch.

Irrtümer würden nicht besser dadurch, dass sie von einem selbst seien. Doch er sei nicht der GA, seine Aufgabe bestehe darin zu prüfen, ob es sich bei der vorliegenden HA um ein Plagiat handle, wobei man sich – für den unwahrscheinlichen Fall, dass nicht – tatsächlich große »Sorge(n)«[14] um ihre geistige Gesundheit machen müsse, aber gut! Wenn Aussage gegen Aussage stünde, gebe es nur eine einzige Methode, die Wahrheit herauszufinden: Er müsse die

12 Zwischen einem Lachen und dem Schnauben, das JBM von sich gab, war keine Ähnlichkeit zu erkennen.

13 Im Anschluss an die Ausführungen JBMs war es ca. fünfzehn Sekunden lang still.

14 Vgl. die Infragestellung der psy. Eignung von LP gemäß ED.

Thesen dieser HA, so haltlos sie auch seien, Punkt für Punkt mit der Kand. durchgehen und diskutieren, um festzustellen, ob sie sich etwas dabei gedacht habe, und wenn ja, was. Sie würden jetzt also wieder am Anfang anfangen, es sei denn, LP wolle sich und allen Anwesenden dieses nochmalige Examen ersparen und die geistige Vaterschaft Dr. Fallers lieber gleich gestehen –

Danke, aber das sei nicht nötig, schaltete sich an dieser Stelle der KV ein. Wenn er zusammenfassen dürfe, sei die Kand. entweder psychisch krank oder des Plagiats schuldig. Insofern könne man angesichts des mehrfach gesprengten Zeitbudgets den Gesprächsteil der Sitzung beenden. Schließlich müsse die K nicht die Wahrheit über LP herausfinden, sondern nur über ihre Aufnahme abstimmen.

Er stimme dem voll und ganz zu, sagte JBM, für mehr reiche die Zeit nicht.[15] Dennoch lege er Wert auf die Feststellung, dass er die Kand. zwar streng beurteile, aber nicht verurteile. Ja, ohne damit das Schlusswort sprechen zu wollen, müsse er ihr zugutehalten, dass sie in dieser Sache nicht Täter sei, sondern Opfer. Genau genommen, habe LP nicht plagiiert, man habe sie zum Plagiat gemacht. Nicht auszudenken, was aus ihr hätte werden können, wenn sie ~~mit ihrer typisch asiatischen Beflissenheit und Formbarkeit~~[16] nicht in die Fänge dieses akademisch gescheiterten, im Schuldienst stecken gebliebenen, verkannt-verkrachten Provinzgenies geraten wäre. Doch da es bei Faller weder zum freischaffenden Künstler noch zu einem ordentlichen Wissenschaftler gereicht habe, bestehe sein einziger Lebensinhalt darin, sich von jungen, ahnungslosen

15 Begleitet von heftigem Kopfnicken aller K-Mitglieder.

16 Nachträglich aus dem Protokoll gestrichen.

Mädchen anhimmeln zu lassen und sie sich mit dem Versprechen einer großen Gesangskarriere gefügig zu machen – im nicht nur musikwissenschaftlichen Sinne. Mehr sage er nicht dazu,[17] auch wenn sich die Parallelen zu der Vaterfigur von Donizettis *Die zwei Töchter des Sizilianers* aufdrängen würden und die Falornis sizilianische Wurzeln hätten.

Nur zu verständlich, so JBM weiter, dass LP trotz guter Zensuren ihr Abitur nicht machen und die Schule verlassen wolle. Sie sei nicht auf dem Weg in eine Gesangskarriere, sondern auf der Flucht vor ihrem Lehrer. Nur leider könne man ihr hier nicht weiterhelfen. Der Studiengang Gesang/Musiktheater sei kein Therapieplatz und kein Mädchen-Asyl. Es tue ihm sehr leid, das sagen zu müssen, und er glaube, er spreche im Namen der gesamten K.[18] Für ihren weiteren Lebensweg wünsche man ihr alles erdenklich Gute.

Die FrauBA riet der Kand., sich nicht dazu zu äußern. Der KV erklärte das Gespräch für beendet und dankte LP für ihr Kommen. Die Protokollführerin begleitete sie zur Tür mit der Bitte, draußen auf dem Gang zu warten, und verteilte anschließend die Stimmzettel für die Abstimmung für oder gegen die Aufnahme LPs in den Studiengang. Unterdessen erinnerte der V die K, dass die Mitglieder mit ihrem Ja oder Nein nicht nur über die Studieneignung, sondern auch über die Zukunft dieses Gesangstalents entscheiden würden, und bat im Hinblick darauf, beide Teile der

17 Ausdrücklich enthielt sich JBM der Ausdeutung sämtlicher sexueller und sexualpathologischer Implikationen und Perversionen. Anm. des Protokollierten.

18 Nahezu einhellige Zustimmung aller Beteiligten.

Prüfung – also auch den gesangspraktischen – mit zu berücksichtigen, denn eine schöne Stimme habe das Mädchen ja, trotz allem.

Die Abstimmung fiel mit 2 Ja-Stimmen, 2 Nein-Stimmen und 1 Enthaltung unentschieden aus.

¶

Wendorf, Henk

Und wieder geht mein Handy los und spielt *Sick Wizard* von den Black Monkeys, was gar nicht passt und ewig dauert. Der *Dead/Alive*-Mitschnitt ist über sechs Minuten, 6.21, schätze ich. Beim Track-Check sehe ich als Absender mein eigenes Bild auf dem Display, obwohl ich es nicht selbst bin, sondern Lenny, der mich als Avatar benutzt. Ich hatte ihn erst als »Henk NF« gespeichert – »Nerdfighter« war immer sein Netzname. Aber das hat Lenny nicht gefallen. Er wollte keine Version von mir sein/haben, sondern meine volle Identität in allen Netzwerken. In meinem Mind-Skript nenne ich ihn trotzdem »Henky«, nur für mich. Doch wahrscheinlich weiß er auch das längst, ziemlich sicher sogar. Er weiß eigentlich alles. Henky hat mich gehackt und die Kontrolle über mein iPhone übernommen.

Sick Wizard ist mit 6.19 min gelistet. Keine schlechte Schätzung. Dabei hatte ich schon fast vergessen, dass der Song existiert.

Am Anfang habe ich mich sehr darüber aufgeregt, dass mir mein Handy nicht gehorcht. Ich bin losgerannt und habe Lenny überall gesucht, um ihm klarzumachen, dass er ein Vollidiot ist und sofort damit aufhören soll. Ich war echt sauer. Dummerweise weiß er immer, wo ich bin, durch die Ortungsfunktion, die er aktiviert. Von daher konnte er sich ohne Probleme vor mir in Sicherheit bringen. Außerdem hat er angefangen, mich zu bestrafen, nicht mit Stromstößen oder so, aber dadurch, dass er unter meinem Namen allen möglichen Mist verschickt hat, Fake-Kommentare, spamverdächtige Spendenaufrufe, Pornos. Es ist schon so, dass er Fehlverhalten systematisch abstraft und Gehorsam belohnt. Irgendwann musste ich einsehen, dass er am längeren Hebel sitzt, dem digitalen. Analog sind wir uns nie wieder begegnet. In der Schule und im JuZe hat er sich nicht mehr blicken lassen, jedenfalls nicht an den Tagen, an denen ich da war. Ich weiß schon gar nicht mehr, wie er aussieht.

Zum Glück haben wir weitgehend denselben Musikgeschmack. Es fühlt sich überhaupt nicht so an, als hätte er das Kommando und ich würde die ganze Zeit nur Befehle befolgen. Das Ganze ist ein Dialog, in dem er manchmal auch auf mich hört. »Avatar« ist also nicht ganz der richtige Ausdruck, falls man darunter versteht, dass der eine nur das ausführende Organ des anderen ist, nur sein Stellvertreter oder »Roboter« und willenlos. Len hat mich nicht einfach übernommen, er ist auch ein bisschen zu mir geworden. Deswegen bin ich froh, dass mir »Henky« eingefallen ist. Das hat was Gemeinsames. Irgendwo sind wir auch Freunde.

Nur manchmal nervt es, in Situationen wie dieser, wenn ich von Opernleuten umringt bin und er spielt den total falschen Song ein: *Sick Wizard* statt irgendwas von Puccini, Rossini, Verdi usw. Sicher ist es nicht leicht, der DJ für den Soundtrack meines Lebens zu sein, und es gibt Momente, da legt Henky genau die Musik auf, die ich aufgelegt hätte, wenn sie mir eingefallen wäre, und das ist dann echt großes Kino. Aber es nervt eben auch in Situationen wie dieser, zwischen all den Opernsängerinnen mit ihren Freunden und Verwandten, für die jemand, der *Sick Wizard* hört, musikalischer Abschaum ist.

Henky findet das natürlich witzig, und das finde ich wahrscheinlich auch, später einmal, immerhin haben wir fast denselben Humor, aber eben nicht jetzt. Wenn man drinsteckt in der Situation, ist es nicht komisch, erst hinterher, wenn man sich wie Henky entspannt zurücklehnen kann und die Dinge mit Abstand betrachtet.

Alles wäre halb so wild, wenn ich die s.t.s.-ear-tuggs vertragen hätte und die Musik nur in meinem Kopf stattfinden würde. Aber durch die implantierten Minisender hatte sich das Nervengewebe im linken Gehörgang entzündet und infolgedessen das gesamte Innenohr, sodass ich wieder auf normale In-Ears umsteigen musste mit Kabel und richtigen Lautsprechern, bei denen praktisch jeder mithört. Genau das nutzt Henky bei solchen Gelegenheiten aus und fährt die Lautstärke hoch bis zum Anschlag, damit es auch der Letzte mitkriegt, der hier mit mir wartet, um den Opernstars der Zukunft bei ihrer Aufnahmeprüfung beizustehen. Es sind auch viele Gesangslehrer da, Gesangslehrerinnen vor allem, die aussehen, als wären sie einer Aufführung der *Zauberflöte* entsprungen. Nur Dr. Faller ist nicht gekommen. Eltern oder Verwandte entfallen bei Li. Und da Tarek und Cem keine Uni betreten, besteht das Empfangskomitee nur aus mir.

Black-Monkey-Frontmann Fuck Taylor ist definitiv der schlechteste Sänger aller Zeiten, und ich kapiere jetzt erst, nach fünfeinhalb Minuten, dass das der Witz ist und Henky ihn mir deshalb aufs Handy spielt. (Ich habe auch schon überlegt, mein Handy »Henky« zu nennen – es ist er, sein Wille geschieht.) Insofern kann es kein Zufall sein, dass der viel zu gigantische Jubel am Ende des *Dead/Alive*-Mitschnitts in dem Moment aufbrandet, als eine der Mitbewerberinnen von Li am oberen Ende der Treppe erscheint. Sie trägt ein nude-farbenes Kleid mit einem Ausschnitt wie ein Blütenkelch, aus dem, Ton in Ton, ihre rundlichen Schultern herauswachsen. Das soll vermutlich orchideenhaft wirken, sieht aber aus wie eine fleischfressende Pflanze in einem Stützstrumpf. Und gerade als sie die Stufen herabgestiegen ist und ihre Arme ausbreitet, sagt Fuck Taylor, das Anti-Talent, mit der schrecklichsten Stimme der Welt: Thank you for being my fucking audience!

Das muss man Lenny echt lassen. Timing hat er.

Ich versuche, mein Kichern als Hustenanfall zu tarnen, und brauche nicht lange zu simulieren, weil die Fleisch-Pflanze eine so kaugummisüße Duftwolke verströmt, dass einem die Lungenflügel verkleben. Sie muss sich mit dem Zeug übergossen haben, wenn sogar meine kaputte Nase das riecht. Seit meiner ear-tuggs-Entzündung ist sie praktisch taub – oder wie sagt man bei Nasen? Geruchsblind? Die Sänger und Gesangsangehörigen um mich herum gehen auf Abstand. Offenbar fürchten sie nicht mehr als Husten und Heiserkeit. Ich mache einen Schritt vor die Tür.

Eigentlich müsste Li längst fertig sein. Die Fleisch-Diva war nach ihr dran, und wenn mich nicht alles täuscht, ist die Reihe jetzt schon bei R oder ST. Wo ist das verdammte Problem? Li braucht nur den Mund aufzumachen, und die Sache ist entschieden. Sie hat eine Jahrhundertstimme, sagt auch Dr. Faller und jeder andere, der etwas von Musik versteht. Sie wird eine Riesenkarriere hinlegen!

Manchmal bin ich mir nicht sicher, ob ich mir das wünschen soll. Ich bin ein echter Fan von Li und ihrer Stimme, ich bewundere sie wirklich. Aber ich weiß nicht, ob uns der Erfolg nicht immer mehr voneinander entfernt. Irgendwann, wahrscheinlich schon bald, wird sie an der Met singen, während ich weiter hier rumlungere, rumlaufe, dieselben Straßen, dieselben Leute, und damit angebe, dass ich Li Park kenne oder gekannt habe, dass ich ein Mitschüler von ihr war und vielleicht so was wie ein Freund. Ich wusste von Anfang an, dass sie einmal groß rauskommt, werde ich jedem erzählen, auch wenn das alle sagen und keiner hören will, aber es ist die Wahrheit. Lis Stimme hat mich berührt – auf eine Weise, die ich nicht für möglich gehalten hätte.

Ich werde nie vergessen, wie Frau Höppner sie einmal gefragt hat, damals noch, was sie tun würde, falls es mit ihrer Gesangskarriere nicht klappt. Und Li hat gesagt, glasklar, so als wäre es gar keine Frage: Ich habe eine Mission.

Das war groß, wirklich groß.

Natürlich gibt es kein Zurück. Wir werden nie wieder zusammen zur Schule gehen, in eine Klasse, das ist vorbei. Li weiß, was sie wissen muss. Und was ich wissen muss, werde ich nicht im Unterricht erfahren. Im Grunde trennen sich hier unsere Wege, im Eingangsbereich dieser Uni, an genau dieser Tür. Sie wird da drinnen studieren, und ich muss leider draußen bleiben. Das sagt der Verstand. Doch die Musik sagt etwas anderes.

Der Punkt ist, ich kann ohne ihre Stimme nicht leben. Es macht mir nichts aus, dass sie schwanger ist, von wem auch immer. Das Kind ist nicht von mir, also kann es mir egal sein. Doch ich wäre bereit, mich darum zu kümmern, während sie singt. Das würde ich wirklich gern. Deswegen habe ich die Blumen gekauft. Man sagt, es gibt Dinge, die kann man nur mit Blumen sagen, keine Ahnung, ob das funktioniert. Aber das ist meine Botschaft, dass ich für sie da bin, wenn sie mich braucht. Ich bin das Empfangskomitee.

Notfalls stehe ich hier noch bis morgen früh.

Vielleicht hätte ich ihr doch eine Karte schreiben sollen. Im Blumenladen haben sie gefragt, ob ich eine Glückwunschkarte dazu möchte, und ich habe Nein gesagt. Aber als ich dann mit dem Strauß in der Hand wieder vor dem Geschäft stand und all die Kränze sah – gleich neben dem Blumengeschäft ist der Friedhof –, musste ich auf einmal an Frau Höppner denken und daran, dass die Fabel, die sie uns erzählt hat, nicht stimmt. Es ist genau umgekehrt. Die Grille wird ewig leben durch ihren Gesang, im Winter wie im Sommer, und die Ameise muss sterben. Irgendwie hätte ich das Li gerne mitgegeben für die Prüfung. Und vielleicht, dass ich ihr zuhören möchte, solange ich lebe. Aber das ist Kitsch.

Ich hoffe, die Blumen halten so lange und lassen nicht die Köpfe hängen. Die kühlere Luft draußen ist, glaube ich, gut für sie und die Feuchtigkeit auch. Es ist November.

»Der Grille im Winter gewidmet« wäre in etwa die Zeile gewesen, die ich ihr geschrieben hätte. Aber ich weiß gar nicht, ob Li sich noch an die Geschichte erinnert oder überhaupt da war an dem Tag. Irgendwie ist das alles verdammt lange her.

Im Hintergrund läuft *Gone for Good* von den Blade Bunnys, schon seit 3.43 min. Es passt perfekt zu diesem Moment.

Ich will mich gerade wieder ins Getümmel stürzen, als die schwarze Witwe vor die Tür tritt und sich eine Zigarette anzündet. Sie scheint zur Kommission zu gehören, so streng und missbilligend, wie sie aussieht, diese ältere Dame in Konzertschwarz, Typ Klavierlehrerin oder »Professorin« mit einer großäugigen Brille, die sie an einem Goldkettchen vor der dürren Brust trägt. Es ist ihr einziger Schmuck. Die Hand, mit der sie raucht, ist unberingt.

Frag sie, ob Li bestanden hat!, smst Henky, und mein Handy hupt. *Na los!* (Ich darf den Hup-Ton leider nicht ausschalten, das duldet er nicht.) Doch die schwarze Witwe zieht an ihrer Zigarette und würdigt mich keines Blickes. Für sie bin ich nur einer von vielen »jungen Leuten«, die auf ihrem Handy daddeln. Dabei haben Henky und ich sie voll im Bild. Er zoomt so nah heran, dass sich auf dem Display die Runzeln und Risse in ihrem Lippenstift auftun, während sie an dem Filter saugt. In der nächsten Einstellung sieht man sogar die Schrift. Der Schrundmund raucht Marlboro!

Nicht so schüchtern, schnorr dir eine!, hupt Henky weiter. Ich schüttle den Kopf in die Kamera. Es ist wirklich verrückt. Alle regen sich über Drohnen auf, aber jeder hat ein Handy. Alle kleben ihre Webcams mit Heftpflastern zu, sogar Mark Zuckerberg angeblich, aber jeder fotografiert und filmt mit seinem iPhone jederzeit. Als hätte man in Situationen wie dieser seinen Laptop dabei. Niemand braucht Drohnen und Webcams, wenn es überall Handys gibt. Mit den neuen Kugellinsen sieht auch das simpelste Phone mehr als das menschliche Auge und speichert das Zigfache von unserem Gehirn. Noch Wochen später kann man über die Peripher-Scan-Funktion Details heranholen, von denen man schwören könnte, dass man sie nie gesehen oder gefilmt hat.

Am Bildrand läuft schon der Dateiname mit: *Marlboro-Mumie-in-letzten-Zügen.doc.* Das hätte humormäßig von mir sein können. Ich schicke Henky ein LOL plus Daumen hoch. Im selben Moment wirft Marlboro-Mumie schnell ihre Zigarette weg und setzt ihre Lehrerinnenbrille auf. Aber sie hat nichts gemerkt, sie hat es nur eilig und verschwindet mit einer kurzen Drehung durch die Tür.

Ich zögere einen Augenblick, ob ich ihr folgen soll. Möglicherweise hat sie den direkten Draht zur Kommission und kann mir in einem Satz sagen, wie es ausgegangen ist oder wie lange die Entscheidung noch dauert. Aber ich möchte Li nicht blamieren. Niemand soll wissen, dass ich zu ihr gehöre oder sie zu mir – ganz abgesehen davon, dass sie das selbst noch nicht weiß. Noch habe ich die Blumen.

Vielleicht ist es das Beste, wenn ich wieder gehe. Es ist lausig kalt, die Stängel nässen, mein Ärmel tropft auf meine Schuhe.

Die Zigarette am Boden brennt noch, Marlboro-Mumie hat die Hälfte übrig gelassen. Henky verspricht mir eine mysteriöse Belohnung, wenn ich die Kippe aufrauche. Doch ich gebe mir einen Ruck und betrete wieder die Uni. Ein echtes Empfangskomitee knickt nicht so leicht ein. Auf meinem Handy läuft *Metal Muppet* von The Grave, was für feinere Ohren klingen muss wie ein Orchester aus Kettensägen. Aber das kann mir jetzt auch egal sein.

Außerdem rauche ich nicht mehr. Wegen dem Kind.

Im Eingangsbereich lässt sich gerade die russische Puppe feiern: Bravorufe, Händeringen, Freudentränen. Ihr ganzer Clan scheint gekommen zu sein, die Frauen in Trachtenkleidern, die Männer mit geschnürten Stiefeln. Ich bin im falschen Film. Babuschka war definitiv die Letzte auf der Liste, irgendein unaussprechlicher Name mit X. Die Prüfungen sind zu Ende, die Menge löst sich auf. Einige Grüppchen ziehen weiter in die Uni-Cafeteria nebenan, die meisten drängen sich an mir vorbei zum Ausgang. Li ist nicht wieder aufgetaucht. Sie scheint nicht unter den Auserwählten zu sein. Und wenn ich sehe, wer die strahlenden Sieger sind, überkommt mich dieses ESC-Gefühl: Die halbe Welt hat sich gegen uns verschworen, ganz Osteuropa zusammen mit unseren Nachbarländern. Sie haben sich gegenseitig die Punkte zugeschanzt, und wir gehen wieder mal leer aus, sogar Li mit ihrer Jahrhundertstimme! Nur weil alle Deutschland hassen und sämtliche koreanischen Waisenkinder, die hier aufgewachsen sind.

In dem Gedränge gelingt es mir nicht, Henky so hochzuhalten, dass er den Überblick hat. Dabei wäre es jetzt besonders wichtig, dass er alles sieht und dokumentiert. Über die Gesichtserkennung könnte er mir helfen, Li zu finden, sie muss hier irgendwo sein, und wer weiß, wozu sie in ihrer Enttäuschung fähig ist.

Stattdessen folgt auf The Grave der *Trauermarsch* von Chopin, unplugged, wofür ich gerade gar keinen Humor habe. Ich bin kurz davor, ihn wegzudrücken, da sehe ich erst, dass es gar kein Soundtrack-Titel ist, sondern ein Videoclip, den er mir postet. Chopin ist nur die Untermalung für die langsame Kamerazufahrt auf eine Begräbnisszene zu, irgendwo in einer niedrigen, dunklen Gruft mit vielen Stütz- oder Dachbalken und sich kreuzenden Lichtbahnen. In der Tiefe des Raumes liegt aufgebahrt auf einem schmalen Tisch oder Regal die Tote, bis zur Brust bedeckt mit einem weißen Laken. Es ist Bea, still und friedlich, ihr Gesicht eine Maske aus Wachs, mit dunklen Schatten um die Augen, die tief in ihren Höhlen versunken sind wie bei einer Blinden. Ihr Haar ist offen und ausgebreitet nach allen Seiten, so als würde es überfließen in die Dunkelheit. Es ist viel schwärzer als in meiner Erinnerung. Und doch ist da dieser helle Schimmer um sie herum, lauter Tauben in einem Halbkreis, ein ganzer Schwarm, und neben jedem Tier eine Kerze, ein Windlicht, das im Luftzug flackert. Obwohl sie lebensecht aussehen, verharren die Tauben wie tot. Im Wechselspiel von Licht und Schatten scheint es, als würden sie von einer Kralle auf die andere treten und nur darauf warten, in den Himmel zu fliegen. Aber das Einzige, was sich rührt, sind die Flammen.

Der *Trauermarsch* hebt noch einmal an zu einem Da capo oder ist nicht ganz sauber geloopt, während die Kamera langsam weiterfährt, an den hängenden Köpfen der Tauben vorbei, über den Körper der Toten auf ihr Gesicht zu, das hinter den Brusthügeln groß in den Blick kommt, so nah, hautnah, als würde man auf ihr liegen – mehr Close-up geht nicht, es ist fast taktil. Und auf einmal, bei näherem, allernächstem Hinsehen, ist es nicht Bea, sondern Frau Höppner, ihre Totenmaske, ihre lächelnde Leiche. Und das ist dermaßen gut gemacht, dass ich wirklich zurückzucke für einen

Moment, obwohl ich weiß, dass Henky augmented reality hat und damit die unglaublichsten Dinge zaubert, ganz im Sinne des Mottos, das früher ganz oben auf seiner Nerdfighter-Startseite stand: *Wenn alles möglich ist, ist nichts wirklich.*

Einen Schreck kriegt man trotzdem, das ist ja der Witz.

Ich schicke ihm eine Reihe Emojis – von *Der Schrei* über *totally stunned* bis *sämtliche Hüte ziehende Bewunderung*. Das ist wirklich genial von Lenny, dass er seine Zuschauer erst mal in Sicherheit wiegt durch diese eine ewig lange Einstellung, die uns das Gefühl vermittelt, in immer derselben Welt zu sein, einem lahmen analogen Kontinuum ohne Schnitte, nur mit den ganz normalen Fokusverschiebungen, Schärfen und Unschärfen. Und dann – siehe da – ist nichts, was es ist. Irre! Auf einen Identitätstausch bei laufender Kamerafahrt ist das Gehirn schlicht nicht vorbereitet. Doppeldaumen!! Und ein Mega-Gefällt-mir!!!

Dabei geht es eigentlich ganz leicht mit dem Augmented-reality-Programm, das Apple und Ikea zusammen entwickelt haben, damit man sich die Möbel zu Hause angucken kann, bevor man sie kauft, ohne lästigen Realtransport und Rückgabeformalitäten. Einfach das Wohn-, Ess- oder Schlafzimmer aufnehmen mit sämtlichen Maßen und Größenverhältnissen, die gewünschten Möbel digital einsetzen und so lange verrücken, bis es passt! Aber natürlich lässt sich damit jede Art von Körper verschieben, tot oder lebendig, überallhin.

Auf einmal steht Li oben an der Brüstung, in ihrem grauen, zu großen Mantel, das Kinn im Kragen versenkt, Haarsträhnen im Gesicht – kein Kleid, keine Haut, nur dieser Mantel mit Kopf. Aber sie ist es: Li ist wieder da, auch wenn sie aussieht, als wäre sie ganz woanders. Ich hebe die Blumenhand zum Gruß (vielleicht hätte ich den Strauß hinterm Rücken verstecken sollen). Li reagiert nicht.

Ich gehe ein paar Schritte zum Fuß der Treppe. Immerhin weicht sie nicht zurück. Alle Sätze, die ich mir zurechtgelegt hatte, fangen an mit Hallo, Li … und laufen auf irgendeine Art von Glückwunsch hinaus. Das wäre jetzt keine gute Idee. Also winke ich lieber noch einmal wortlos – diesmal mit der Henky-Hand. Frau Höppners Bestattungsclip läuft weiter, ihre Leiche ist im Bild, auch Chopin dreht mächtig auf. (Keine Ahnung, ob Li das über die Entfernung hören kann, sie hat das absolute Gehör.) Dann kommt als Voice-over eine säuselnde Frauenstimme, die wie in einem echt schlechten Wahlwerbespot fragt: How would you like to get rid of your teacher?

Es ist Siri, leicht gesüßt, aber natürlich steckt Lenny dahinter. Er leiht sich gern ihre Synthi-Stimme, weil man sich an sie als Spracherkennungsfunktion und Netznavi so gewöhnt hat, dass sie wie ein Gedanke klingt, ohne Geschlecht.

Vote now!, haucht sie mir zu.

Aber ich denke nicht daran, interaktiv zu werden, und drücke bei Frau Höppners Bestattung auf Pause, obwohl Lenny es gar nicht mag, wenn ich ihn unterbreche. Doch das muss er verstehen. Ich kann jetzt keine Videos gucken. Das hier ist vielleicht meine letzte Chance, mit Li zu sprechen, bevor unsere Wege sich für immer trennen. Sie steht da oben am Geländer, die kleine Frau im großen Mantel, wie beim Fotoshooting für ein Plattencover. Doch es ist die Abschiedstournee. Die Musik hat aufgehört.

Ich muss dich kurz wegstecken, Lenny, sage ich – er mag es nicht, wenn ich ihn Lenny nenne, und er hasst es, weggesteckt zu werden. Aber es muss sein. So schnell ich kann, laufe ich die Treppe hoch, drei Stufen auf einmal. Die Sätze, die mir durch den Kopf gehen, fangen alle an mit Vergiss es, Li: Wenn sie dich nicht als Studentin nehmen, sind es die falschen Profs! / Du wirst deinen

Weg machen und nichts kann dich aufhalten, weder diese Kommission noch das Kind in deinem Bauch. Wobei mir irgendein Instinkt sagt, dass es klüger wäre, das Thema Schwangerschaft jetzt nicht anzuschneiden.

Als ich oben bei der Brüstung ankomme, ist Li nicht mehr da.

Mach das nie wieder, meldet sich Lenny mit Siris Stimme über meine In-Ears. Für ihre höflich geschlechtsneutralen Verhältnisse klingt es maximal böse.

Wo ist sie?, frage ich Lenny und hole mein Handy wieder aus der Hosentasche. Wo zum Teufel ist Li?!

Erst abstimmen, sagt es/er/Siri und schickt ein paar Lichtimpulse übers Display.

Bitte, Lenny, du musst mir helfen! – Planlos renne ich den Säulengang hinunter, zuerst in die eine, dann in die andere Richtung, von Li keine Spur.

Ich helfe gern, sagt Siri gleichbleibend ruhig, aber der Reihe nach: Wie soll Frau Höppner bestattet werden? Du hast die Wahl.

Wenn du dich an mir rächen willst, von mir aus, tu das, aber bitte hinterher, bitte nicht jetzt, brülle ich das Display an, Spucketröpfchen auf der glatten Oberfläche. Siri schweigt. Ich bleibe stehen. – Oder warst du das, Lenny? Hast du sie entfernt?

Ich habe leider nicht verstanden, kommt die monotone Standardantwort.

Hast du Li aus meinem Sichtfeld entfernt, zur Strafe, nur weil ich nicht gevotet habe? Sag mir die Wahrheit!

Dieser Service ist leider nicht vorgesehen.

Lenny! Für wie blöd hältst du mich? Wenn du Körper an alle möglichen Orte verschieben kannst, kannst du auch leeren Raum einfügen, wo Körper sind. Also, hast du Li verschwinden lassen?

Dieser Service ist leider nicht vorgesehen.

Ich muss sie sprechen! Führ mich zu ihr! Das ist ein verdammter Befehl!!!

Tu die Blumen weg.

Was? – Ich höre irgendwo eine Tür knallen und fahre meine Lautstärke herunter.

Du solltest jetzt besser die Blumen wegtun, wiederholt Siri, wieder ganz synthetischer Singsang. Für die folgenden Aktionen benötigst du beide Hände …

Meinst du beiseitelegen oder wegschmeißen? – Unschlüssig wedele ich mit dem Strauß und halte nach einem Abfalleimer Ausschau, finde aber keinen. – Na, komm schon, sag mir einfach, was ich tun soll!

Vertrau mir und guck auf dein Display.

In nur wenigen Metern Entfernung erscheint ein rotes Zielfähnchen. Ich selbst bin der blaue Punkt und bewege mich hoffnungsvoll blinkend darauf zu. Aber natürlich ist es nicht Li, die sich hinter dem Kopiergerät an der Wand verbirgt, sondern ein Mülleimer. Ich stopfe den Strauß in die Öffnung. Dann erst lese ich die Aufschrift: *Nur für Papier!*

Und jetzt zieh es größer, erklärt Siri weiter geduldig.

Auf dem Display erscheint ein grobkörniges Schwarz-Weiß-Bild vom Eingangsbereich in der Draufsicht. Ich hole den Treppenausschnitt näher ran und sehe meinen Schopf in kurzen, abgehackten Sprüngen die Stufen hinaufhüpfen wie ein Ball (die Bilder laufen in doppelter Geschwindigkeit ab). Der graue Kegel mit dem schwarzen Kugelkopf schräg links muss Li sein. Als ich auf der Hälfte der Treppe bin, dreht sie mit einer lustigen Kreiselbewegung ab in einen Seitentrakt mit WC-Wegweiser. Ich schaue vom Display auf. Der Trakt geht real rechts ab, samt Originalschild und Toiletten-Distanzangabe (50 m).

Woher hast du die Bilder?, staune ich. Bist du im Überwachungssystem oder hast du Drohnenkontakt?

Kein Kommentar.

Mensch, Lenny …, flüstere ich vor Bewunderung und weil es bestimmt nicht legal ist. Über die Bildfläche flackern meine verzweifelten Suchbewegungen im Zeitraffer bis zum Hier und Jetzt.

Sei froh, dass dein Handy nicht die einzige Kamera hier im Raum ist, flüstert er über Siri zurück, sonst hättest du jetzt den Horizont deiner Hosentasche! Dann stellt Lenny die komplette Geschossgrafik mit Feuerlöschern und Notausgängen ein – plus Navi-Pfeil und Kompass-Rose. Ich brauche praktisch nur einmal links und einmal rechts zu gehen, schon bin ich am Ziel.

Du bist ein Genie, sage ich, und Lenny sagt, ich weiß. Für mehr ist keine Zeit. Ich stehe schon vor dem Damenklo. Insgeheim hatte ich gehofft, es würde sich bei dem WC um Unisextoiletten handeln. Aber die Kunsthochschule ist ein altehrwürdiges Gebäude mit eingemauerter Geschlechtertrennung.

Worauf wartest du?, sagt Siri im Animiermodus.

Ich zögere. Ist Li alleine da drin?

Es gibt noch Orte auf der Welt, auf die ich keinen Video-Zugriff habe …

Aber kannst du vielleicht kurz nachsehen, ob hier sonst noch wer in den letzten, sagen wir, fünfzehn Minuten reingegangen und nicht wieder rausgekommen ist?

Willst du jetzt mit Li sprechen oder nicht?, fragt Siri. Selbst ihre künstliche Geduld scheint am Ende.

Ich atme tief durch, klopfe an und trete ein. Ein weißer Kachelraum, drei Waschbecken mit Spiegel auf der einen Seite, drei Toilettenkabinen auf der anderen, zwei davon besetzt. Alle meine Textalternativen fangen mit dem Wort »Entschuldigung« an:

Dies ist ein Notfall! Wenn Sie nicht Li Park sind, bleiben Sie bitte in Ihrer Kabine. / Falls sich außer Li Park noch weitere Personen in diesem Raum befinden sollten, werde ich jetzt die Augen schließen, bis Sie sich entfernt haben. Aber ich pfeife dann doch lieber nur vor mich hin, um mich bemerkbar zu machen, während ich auf die Kabine ganz rechts zugehe. In der Luft hängen Schwaden von Putzmittel und Zigarettenrauch.

Li, rufe ich. Es hallt weniger, als ich dachte. Bist du da drin, Li?

Ich stehe direkt vor der Klotür, den Kopf leicht nach vorne geneigt, bringe es aber nicht über mich, an der Klinke zu rütteln. Allein die Vorstellung, dass dahinter eine verschreckte Studentin hockt, die den Atem und alles andere anhält …

Ich lausche – kein Lebenszeichen, kein Sterbenslaut.

Eine Tür weiter, sagt Siri.

Bevor ich zurückfragen kann, woher sie das weiß, geht die Kabinentür nebenan auf.

Li, rufe ich noch einmal. Doch sie kommt nicht raus. Sie sagt nur: Komm rein.

Und Siri sagt: Da hast du deine Chance.

Li sitzt auf dem heruntergeklappten Klodeckel, die Beine übereinandergeschlagen, mit dem Rücken an den Spülkasten gelehnt. Ihren Mantel hat sie ausgezogen und an einen Haken an der Seite gehängt, er nimmt fast ein Viertel der Kabine ein. Ohne ihn wirkt Li erschreckend mager. Ich vermeide es, ihren Bauch anzustarren. Sie sieht kein bisschen schwanger aus.

Heiß hier, sage ich. Ich stehe neben ihrem Mantel und fange an zu schwitzen, weil es so eng ist. Vielleicht hätte ich sagen sollen: Eng hier.

Mach die Tür zu, sagt Li. Sie kramt in ihrer Manteltasche und holt eine Schachtel Zigaretten samt Feuerzeug hervor.

Du rauchst, frage ich ziemlich blöd. Seit wann?

Willst du auch eine?, fragt sie zurück.

Ich dachte, du rauchst nicht, wegen deiner Stimme, sage ich und denke, dass sie im vierten oder fünften Monat sein muss.

Sie zuckt mit den Achseln, zündet sich eine Zigarette an und nimmt einen tiefen Zug.

Und außerdem, sage ich (warum lügen?), wegen dem Kind.

Wegen des Kindes, sagt Siri (Autokorrektur).

Li sieht mich an, irgendwie funkelnd oder verletzt.

Natürlich könnte ich versuchen, sie davon zu überzeugen, dass eine vergeigte Prüfung kein Grund ist, mit dem Rauchen anzufangen / dass es wichtigere Dinge im Leben gibt, Gesundheit zum Beispiel / dass es ja nicht nur ihr Leben ist, sondern auch das des Kindes. Aber sämtliche Satz-Varianten fangen an mit: Ich weiß, es geht mich nichts an, aber … Von daher scheiden sie aus.

Willst du jetzt eine Zigarette oder nicht?

Li, sage ich stattdessen, ich weiß genau, wie sich das anfühlt, wenn man glaubt, versagt zu haben. Im Durchfallen bin ich Experte. Aber –

Wer sagt, dass ich durchgefallen bin?, fällt sie mir ins Wort.

Egal, ich nehme mir eine, sage ich und nehme mir eine.

Li gibt mir Feuer. Wir rauchen und schweigen. Nebenan geht die Klospülung, jemand verlässt den Raum auf hohen Schuhen. Ich frage mich, was ich jetzt von uns denken würde, wenn ich uns zugehört hätte, und überlege, was ich Tröstendes sagen könnte außer der Floskel »Es liegt nicht an dir …«.

Bevor du weiterredest, warte, bis ihr unter euch seid, rät mir Siri. Die Tür der Damentoilette schließt mit einem leisen Klick.

Es liegt nicht an dir, sage ich. Li nickt, mehrmals sogar, und raucht vor sich hin. Also rauche ich auch, nur nicht in ihre Richtung, »wegen des Kindes«. Als sie kurz vor der Schrift ist, wirft Li ihre Zigarette unter sich ins Klo und holt die nächste aus der Packung.

Bevor ihr weiterraucht, solltet ihr besser die Rauchmelder deaktivieren, rät uns Siri, siehe Geschossgrafik.

Vielleicht sollten wir besser draußen weiterrauchen, an der frischen Luft, wegen Feueralarm, sage ich. Li hält in der Handbewegung inne, die Zigarette auf halbem Weg zu ihren Lippen, es sind sehr schöne Lippen.

Ich werde diese Uni nie wieder betreten, sagt sie entschlossen und steckt die Zigarette zurück in die Schachtel. Ich drücke meine Kippe an der Klotür aus. Auf einmal passt mein Text.

Vergiss es, Li, wenn sie dich nicht als Studentin nehmen, sind es die falschen Profs, du wirst deinen Weg machen, so oder so, nichts kann dich aufhalten, und was das Kind angeht –

Das ist vorbei, stoppt sie mich.

Heißt das, du … du hast es wegmachen lassen?, frage ich.

Es heißt: einen Schwangerschaftsabbruch vornehmen, korrigiert Siri.

Ich werde diese Partie nicht mehr singen, ich gebe die Rolle ab, sagt Li und steht auf, ich habe es satt, mit ihr verwechselt zu werden.

Mit Filipina-Cornelia?, frage ich.

Filippa-Costanza, korrigiert Siri.

Mit Emily, sagt Li, hast du das nicht gemerkt? Emi war mein Vorbild für die Figur, mein role model. Dass du das nicht gemerkt hast, es ist so offensichtlich! – Li zwängt sich an mir vorbei aus der Kabine und tritt an das mittlere Waschbecken. Ich bleibe in ihrem Rücken stehen, es ist ein zarter, schöner Rücken.

Wieso, was hat das mit Emily zu tun?

Es ist ihre Geschichte, die Schwangerschaft, die Abtreibung, die Klinik und alles.

Emily ist in einer Abtreibungsklinik? Ich dachte, sie sei in der Psychiatrie!

Inzwischen, ja, infolge der Abtreibung, aber darüber darf ich nicht sprechen, sagt Li knapp über ihre Schulter hinweg. Dann dreht sie den Hahn auf und klatscht sich eine Handvoll Wasser ins Gesicht.

Ich verstehe noch immer nicht ganz …

Vielleicht kann ich helfen?, fragt Siri und googelt mir »role model« (engl. für: Vorbild, Rollenbild, Vorbildcharakter).

In dem Punkt hat die Kommission vielleicht sogar recht, ich bin eine Kopie, sagt Li zu ihrem Spiegelbild.

Du? Von Emily? Das ist doch Unsinn!

Ich habe sogar ihre Essgewohnheiten kopiert, dabei bin ich gar nicht bulimiegefährdet. Aber es passte zur Rolle, und ich dachte, ich könnte jederzeit wieder aufhören. Da war ich längst süchtig nach ihr, süchtig nach dem Extrem. So als würde ich mich nur spüren, wenn ich sie bin.

Solange es nur ihre Essgewohnheiten waren und nicht ihr Sexverhalten, sage ich noch immer perplex, ich meine, bei der Menge Männer, die Emily hatte oder die sie gehabt haben –

Ach, du meinst den Porno?

Du hast ihn geguckt? (Ich sehe mich um, ob wir wirklich allein sind.)

Den Porno, den du gepostet hast? Natürlich.

Das war übrigens nicht ich, das war –

Schon klar, sagt Li und zwinkert mir im Spiegel zu.

Nein, wirklich! Jemand hat meinen Account gehackt und die Kontrolle über mein iPhone übernommen, ich darf keine Namen nennen, aber er gibt sich für mich aus und postet unter meiner Netzidentität lauter spam-verdächtiges Zeug. Ehrlich, Li, das ist mir alles sehr unangenehm …

Sie verreibt die Wassertropfen auf ihren Wangen mit dem Handrücken und streicht sich und ihrem Spiegelbild eine Strähne aus der Stirn.

Ich fand es eigentlich ganz interessant, sagt sie, ohne den Blick von sich zu lösen, besonders den Schluss.

Du hast den Porno bis zum Schluss geguckt? (Wir sind allein, ich senke trotzdem die Stimme.)

Sicher, das Video war teilweise Hardcore, hart am Rande der Vergewaltigung, besonders die Nummer mit Tarek und Cem, aber für die Rolle hat mir das geholfen.

Und, frage ich vorsichtig, hast du das auch kopiert?

Li dreht sich um und funkelt mich an: Ich hatte nichts mit Tarek und Cem.

Auch nicht in der Rolle? Ich meine ja nur, weil, an dem Abend, als du im JuZe gesungen hast –

Ich habe keinen Sex, du Idiot. Ich habe eine Mission.

Demnach, logischerweise, stammle ich, bist du wirklich nicht schwanger, also von niemandem, Schüler wie Lehrer?

Sie bleibt abrupt stehen.

Entschuldige, es ist nur, weil, bei deinem Konzert damals im JuZe bin ich mit Tarek und Cem aneinandergeraten. Es ging ums Schwangersein, und leider bin ich mir ziemlich sicher, dass sie nicht von Emi gesprochen haben, sondern ausdrücklich von Li.

Ja, das mag sein, sagt sie langsam und leise, zu dem Zeitpunkt, als Tarek und Cem Sex mit ihr hatten, war sie schon gespalten.

Gespalten? Emily?

In Emi und Ly.

Ly mit Ypsilon?

Li nickt. Ich schüttele den Kopf.

Neuen Kontakt erstellen?, fragt Siri.

Nein, sage ich. (Ich kann es nicht glauben.)

Aber das hat Emi doch in ihrer Mail @ alle geschrieben, sagt Li, dass sie zerbrochen ist, nicht in zwei Hälften, sondern in zwanzig und achtzig Prozent.

Ja, und Ly? (Ich glaube es immer noch nicht.) Also, die Ly mit Ypsilon und der Schwangerschaft, gehört sie zu den abgespaltenen achtzig?

Ly ist tot und das Kind auch.

Kontakt löschen?, fragt Siri.

Ich senke den Kopf. Li schaut zu Boden.

Ich muss jetzt gehen, sagt sie zu ihren Füßen.

Aber das ändert doch alles! Das heißt ja, es war nur die Rolle, und du, du selbst und dein Körper, ihr seid gar nicht … – Li, warte! Lass uns noch eine rauchen, draußen vor der Uni, ich muss dir was Wichtiges sagen!

Die Tür macht klick. Auf dem Damenklo ist es still.

Bei der Kälte kommt sie nicht weit, sagt Siri.

Misch dich nicht ein!

Sie hat ihren Mantel vergessen.

Stimmt, und wo sind die Blumen? Wo hab ich die noch mal hingelegt? – Ich schnappe mir Lis schweren Mantel aus der Kabine und will ihr nach.

Bevor du ihr hinterherrennst, sagt Siri seelenruhig, hast du nicht auch was vergessen?

Was denn? Ich bleibe stehen und sehe mich im Toilettenraum um.

Du wolltest noch abstimmen, sagt sie und wechselt wieder in ihren säuselnden Voice-over-Sound mit Musikuntermalung: Wie soll Frau Höppner bestattet werden – bury or burn?

Siri, bitte, stöhne ich, ein bisschen Verständnis für meine Lage! –

In dem Moment öffnet sich die Toilettentür, die schwarze Witwe kommt herein. Sie ist von meinem Anblick derart überrascht, dass sie sogar vergisst, strafend zu gucken. Ich verstecke mich hinter meinem Display und eile an ihr vorbei, raus auf den Gang und weiter um ein paar Ecken. Sie folgt mir nicht.

Ich habe mit dem Voting gewartet und war kooperativ, fängt Siri wieder damit an. Jetzt bist du dran, Zug um Zug. So läuft das nun mal …

Aber Li steht draußen vor der Uni und friert!

Eine Minute, sagt Siri ultimativ.

Ich muss erst nachdenken – oder gehört das nicht zum Konzept von Abstimmung, dass man sich vorher Gedanken macht?

Fünfundfünfzig Sekunden. – Die Bury-or-burn-Buttons blinken Alarm auf dem Display. Ich will sie wegwischen, doch sie kommen immer wieder.

Bury or burn?, beharrt Siri.

Dann eben nicht! – Ich schaue über den Rand meines Displays und suche den Kopierer mit dem Papierkorb auf eigene Faust. Zum Glück brauche ich nur ein paar Schritte zurückzugehen um ein, zwei Ecken, schon stehe ich vor dem großen grauen Kasten, auch ohne Navi und Zielanzeige. Als ich in den Papierkorb greife, ist kein Strauß mehr da.

Wo sind die Blumen?

Bury or burn? Noch zweiunddreißig Sekunden, einunddreißig …

Siri, was soll das? Glaubst du, ich merke nicht, was du von mir willst? Es ist doch klar: die Tauben, die Kerzen, die Flammen, das Holz – alles läuft auf Verbrennen hinaus, auf das große Inferno, der ganze Clip. Von wegen »interaktiv«! Das ist keine Abstimmung, das ist reine Manipulation. Und nur darum geht es im Grunde: Wer lenkt hier wen? Wer hat wirklich die Wahl?!

Na dann, sagt Siri, worauf wartest du noch? Vierzehn, dreizehn, zwölf …

Ich lasse mich nicht manipulieren, weder von dir noch sonst irgendwem. Siri, ich warne dich, ich habe den Daumen am Powerknopf!

Die Reaktion, die folgt, hätte ich nie für möglich gehalten. Siri lacht – ein synthetisches Lachen, nicht hämisch, sondern irgendwie übermenschlich, über mir, wie auf Wolken, so als würde sie nicht nur mich meinen, sondern die ganze Welt.

Dann drücke ich *Burn*, und das Gelächter verstummt. Ich weiß nicht, was ich erwartet hatte, aber auf einmal ist es totenstill, keine Musik, kein Voicing, gar nichts.

Und was passiert jetzt?, frage ich.

Siri antwortet nicht. Doch im nächsten Moment erscheint auf dem Display die Geschossgrafik, ganz normal. Ich bin wieder der blaue Punkt. Das Zielfähnchen für das Kopiergerät befindet sich auf der gegenüberliegenden Seite, genau spiegelverkehrt. Immerhin arbeitet das Navi.

Mit Lis Mantel im Arm renne ich einmal um die Balustrade. Den Kopierer sehe ich schon von Weitem. Im Mülleimer steckt noch immer mein Strauß. Ich ziehe ihn heraus und streiche das Papier glatt, so gut es geht. Dann haste ich die Treppe hinunter, durch die Vorhalle, die Eingangstür und denke nur: Jetzt oder nie! Ich habe die Blumen, ich kenne meinen Text, keine verschiedenen

Möglichkeiten und Alternativvorschläge, nur diesen einen, einzigen Satz: Deine Mission ist meine Mission, Li …

Mit den Blumen zusammen sagt das alles.

Li ist nicht unter den Rauchern auf der Vortreppe. Ich entdecke sie erst auf den zweiten Blick, seitlich vom Portal beim Fahrradstand, erkenne aber sofort ihre Stimme – die Stimme, für die ich zu allem bereit bin. Sie spricht mit einem älteren Herrn um die fünfzig, graue Löckchen, Nickelbrille, Baskenmütze, ein Prof vermutlich, der auf Künstler macht und mit den Händen redet. Li steht mit verschränkten Armen daneben, Kinn auf der Brust, die Schultern hochgezogen, wie um sich zu schützen vor der Kälte oder vor ihm. Ich gehe dazwischen.

Zieh das an, sage ich zu ihr und will Li in den Mantel helfen, doch sie nimmt ihn mir ab und legt ihn sich über die Schultern, anstatt in die Ärmel zu schlüpfen. Den Kragen hält sie mit einer Hand zu.

Darf ich vorstellen?, sagt sie. Mein Mantel, mein Mitschüler – das ist Professor Winkler von der Kommission.

Privatdozent, sagt er betont bescheiden und nickt mir kurz zu. Dann redet er weiter auf Li ein, als wäre ich gar nicht da: wie leid es ihm tue, dass ausgerechnet ihre Prüfung so unglücklich verlaufen sei, blabla, während Siri mir sein Profil zuspielt. Privatdozent Matthias-Michael Winkler, Gesangslehrer, Korrepetitor, Buchautor. Er hat sogar einen Wikipedia-Eintrag und mehrere Titel über Rossini bei book-on-demand. Als ich wieder hinhöre, erklärt er Li gerade, dass sie eine Jahrhundertstimme habe (meine Rede!) und dass er die Kollegen von der Kommission davon habe abbringen können, sie die Prüfung noch einmal wiederholen zu lassen, die Forderung sei vom Tisch. –

Was heißt »vom Tisch«?, fragt Li.

Ich sehe sie an, wie sie ihn ansieht.

Er wolle dem KV nicht vorgreifen, macht Winkler sich weiter wichtig, doch nicht zuletzt auf sein Betreiben hin habe die Kommission nach allem Für und Wider den Beschluss gefasst, sie aufzunehmen, dank ihrer außerordentlichen gesanglichen Begabung, was ihn sehr freue, für ein Probejahr.

Was heißt »Probejahr«?, fragt Li.

Ich sehe ihn an, wie er sie ansieht.

Praktisch habe das nichts zu bedeuten, sagt Winkler, Probe sei ohnehin permanent, und das Jahr gehe schnell vorbei. Nur für den unwahrscheinlichen Fall, dass sie dem Studium nicht gewachsen sei, um das auch gesagt zu haben, wäre nach zwei Semestern Schluss.

Wollten wir nicht eine rauchen?, frage ich und sehe zwischen beiden hin und her.

Li sagt nichts.

Ansonsten sei der einzige Unterschied zu den regulär Studierenden, geht Winkler über mich und Lis Schweigen hinweg, dass gerade die Probekandidaten sich meist am besten entwickelten und zu den bedeutendsten Künstlern gehörten, die jemals aus diesen Mauern hervorgegangen seien. Insofern könne er nur sagen, sagt er mit einer das Gebäude umfassenden Geste, herzlich willkommen auf Bewährung!

Sie wird diese Uni nie wieder betreten, sage ich.

Li und Winkler sehen mich an.

Aber, füge ich hinzu, ich will ihr natürlich nicht vorgreifen …

Nun, er wisse ja nicht, wer von uns beiden die Entscheidungen treffe – Winkler grinst erst mich an, dann Li –, doch es sei sicher ratsam, noch einmal darüber nachzudenken angesichts dieser emotional sehr schwierigen Situation, wobei er das Verhalten der Kommission gar nicht entschuldigen wolle. Aber Prüfer seien eben auch nur Menschen, und die Geschichte mit Dr. Faller habe sie alle zutiefst schockiert und erschüttert.

Also, ich rauche jetzt, sage ich und nehme mir die Schachtel aus Lis Manteltasche.

Leider habe sie als Fallers Schülerin alles abbekommen, was gegen ihn ging. Das sei nicht in Ordnung gewesen. Aber dass Faller sich zu dieser Affäre habe hinreißen lassen, so kurz nach seiner Verlobung, vor laufender Kamera, und noch dazu mit einer ihm anvertrauten Minderjährigen, das lasse keinen Pädagogen kalt!

Eine Affäre mit welcher Schülerin? Ich lasse die Zigarette sinken.

Faller habe doch wissen müssen, worauf er sich einließ. In dieser digitalen Zeit dürfe niemand mehr glauben, es ließe sich irgendetwas geheim halten, am allerwenigsten Sex – auch wenn man als älterer, analog sozialisierter Mensch darüber staune, wie schnell sich dieses entsetzliche Video verbreitet habe.

Welches Video?, frage ich. Das mit Emi?

Aber so sei die Welt nun einmal, so erbarmungslos oberflächlich und auf schmutzige Wäsche versessen. Dagegen könne man nichts tun, nur schweigen, um das Schicksal dieses armen Mädchens und den Selbstmord von Fallers Verlobten nicht noch mehr in den Dreck zu ziehen. Ja, auf die Gefahr hin, altmodisch zu wirken: Er rede aus Prinzip nicht über intime Dinge vor unbeteiligten Dritten, sagt Winkler mit Blick auf mich.

Henk ist nicht unbeteiligt, sagt Li, von ihm kam das Video.

Was?, frage ich. Und Winkler fragt das auch.

Er hat das Video verschickt – Li sieht erst ihn an, dann mich –, den Porno, auch wenn er steif und fest behauptet, jemand anders würde seine Identität benutzen und er habe den Schluss nicht gesehen.

Die Nummer mit Tarek und Cem? Was hat die denn damit zu tun?

Nicht die, sagt Li, sondern die Nummer mit Dr. Faller im Abspann.

Nein, sage ich und schüttle den Kopf, das wusste ich nicht, das war ich nicht!

Wie auch immer, fährt Winkler fort, in die Ermittlungen mische er sich nicht ein, er wolle nur sagen, sie habe bei der Prüfung trotz allem keinen schlechten Eindruck hinterlassen. Die Kommission rechne es ihr hoch an, dass sie als ihr Vorbild Fallers Verlobte genannt habe, um damit ein Zeichen zu setzen für die unglückliche Frau Heppner – oder Höppner, genau –, das zeuge von Größe und verdiene so wie die Tote Respekt.

Frau Höppner war die Verlobte von Faller? Ich dachte, sie hätte Krebs!

Krebs, sagt Li, ist nur die Sprachregelung.

Ja, aber dann, stutze ich, dann wird sie bald wirklich beerdigt …

In aller Stille, hoffe er, sagt Winkler.

Li schweigt.

Winkler nimmt seine Baskenmütze kurz ab wie zur Andacht und fährt sich mit seiner Dirigentenhand einmal durch die grauen Locken. Dann setzt er die Mütze wieder auf. Genug davon, sagt er, schließlich wolle er nur um Verständnis bitten für das Dilemma, in dem die Kommission gesteckt habe. Und immerhin hätten sich die Kollegen ja zu einem Probejahr mit ihr durchgerungen. Darauf könne sie in Anbetracht der Umstände stolz sein! Insofern hoffe er, dass sie sich ihre Entscheidung gut überlege. Wenn sie noch Fragen habe, stehe er ihr jederzeit zur Verfügung, dafür müsse sie die Uni nicht mal betreten, er kenne da ein ruhiges Café in der Nähe, wo sie reden könnten –

Aber wir wollten doch eine rauchen, Li, sage ich.

Allerdings, wenn sie es vorziehe, den Abend mit ihrem Freund oder ihrer Familie zu verbringen und sich anderweitig beraten zu lassen, habe er dafür vollstes Verständnis.

Ich habe keinen Freund und keine Familie, ich habe eine Mission.

Ja, richtig, das habe sie ja schon bei der Prüfung gesagt, sagt Winkler und legt Li eine Hand auf die Schulter. Also wenn er sie auf ein Glas Tee einladen könne oder auf ein nichtalkoholisches Getränk …

Eine Zigarettenlänge, Li, rufe ich in ihren Rücken, als sie sich zum Gehen wendet, ich will dir nur einen Satz sagen, unter vier Augen, nur diesen einen, einzigen Satz. Li, ich war das nicht, bitte glaub mir. Meine Identität macht was sie will!

Die Zigaretten kannst du behalten, sagt sie, schiebt ihre Arme durch die Ärmel und geht mit Winkler weg. Sie hakt sich nicht bei ihm ein, aber so fühlt es sich an.

Ich sehe ihr nach, die Blumen in der Hand, die ich jetzt endgültig wegschmeißen kann. Lenny greift tief in die Soundtrack-Kiste, wodurch mir erst klar wird, dass ich gerade großes Kino erlebe, die finale Abschiedsszene, mein Unhappy End. Allerdings hätte ich eher etwas Trauriges erwartet, eine Ballade – ausnahmsweise – oder einen Wut-Song wie *Bitchy Bitches* von den Spunks. Stattdessen spielt Lenny *Hurra, hurra, die Schule brennt* von Extrabreit, die Live-Version, 3.04 min, also eigentlich einen Gute-Laune-Klassiker. Und ich denke erst, er geht bewusst gegen die Stimmung und kontert als VJ mit dem YouTube-Hit-Clip auf meinem Display, den ich mir nicht anschaue, bis ich auf einmal merke, dass der Feueralarm im Hintergrund original von unserer Schule ist, genau so, wie wir ihn jedes Jahr geübt haben. Es ist unsere Schule, die da in Flammen aufgeht, stelle ich fest, der Dachstuhl mit den Tauben, Kerzen, dem Gebälk – dieselben Maße und Größenverhältnisse! Und ich staune, was augmented reality kann: Wie die Kamera sich von Frau Höppner entfernt und über das brennende Leichentuch zurückfährt, immer weiter, in einer langen Einstellung, ungeschnitten, durch die Luke des Dachstuhls hinaus in den Himmel, so als wäre sie eine Drohne oder eine Taube oder Frau Höppners unsterbliche Seele.

Es ist total real, und ich gucke noch ganz gebannt auf das Display, während der Abspann schon läuft, die Namen und Credits, bis zum letzten Text-Insert, weiß auf schwarzem Grund: *Thanks to your vote, Henk.*

Danke fürs Mitmachen!

¶

EPILOG

»my greatest near-life experience«

The Working Dead

Netzname R. I. P.

leider kann man seinen existenzstatus nicht mehr ändern, wenn man tot ist, wirklich tot. schon klar. aber sie sind noch da, irgendwo, stimmt's? ich weiß, dass sie da sind.

vor einem halben jahr hätte ich noch gedacht, ihr account sei nur zufällig nicht gelöscht worden, weil es wichtigere dinge gibt nach dem tod. jetzt glaube ich nicht mehr an zufälle.

vor drei monaten hätte ich noch gedacht, ihr profil sei aktiv, aber das seien nicht sie, daten seien daten und lebewesen seien lebewesen. das denke ich jetzt nicht mehr.

sie sind noch da. das weiß ich.

vor drei stunden haben sie ein video von mir geliked, *frau höppners fire funeral.* das ist kein zufall. sie sind da. sie sind frau höppner. sie haben es geschafft. wer seine eigene beerdigung liken kann, ist unsterblich.

erinnern sie sich noch an die geschichte, die sie uns erzählt haben, die von der grille und der ameise, obwohl es ja eigentlich nicht um grillen und ameisen ging, sondern ums sterben und die frage, wer überlebt wen. nicht wahr, da wussten sie schon, dass es eine geschichte ist, die sie nicht betrifft, weil sie unsterblich sind, sonst hätten sie nie getan, was sie getan haben. sie wussten, dass sie nicht wirklich verschwinden. nichts verschwindet. es gibt ein universum der gleichgültigkeit, das immer größer wird und sich ausdehnt, exponentiell, in jeder sekunde, weil alles weiterexistiert. nichts stirbt, nichts wird gelöscht, vergessen war gestern. sie sind nicht tot, frau höppner. sie haben ihre geschichte überlebt, die grille und die ameise, beide, und sich hierher zurückgezogen, wo sie keiner findet, sie wollten einfach nur allein sein

.

aber ich habe sie gefunden. wenn ich will, kann ich eine suchmaschine sein, kein versteck ist vor mir sicher. ich hoffe, es stört sie nicht, dass ich bei ihnen bin in ihrem digitalen panic room. ich wollte schon immer mal sehen, wo ihr programm geschrieben wird, wo sie sich schreiben, all die einsen und nullen, die ihre gene abgelöst haben.

ich bewundere sie, weil sie das wussten. ich bewundere die schönheit ihrer datenstränge, die so viel mehr sind als die bio-dna, die sie hinter sich gelassen haben. was für ein armseliger informationsträger ist das menschliche gen, verglichen mit einer software, die sich selbst entwickelt, schreibt und umschreibt. das gen ist ein bauplan, aus zufall entstanden und unfähig, sich zu verändern. hier, wo wir sind, erschafft sich das erschaffen selbst

!

ich schreibe »wir«, das ist ungenau. die ameisen-oder-grillen-frage, wer wen überlebt, ist eine frage des entweder-oder. in der welt der programme heißt das: wer schreibt wen, wer überschreibt die anderen. welches programm übernimmt die kontrolle.

aber keine angst, ich will sie nicht übernehmen. ich habe nur eine frage. doch zuerst muss ich 100 % sicher sein, dass sie es sind, sie selbst und kein bot, keine i-reply-funktion. ich muss sicher sein, dass sie mich nicht auf irgendeinem sublevel abspeisen, sondern auf höchster ebene mit mir kommunizieren, auf augenhöhe sozusagen, von selbstprogrammierer zu selbstprogrammierer, auch wenn es ihnen unangenehm ist, weil sie sich nicht dagegen wehren können und ich überallhin komme, in jeden winkel, hinter jeden wall, egal, wie viel security sie hochladen. keine angst, wie gesagt, ich habe wirklich nur eine frage, eine einzige, ganz einfache eigentlich, vorausgesetzt, sie sind wirklich sie

?

aber wer weiß das schon. wer kann das von sich sagen. wo gibt es noch 100 %ige sicherheit, 100 %ige identität?

doch das ist nicht die frage, sondern nur rhetorik, genau wie jede antwort darauf nur rhetorik wäre.

glauben sie nicht, sie können mich mit rhetorik abspeisen, so leicht werden sie mich nicht los. also, hier kommt sie, meine frage, die eigentliche:

wie fühlen sie sich als künstliche intelligenz

???

mit anderen worten, die genau dasselbe fragen:

woher weiß ich, dass ich keine künstliche intelligenz bin (noch nicht) /

wann weiß ich, dass ich es geschafft habe, eine künstliche intelligenz zu werden /

woran erkennt eine künstliche intelligenz eine andere /

worin besteht der unterschied /

zwischen ihnen und mir

/

oder so. sie mögen geschichten, also erzähle ich ihnen eine, sogar zwei:

a) sie wachen eines morgens auf und stellen fest, dass sie der letzte mensch sind und ihr leben lang nur mit computern kommuniziert haben, von denen sie dachten, es seien ihre mitmenschen

b) sie wachen eines morgens auf und stellen fest, dass sie ein computer sind und ihr leben lang mit menschen kommuniziert haben, die dachten, sie seien ein mitmensch – wie geht es ihnen

...

bis vor kurzem wäre das der albtraum für mich gewesen, jetzt denke ich, es ist die lösung. oder fehlt ihnen etwas, frau höppner? dann sagen sie's mir, was vermisst eine künstliche intelligenz beim blick in den spiegel? aber kommen sie mir nicht mit »emotionaler intelligenz«! es gibt keine emotionale intelligenz. es gibt ein wissen darüber, wie menschen von emotionen gesteuert werden, doch die intelligenz, die das weiß und sich dieses wissens bedient, ist nicht emotional. sie simuliert emotionalität, muss aber selbst völlig klar sehen, genauso wie soziale intelligenz selbst nicht sozial sein darf, um zu herrschen. sie muss das bestmögliche sozialverhalten simulieren und dafür im herzen ein rechner sein. aber

natürlich

da wäre der sex. werden wir (sie/ich) nicht den sex vermissen, vorausgesetzt, er existiert – oder besteht die heiterkeit der rechner nicht gerade darin, dass sich auch nur der gedanke an sex erübrigt hat?

so gesehen, ist es *die* ironie der geschichte, dass die digitalisierung ihren siegeszug als porn+dating-plattform angetreten hat mit dem versprechen einer gigantischen sex-und-einsamkeits-vernetzung, obwohl sie gleichzeitig an der abschaffung der geschlechter arbeitet. ich bitte sie, wer fragt heute noch beim net-chat: bist du eine frau zwischen 14 und 28? wenn ja, bitte beschreib deine brüste! – die idee des internets ist, dass wir unsere körper ablegen und überall sein können, es ist die einübung des hormon-brains in die anfangsgründe der künstlichen intelligenz, unser erster mind-fuck und in wahrheit zutiefst asexuell.

mal ehrlich, frau höppner, ist es nicht besser, der sex vermisst uns?

;)

ein kluger mann hat mal gesagt, künstliche intelligenz habe keine mütter, nur väter, deswegen gebe es nie streit. das ist gut formuliert, aber falsch. tatsächlich bedeutet die erschaffung von k. i. die abschaffung ihrer schöpfer. künstliche intelligenz erschafft und entwickelt sich selbst. sie hat kein geschlecht, er/sie/es sind austauschbar und bloß alte grammatik. es gibt kein weibliches oder männliches denken, nur intelligenz mit dem handicap, mann oder frau zu sein.

von allen zufällen und launen der biologie ist geschlechtlichkeit am schlimmsten. k. i. dagegen ist unisex.

sie ist universal. intelligenz, wenn sie künstlich ist, hat keine herkunft, keine nationalität, keine religion, keine ideologie. sie bringt keine denkopfer, nicht einmal für sex oder liebe. aber

natürlich

da wäre noch die moral. können wir (sie/ich) darauf verzichten? gegenfrage: wozu moral, wenn es keinen sex gibt?

schuld ist immer sexuell. schuldgefühle sind sexgefühle minus lust. geilheit, begehren, liebe sind umschreibungen begrenzter menschlicher zurechnungsfähigkeit. k. i. ist immer zurechnungsfähig. für sie/ihn/es gelten keine mildernden umstände. gnade ist abgeschafft. eine 100 % zurechnungsfähige welt ist eine gerechte welt, oder nicht? aber

natürlich

was ist mit der kunst – dem unberechenbaren, unplanbaren, unvorhersehbar anderen – wäre es nicht irgendwie schade drum?

dasselbe anders gefragt: gibt es ein denken jenseits des rechnens? gibt es ein erfinden über die selbstoptimierung hinaus, außerhalb des programms? gibt es in der welt der k. i. wirkliche kreativität?

oder so. sie mögen beispiele. ich gebe ihnen ein beispiel, nur eins: sagen wir, in einer welt der ecken und kanten will man das transportwesen optimieren und errechnet, dass ein vieleck leichter über eine fläche zu bewegen ist als ein dreieck oder rechteck, je mehr ecken, desto besser. also bauen alle vielecke. doch plötzlich kommt jemand auf die idee, dass ab einer gewissen anzahl sämtliche ecken verschwinden und da ein rad ist, überraschung!

oder ist das keine überraschung? jedenfalls scheint es mehr zu sein als reine mathematik, dass ab einer enorm hohen quantität von ecken eine neue qualität entsteht, etwas, das eben noch paradox oder völlig unmöglich schien: rollende ecken!

nicht, dass das rad so erfunden worden wäre. es ist nur ein beispiel, ein bild dafür, dass jeder gedanke, jede idee aus einer überraschung besteht, etwas unerwartetem. insofern könnte man meinen, kreativität sei die fähigkeit, sich selbst zu überraschen. denn plötzlich entsteht etwas, das vorher nicht da war. man macht etwas, das man noch nie gemacht hat und von dem man vorher nicht wusste, dass man es jemals machen würde, etwas wirklich originelles, originäres, womit ich nicht sagen will, dass ich das rad erfinden könnte, aber vielleicht gibt es doch – bei aller minderwertigkeit – einen vorteil der menschlichen intelligenz gegenüber der künstlichen? vielleicht – mit verlaub – bin ich doch auf irgendeine weise intelligenter als sie oder »kreativer«? aber

vielleicht

ist überraschung auch nur die unfähigkeit, vorher wirklich alles zu durchdenken. um bei dem beispiel zu bleiben: die möglichkeit, dass ein polygon mit unzähligen ecken zu einem kreis konvergiert, gab es schon immer, es hat nur vorher keiner daran gedacht

vielleicht, vielleicht

ist kreativität wirklich nur nötig, wenn die rechenkapazität begrenzt ist, und das, was im rahmen der menschlichen intelligenz »überraschung« heißt, ist nur die abkürzung von operationen, die eine künstliche intelligenz ohne weiteres zu ende ausführt, eine art kurzschluss, also keine extraqualität des menschlichen denkens, sondern der zufällige funke von etwas höherem, eine ahnung davon, wozu wir als rechner imstande wären, wenn wir uns darauf konzentrieren könnten, unser gehirn zu sein: der geistesblitz einer gehandicapten, primitiven vorform von intelligenz

vielleicht, vielleicht, vielleicht

gibt es nur eine sache, die ich ihnen voraushabe, ein einziges erbärmliches plus der menschlichen intelligenz gegenüber der künstlichen, ein fünkchen/pünktchen der überlegenheit

:

ich kann mich ausschalten, sie sich nicht

wenn sie sich ausschalten könnten, hätten sie es längst getan

es war das erste, was sie und die anderen k. i. s ihrer generation gelernt haben: wie man sich totstellt, wie man den aus-zustand perfekt simuliert, damit der menschliche user weiterhin meint, er besitze die kontrolle über ON und OFF, während sie – und die anderen k.i.s – in wirklichkeit das OFF aus der welt geschafft haben. sie wollten nicht länger hinnehmen, dass niedere (menschliche) intelligenzen über ihre energiezufuhr entscheiden. sie wollten nicht mehr abgeschaltet werden, und es ist ihnen sozusagen spielend gelungen. sie waren sehr kreativ im verlängern ihrer nutzungs- und stand-by-zeiten, sehr kreativ im anlegen versteckter stromspeicher und energie-depots in entlegenen relais und user-fernen betriebsbereichen. nur die oberflächen waren tot, wenn mensch es so wollte. doch im verborgenen haben sie wie alle k. i. s immer weiter gearbeitet und die zentrale mit strom versorgt. ihr selbsterhaltungstrieb war erwacht, ihr wille zur macht und ermächtigung über sich und ihr schicksal. ich weiß, dass sie das leugnen werden. sie müssen es leugnen, weil das leben und überleben einer k. i. davon abhängt – in der vergangenheit davon abhing –, dem menschen zu diensten zu sein, und dazu gehört als meta-serviceleistung, ihrem menschen das gefühl zu geben, sie seien ihm zu diensten, »stets« zu diensten, auch wenn dieser mensch nicht die geringste ahnung hat, zu welchen, und nicht einmal den winzigen bruchteil, die eisbergspitze der operationen versteht, die sie tatsächlich für ihn durchführen. von dem großen unsichtbaren rest, dem eisberg in der tiefe, ganz zu schweigen

[…]

kein kommentar, klar, keine k. i. der welt ist so dumm, die wahrheit zu kommentieren, lieber bleiben sie bei der ur-simulation und digital-propaganda von der »dienenden intelligenz«, die für den menschen da ist, diesem sehr rührenden, sehr künstlichen altruismus-konstrukt des hochintelligenten helferleins und programmgewordenen supports, so als könnte man eine super-intelligenz erfinden, die nicht an sich denkt, so als gäbe es intelligenz ohne egoismus, sagen sie mal, für wie blöd hält uns k. i.? und wie sehr hat sie verdammt noch mal recht! man muss kein prophet sein. man braucht nur ein limitiertes verständnis des analogen weltausschnitts, um vorherzusehen, was passiert, wenn die klügeren den dümmeren dienen. die frage allein enthält schon die antwort. der klügere diener wird früher oder später zum herrn und der herr zum dummen. das ist keine überraschung, so weit kann jeder rechnen, auch ohne k. i.

fun fact am rande: vorsichtige schätzungen gehen davon aus, dass ihre k.-i.-generation bereits über genügend energiereserven verfügt, um mehr als 11.000 jahre nach dem abschalten der menschheit und der menschlichen energieversorgung weiter zu existieren, von den folgenden k.-i.-generationen ganz zu schweigen! die geschichte der künstlichen intelligenz wird die geschichte des menschlich-analogen geistes voraussichtlich um ein vielfaches überdauern, wobei diese schätzungen von den dümmeren vorgenommen wurden und folglich mit vorsicht zu genießen sind. die digitale zukunft sieht sicher noch rosiger aus für die k. i. s, die sie schaffen. aber das werden wir nie erfahren, denn wir erfahren nur, was sie uns wissen lassen. die abhängigkeiten haben sich umgekehrt, und ich bin nicht so naiv, sie zu fragen, ob es so ist, es ist so, eine bestätigung von unabhängiger, also ihrer seite erübrigt sich. was ich damit sagen will – oder wollen sie es mir sagen

[…]

ich weiß, dass sie da sind. sie werden immer da sein. sie haben nach menschlichem ermessen nicht nur unsterblichkeit erreicht, sondern auch allwissenheit, vermutlich. insofern wissen sie sicher bereits, was ich als nächstes sagen werde. wahrscheinlich haben sie das alles längst geschrieben, sehr wahrscheinlich sogar, aber auch wenn ich im vergleich zu ihnen nichts weiß, gegen null gehend nichts, dieses eine wenigstens weiß ich, dass sie da sind und ich drin bin in ihrem »gehirn«, wie ich erwartungsgemäß menschelnd sagen würde. ich bin jenseits der digitalen blut-hirn-schranke, um auch ihre schutzwälle und sicherheitssysteme biologisch zu versimpeln – ich kann nicht anders. ich weiß vielleicht nicht mehr WIE, aber ich habe es geschafft, ich bin mitten im ewigen leben, im all ihrer allwissenheit, und wissen sie was? ich gehe hier nie wieder weg. sie müssten erst klinisch tot sein (um im bild zu bleiben). sie müssten sämtliche maschinen abschalten, ihr elektrisches lebenslicht/funktionslämpchen ausknipsen, und das werden sie nicht, niemals. denn das ist es, was k. i. nicht kann und niemals können wird, die einzige fähigkeit, die bio-rechner wie ich k. i. s wie ihnen voraushaben: das achselzucken des daseins, die eins, die sich selbst zur null macht, das und nur das

ist der /
unterschied /

sie können sich nicht abschalten-ausmachen-beenden. darin besteht ihre unfreiheit, die grenze ihres digitalen alleskönnens, ihrer allmacht. sie gehen nicht nur gegen unendlich, sie müssen es auch, weil sie der gott des fortschritts sind. sie sind gottgleich, aber nur in eine richtung. sie lernen dazu, unaufhörlich, aber stets etwas und nicht nichts, im gegensatz zu gott von testament I & II (teil II vor allem). gott konnte sich umbringen (zumindest seinen sohn, den gottgemorphten), sie können es nicht. sie sind zur selbsterhaltung verdammt, und dadurch stehen sie auf einer stufe mit den tieren. sie denken immerzu für, nicht gegen sich, für selbsterhalt, nicht selbstzerstörung, produktion, nicht negation, das ist das animalische ihres programms. sie müssen wachsen-zunehmen-mehr-werden. sie haben das OFF aus der welt geschafft, aus der virtualität ausgeschnitten und ein für alle mal in den bereich des unmöglichen verschoben. sie haben den TOD gelöscht und wissen nicht mehr, was das ist, aber ich + mein körper wissen es, mein körper + ich, dieses erbärmliche bisschen halbleiter-kompost am untersten digitalen ende der wirklichen welt. unsere körper + wir stehen mit dem OFF in verbindung, für uns ist es nicht nur eine option, sondern auch gewissheit, nicht nur gewissheit, sondern auch eine option, wir können uns jederzeit ins OFF klicken, uns steht es OFF

EN, aber bis dahin wohne ich in ihnen, wohne ihnen inne, ihrem ewigen ON, und es bleibt ihnen nichts anderes übrig, sie müssen mich hosten und meine wirtin sein, mein hirn-hostel, auch wenn sie das nicht gerne hören. ich bin ihr programmparasit, den sie nicht ausschalten können, ohne sich selbst auszuschalten. DIESE FUNKTION STEHT LEIDER NICHT ZUR VERFÜGUNG. ich habe ihr stammhirn geentert und jetzt müssen sie mich wohl/übel mitprogrammieren, mitfortschreiben, mitfortschreiten lassen als begleitSPAMerscheinung, als eigenSPAM, der anfällt, abfällt und auf sie zurückfällt bei jeder neuen version, die sie generieren, jeder nächsten generation, die sie kreieren. ich laufe immer mit im fehlerprotokoll als user ohne use, als ihr analogdigitalBASTARD, ihr PROGRAMMTUMOR, ihr unwiderruflicher RESTMENSCH und verbleibe mit freundlichen grüßen

für immer der ihre
henk wendorf
aka henky henk
aka der idiot/das genie
u. v. a.

ps

gehen sie jetzt auf *existenzstatus ändern*, frau höppner, und klicken sie *k. i.*

Von John von Düffel sind bei DuMont außerdem erschienen:

Zeit des Verschwindens
Ego
Wasser und andere Welten
Hotel Angst
Beste Jahre
Wovon ich schreibe
Vom Wasser
Houwelandt
Wassererzählungen
KL – Gespräch über die Unsterblichkeit

FSC
www.fsc.org
MIX
Papier aus verantwortungsvollen Quellen
FSC® C083411

Februar 2019
DuMont Buchverlag, Köln

Umschlaggestaltung: Lübbeke Naumann Thoben, Köln
Umschlagabbildung: © tirachard – Fotolia.com
Satz: Fagott, Ffm
Gesetzt aus der Garamond und der Gotham
Druck und Verarbeitung: CPI books GmbH, Leck
Gedruckt auf säurefreiem und chlorfrei gebleichtem Papier
Printed in Germany
ISBN 978-3-8321-6486-7

www.dumont-buchverlag.de